KB213087

리디아 데이비스

Lydia Davis

작가이자 번역가인 리디아 데이비스는 다수의 작품집과
한 권의 장편소설, 두 권의 산문집을 냈고 플로베르, 프루스트,
블랑쇼 등 여러 프랑스 작가의 작품을 영어로 옮겼다.
『이야기의 끝』은 리디아 데이비스의 유일한 장편소설로,
작가는 이 작품을 원래 짧은 이야기로 시작했다가 형식을
확장한 사례로 언급하며 작품에 대한 애정을 드러낸 바
있다. 지나간 사랑을 회고하는 화자의 목소리를 담은 소설은
독자로 하여금 이야기를 만드는 과정에 참여시키며 다양한
기억의 가능성을 탐구한다. 소설은 소설 속 화자가 쓰는
이야기의 '끝'과 함께 시작되어 전개 과정 내내 다양한 '끝'을
의식하고 묘사하고 드러낸다. 동시에 화자는 쉽사리 어떤
결말에 도달하지 않고 기억을 더듬으며 있을 수 있었던 다양한
가능성의 세계를 펼친다. 끝을 끊임없이 의식하는 동시에
스스로의 끝은 부단히 유보하는 글쓰기, 『이야기의 끝』은
현재와 과거의 구분 너머 여러 가능성의 세계를 넘나들며
지나간 사랑의 고통스러운 지형을 보존하고 또 변형한다.

이야기의 끝

리디아 데이비스

송원경 옮김

마지막으로 그를 봤을 때 나는 친구와 테라스에 앉아 있었다. 비록 그게 마지막이 될 줄은 몰랐지만. 땀을 흘리며 대문을 열고 들어온 그의 얼굴과 가슴은 온통 분홍빛으로 달아올라 있었고 머리는 축축했다. 그는 매너 있게 멈춰 서서 우리와 이야기를 나누었다. 붉은색 페인트를 덧바른 콘크리트 위에 쭈그리고 앉았다가, 나무 벤치 가장자리에 앉았다가 하면서 말이다.

　6월의 어느 더운 날이었다. 그는 자기 짐을 내 차고에서 트럭 짐칸으로 옮기고 있었다. 또다른 차고로 가져가려고 했던 것 같다. 그의 피부가 얼마나 빨갛게 달아올랐는지는 기억하고 있다. 하지만 그가 신고 있던 부츠, 쭈그리거나 앉아 있을 때의 크고 하얀 허벅지, 그리고 이 사심 없는 두 여자와 대화하는 동안 그가 짓고 있었을 허물없고 친근한 표정은 애써 상상으로 채워야 한다. 친구와 내가 그에게 어떻게 보일지가 신경쓰였다. 우리는 접이식 나무 의자에 발을 올린 채 앉아 있었는데, 친구와 나란히 앉아 있으니 내가 더 나이들어 보이겠다고, 하지만 그래서 더 매력적으로 보일지도 모른다고 생각했다. 그는 물을 마시러 집안으로 들어갔다가 곧 나왔고, 준비가 다 되었으니 이제 가보겠다고 말했다.

1년이 지나 그가 나를 완전히 잊었다고 생각하고 있을 즈음, 그는 손으로 직접 필사한 프랑스어 시를 보냈다. 편지는 따로 동봉하지 않았지만, 편지 인사말 대신 내 이름을 적고, 작별인사 대신 시 아래에 자기 이름을 적어놓았다. 그의 손글씨가 적힌 봉투를 처음 받아들었을 때 나는 그가 빌려갔던 300달러를 돌려준 줄 알았다. 그가 빌린 돈은 잘 기억하고 있었다. 그동안 여러 가지 일들이 있었던 터라 이제 나도 그 돈이 필요했기 때문이다. 분명 내 앞으로 보내온 시였지만, 그가 말하고자 하는 것이 무엇인지, 어떤 식으로 받아들이길 바라는 건지, 이 시를 어떻게 이용하려던 건지는 나도 알 수 없었다. 봉투에 반송 주소를 적어놓은 것으로 보아 답장을 기대하고 있을 듯했지만 어떻게 대답해야 할지 몰랐다. 다른 시를 골라 보낼 수 있을 것 같지도 않았고, 편지로 답하자니 어떤 편지가 그 시에 대한 답변이 될지 알 수 없었다. 몇 주가 지난 후에야 답할 방법을 찾았다. 나는 그가 보낸 시를 받았을 때 내가 무슨 생각을 했는지, 처음엔 그것이 무엇이라고 생각했고, 그게 그것이 아니라는 걸 어떻게 깨달았는지, 어떻게 읽었는지, 부재와 죽음, 그리고 재회에 관한 시를 보낸 그의 의도가 뭐라고 생각하는지를 적었다. 나는 이 모든 걸 이야기의 형태로 적었다. 그래야 그의 시가 그러하듯 적당한 거리감을 둘 수 있었으니까. 쓰기 힘들었다는 메모도 함께 넣었다. 봉투에 적힌 주소로 답장을 보냈지만, 그에게서는 연락이 없었다. 나는 오랫동안 답이 없던 이전의 주소를 지우고 새 주소를 주소록에 적어넣었다. 그의 주소는 항상 얼마 못 가 먹통이 되곤 했고, 그가 있는 주소록의 페이지는 수없이 지웠다 고쳤다 하는 통에 얇고 부드러워졌다.

♩

또다시 1년이 흘렀다. 그가 살던 도시에서 멀지 않은 사막을 친구와 여행하다가 그의 마지막 주소지에 들러보기로 했다. 여행 내내 마음이 불편했다. 함께 있던 남자와 묘하게 소원해진 느낌이 들었기 때문이었다. 여행 첫날밤, 술을 너무 많이 마신 탓에 거리 구분을 하지 못하고 달빛 풍경 속 베개처럼 부드러워 보이는 바위의 하얀 구덩이로 뛰어들려 했다. 그는 나를 제지하느라 애를 먹었다. 둘째 날 밤에는 모텔방에서 콜라를 마시며 침대에 누워 거의 한마디도 하지 않았다. 다음날 아침 나는 긴 행렬로 늘어선 말들 중 맨 끝에 있던 늙은 말에 올라타 언덕 틈을 오르내리며 시간을 보냈고, 그는 내게 짜증이 나서 렌트카를 이 암반에서 저 암반으로 몰고 다녔다.

사막을 벗어나면서 우리 둘의 관계는 다시 편안해졌고, 나는 그가 운전하는 동안 크리스토퍼 콜럼버스에 관한 책을 큰 소리로 읽어주었지만 그 도시에 가까워질수록 점점 집중이 흐트러졌다. 책을 읽다 말고 창밖을 내다보았다. 바다에 다가가며 보이는 것들을 나는 파편적으로만 인식할 수 있었다. 수면 위로 기운 유칼립투스나무가 가득한 협곡, 모래시계 모양으로 풍화된 하얀 석회암 돌기둥과 그 위에 앉은 검은 가마우지, 롤러코스터가 있는 부두, 옆에 여왕야자나무가 자라는, 마을보다 높이 솟은 작고 둥근 지붕 집, 우리와 앞서거니 뒤서거니 하며 이어지는 철도, 그 위를 지나는 다리. 북쪽을 향하는 내내 철도를 따라갔는데, 때로는 시야에 보일 만큼 가까이 다가가기도 했고, 철도가 내륙으로 방향을 틀고 도로는 해안가의 절벽 꼭대기를 따라 이어질 때면 멀찍이 떨어지기도 했다.

다음날 오후에는 혼자 나가서 도시의 지도를 샀다. 따스한 햇볕 아래 차갑게 느껴지는 돌담에 걸터앉아 지도를 살폈다. 내가 가려는 곳은 걸어가기엔 멀다고 지나가던 누군가가 말했지만, 그래도 일단 출발했다. 언덕 꼭대기에 올라 바다를 내다볼 때마다 다리와 돛단배가 보였다. 계곡으로 내려가면 하얀 집들이 내 주변에 몰려들었다.

도시가 얼마나 넓은지, 그리고 다리가 얼마나 아파질 수 있는지는 걷고 나서야 알았다. 하얀 집들의 정면에 반사된 햇빛이 시간이 지날수록 강렬해진다는 것, 그 빛이 점점 더 하얘지다가 시간이 지나 내 눈이 아파질 때쯤 되어서야 덜 하얘진다는 것도. 버스에 올라 잠시 타고 가다가 내려서 걸었다. 하루 종일 햇빛이 내리쬐었는데도 해가 저물 무렵이 되자 그늘에만 들어가도 쌀쌀했다. 호텔 몇 개를 지나쳤다. 내가 정확히 어디에 있는지는 알 수 없었다. 나중에 그 동네를 떠나고 나서야 어디에 있었던 건지가 비로소 보였다.

때론 맞는 방향으로, 때론 잘못된 방향으로 걷다가 마침내 그가 사는 거리에 다다랐다. 퇴근 시간이었다. 정장을 차려입은 남녀들이 나를 지나치며 거리를 오갔다. 차들은 천천히 움직였다. 해는 낮게 떠 있었고 건물마다 어두운 노란색 불빛이 들어왔다. 나는 놀랐다. 그가 살던 동네가 이런 곳일 줄은 상상도 못했다. 이 주소가 실제로 존재한다는 사실조차 믿지 못했었다. 하지만 주소 속 건물은 존재했다. 밝은 파란색으로 칠해진, 약간 초라해 보이는 3층짜리 건물이었다. 나는 약국 이름을 새긴 타일들이 줄지어 박혀 있는 건너편 계단에 서서 그 모습을 바라보았다. 계단 타일에 새겨져 있는 건 약국 이름이었지만 뒤에 있는 문은 술집으로 통하는 문이었다.

1년 전 그 주소를 주소록에 적었을 때부터 나는 꿈속에서 본 듯 아주 또렷하게, 사람들이 현관 계단을 오르내리는 2층짜리 노란 집들과 그 집들이 늘어선 작고 볕이 좋은 거리를 상상해왔다. 그의 집 건너편에 차를 세워놓고 그 안에 앉아 현관과 창문을 바라보는 내 모습도 상상했다. 상상 속에서 그가 딴생각을 하며 집밖으로 나오는 것을 보았다. 그는 고개를 숙인 채, 활기찬 발걸음으로 계단을 뛰어내려갔다. 좀더 느린 발걸음으로 아내와 함께 계단을 내려가기도 했다. 그가 모르는 사이, 그 여자와 함께 있던 그의 모습을 두 번 봤기 때문에 상상하기는 어렵지 않았다. 한번은 그들이 영화관 근처 도보에 서 있는 걸 멀찍이서 보았을 때였고, 다른 한번은 비 오는 날 그의 아파트 창문을 통해서였다.

그에게 말을 걸 수 있을지는 확신할 수 없었다. 상상 속에서 내가 말을 걸 때마다 그의 얼굴에 떠오르던 분노가 불편했기 때문이다. 놀람, 그리고 분노, 그리고 두려움. 그는 날 무서워했다. 내가 무슨 짓을 할지 생각하면서 그는 멍하니 경직된 얼굴로 눈꺼풀을 내리깐 채, 고개는 약간 뒤로 젖히고 있었다. 그다음 순간 그는 한 걸음 뒤로 물러선다. 마치 그 한 걸음으로 내가 닿을 수 있는 범위에서 벗어날 수 있을 것처럼.

주소지의 건물이 존재한다는 건 확인했지만, 그의 집이 그 안에 존재한다는 사실은 아직 의심스러웠다. 집이 존재한다 해도, 초인종 옆에 그의 이름이 적혀 있지 않을지도 모른다. 길을 건너 그가 아주 최근까지, 분명 1년 전까지는 살고 있었을 건물 안으로 들어갔다. 그리고 그의 주소로 되어 있는 6호실 초인종 옆 흰색 카드에 쓰인 아드ARD와 프루엣PRUETT이라는 이름을 읽었다.

나는 나중에서야 아드와 프루엣이라는, 성별조차 알 수 없는 낯선 사람들이 그가 남기고 간 흔적을 발견했으리란 사실을 깨달았다. 여기저기 남아 있었을 테이프 조각들, 바닥 나무 사이에 낀 종이 클립과 핀, 가스레인지대 뒤에 떨어진 오븐 장갑이나 향신료병들 그리고 냄비 뚜껑들, 서랍 모서리마다 남은 먼지와 부스러기, 한때 그가 세면대나 조리대를 열심히 닦기 위해 사용했을, 욕조 밑과 부엌 싱크대 아래의 단단하고 얼룩진 스펀지와, 옷장의 어두운 구석에 걸려 있는 버려진 옷가지들, 조각난 나무조각들, 주변에 번지거나 긁힌 자국이 있는 회반죽의 못 구멍들. 그 구멍들의 목적을 모르는 아드와 프루엣의 눈에는 그저 무작위로 뚫은 것처럼 보이겠지. 아드와 프루엣은 나를 알지 못하고 나도 그들을 본 적이 없지만, 이 두 사람에게 예상치 못한 동질감을 느꼈다. 그들도 어떤 의미에서는 그와 가까이 맞닿은 채 살아왔기 때문이다. 물론 그가 남긴 흔적을 발견한 것은 아드와 프루엣 이전의 세입자들이었을 수도 있고, 아드와 프루엣이 찾은 건 사실 전혀 다른 사람의 흔적이었을 수도 있지만.

그를 찾기 위해 가능한 모든 시도를 해야 했기 때문에 초인종을 눌렀다. 이번에 그를 찾지 못한다면 그만둘 것이다. 초인종을 누르고 또 눌렀지만 대답이 없었다. 마침내 필요한 여정의 마지막 지점에 도착했다고 느낄 때까지 오래도록 길거리에 서 있었다.

걸어서 가기에는 멀다는 곳까지 걸어왔다. 하루의 끝에 가까워져도, 힘이 한계에 다다라도 계속 나아갔다. 그가 살던 곳에 가까이 와서 나의 힘은 조금 되살아났었다. 이제는 그의 집을 지나 차이나타운과 홍등가, 해안가에 있는 창고와 바다를 향해 걸었다. 생각에 잠긴 채 그가 더이상 살지 않는 이 도시를 기억해내려고 애쓰며 걸었다. 피곤했고, 그럼에도 계속 걸어야 했고, 사방에 올라가야 할 언덕이 남아 있었다. 그곳에 다녀간 것만으로 그가 나를 떠난 후 한 번도 느끼지 못했던 차분함이 찾아왔다. 그가 그곳에 없었음에도 그를 다시 찾은 기분이었다.

어쩌면 그가 그곳에 없었기에 원점으로 돌아와 끝을 낼 수 있던 건지도 모른다. 만약 그곳에 그가 있었다면 모든 것이 계속되어야 했을 것이기 때문이다. 뭐라도 하지 않고서는 못 배겼을 테니까. 그 자리를 피해 멀리 떨어져서 생각해보는 게 다라고 할지라도 말이다. 이제 나는 그를 찾는 것을 멈출 수 있게 되었다.

하지만 포기했음을, 그를 그만 찾기로 했음을 자각한 순간은 잠시 뒤, 낯선 사람이 가져다준 씁쓸한 싸구려 차를 입에 머금은 채 그 도시의 서점에 앉아 있을 때였다.

잠시 쉬어가려 들른 서점이었는데, 나무 바닥은 삐걱거리고 아래층으로 이어지는 좁은 계단과 어둑한 조명의 지하실이 딸린 건물이었다. 위층은 더 깨끗하고 밝았다. 나는 서점을 가로질러 아래층으로 내려갔다가 위층으로 올라갔다 하며 모든 서가를 돌아다녔다. 책을 읽으려고 자리에 앉았지만 너무 피곤하고 목이 말라 한 글자도 눈에 들어오지 않았다.

나는 문가 계산대로 갔다. 카디건 스웨터 차림에 침울해 보이는 남자가 계산대 뒤에 서서 책을 분류하고 있었다. 서점에 물이 없을 거라는 걸 알면서도 그에게 물을 한잔 마실 수 있을지 물었다. 물은 없지만 근처에 술집이 있다는 답을 들었다. 나는 아무 말도 하지 않고 돌아서서 거리가 내려다보이는 서점 라운지로 몇 계단 올라갔다. 사람들이 주위에서 조용히 움직이는 동안 나는 의자에 앉아 쉬었다.

그 남자에게 무례하게 굴 의도는 없었다. 그저 입을 벌리고 말을 할 수가 없었을 뿐이었다. 공기를 폐 밖으로 밀어내 소리를 내려면 내가 가진 모든 힘을 끄집어내야 했고, 그러면 스스로를 다치게 하거나, 내가 허투루 쓸 수 없는 무언가를 빼앗겼을 것이다.

나는 책을 펴서 그중 한 페이지를 내용도 읽지 않은 채 바라보았다. 그다음 책도 눈에 들어오는 글자를 이해하지 않고 처음부터 끝까지 훑어보았다. 계산대 뒤에 있던 남자는 아마 나를 부랑자로 착각했을 것이다. 도시는 부랑자들로 가득했기 때문이다. 하루해가 다 간 뒤 춥고 어두워질 때까지 서점에 앉아 있으려는 그런 사람들. 그에게 물을 달라고 하고, 주지 않으면 무례해지기까지 하는 사람들. 내가 대답도 없이 돌아섰을 때 그가 지은 놀란 표정, 어쩌면 걱정이 섞여 있었을 그 표정을 보고 그가 나를 부랑자로 오해하고 있다는 걸 알았고, 어쩌면 정말 그럴지도 모른다는 생각이 들었다. 내가 어디 있는지 아무에게도 알리지 않고 밤에 도시 거리를 거닐다가 혹은 비를 맞다가 문득 이름도 없고 얼굴도 없는 존재처럼 느껴질 때가 있었다. 뜻밖에도 계산대 뒤에 서 있던 사람이 이런 느낌에 확신을 실어주었다. 그가 나를 바라보자, 나는 내가 생각한 나 자신으로부터 멀어져 중성의, 무채색의, 감정이 없는 존재가 되었다. 나는 내가 보는 대로 피곤에 절어 물을 달라고 하는 여자일 수도, 그가 보는 대로 부랑자일 수도 있었다. 그와 나를 하나로 묶어주는 진실 같은 건 더이상 없을지도 모른다. 계산대를 사이에 두고 서로 마주보고 있던 우리는 보통의 낯선 두 사람보다 더 멀리 떨어져 있었다. 마치 바닷가의 안개구름 속에 고립된 것처럼, 명료함의 우물 속에 주변의 목소리와 발자국소리는 조용해졌다. 부랑자라는 새로운 자아를 갖게 된 내가 피곤하고 지쳐 아무 말도 하지 않고 돌아서서 라운지로 향할 때까지.

하지만 높다란 책장 옆에 앉아 이런 생각에 잠겨 있던 내게 그가 다가왔다. 그러고는 몸을 숙여 차라도 한잔 마시겠느냐고 살며시 물었다. 잠시 후 그는 차를 가져다주었고, 나는 고맙다는 인사를 하고 마셨다. 혀가 바싹 마를 정도로 쓰긴 했지만 강렬하고 뜨거웠다.

♩

이것이 이야기의 끝인 것 같았고, 잠시나마 긴 소설의 끝이기도 했다. 그 씁쓸한 차 한잔에는 아주 최종적인 무언가가 있었다. 이야기의 끝이라고 생각하면서도, 나는 이 차를 시작 부분에 놓아보았다. 이야기의 나머지 부분을 계속 이어가려면 끝을 먼저 말해야 할 것처럼. 처음부터 시작하는 것이 더 간단했겠지만, 그뒤에 오는 게 없다면 시작은 큰 의미가 없었고, 그뒤에 오는 것은 끝이 없으면 큰 의미가 없었다. 어쩌면 나는 그냥 어디서 시작할지 정하기 싫었을 수도 있고, 어쩌면 이야기의 모든 부분이 동시에 전해지길 원했을 수도 있다. 빈센트가 말하듯이, 나는 종종 가능한 것 이상을 원한다.

누가 이 소설에 대해 물으면 잃어버린 남자에 대한 이야기라고 대답한다. 무슨 말을 해야 할지 모르니까. 그가 어디 있는지 오랫동안 몰랐던 건 사실이다. 처음에는 알았고 그러고는 알지 못했고, 나중에 다시 알게 되었다가 다시 그를 잃어버렸다. 한때 그는 여기서 수백 킬로미터 떨어진 작은 도시의 외곽에 살았었다. 물리학자인 아버지 밑에서 일하기도 했다. 지금은 외국인에게 영어를 가르치거나 사업가에게 글쓰기를 가르치거나 호텔을 경영하고 있을지도 모르겠다. 다른 도시에 있을 수도 있고, 아예 도시가 아닌 곳에 있을 수도 있지만, 마을보다는 도시에 있을 가능성이 높다. 결혼 생활을 계속하고 있을지도 모른다. 아내와의 사이에 딸이 하나 있고, 유럽 어느 도시의 이름을 따서 이름을 지었다고 들었다.

5년 전 이 마을로 처음 이사 왔을 때, 나는 그가 어느 날 불쑥 나타나리라는 상상을 그만두었다. 그럴 가능성이 전혀 없었기 때문이다. 그전에 살았던 다른 곳에서라면 아주 가능성이 없지는 않았다. 세 개의 도시와 두 개의 마을에서 사는 동안 계속 그가 나타나기를 기대했다. 길을 걷고 있을 때면 그가 나를 향해 걸어오는 것을 상상했다. 박물관을 거닐고 있을 때면 그가 옆 전시관에 있을 거라고 확신했다. 하지만 한 번도 그를 본 적은 없다. 어쩌면 그곳에 있었을지도 모르지, 같은

17

거리, 심지어 같은 방에서, 가까이서 나를 지켜봤을지도 모른다. 내가 알아채기 전에 도망갔을지도.

그가 어딘가에 살아 있다는 건 알고 있었다. 몇 년 동안 나는 그가 방문할 법한 도시에서 살았다. 항구 근처의 지저분하고 황폐한 지역이긴 했지만. 시내 중심부로 갈수록 그를 볼 수 있으리라는 기대는 커졌다. 근육질의 넓은 등에 나와 비슷한 키와 밝은색의 직모 머리를 한 낯익은 모습이 보이면 나도 모르게 그뒤를 따라 걸어가곤 했다. 하지만 그 사람이 고개를 돌렸을 때 보이는 얼굴은 그의 얼굴과 너무도 달랐다. 이마도, 코도, 볼도 잘못되었다. 단지 그의 것일 뻔했다는 이유만으로 그 얼굴은 추해 보였다. 맞은편에서 걸어오는 남자의 거만하고 힘이 잔뜩 들어간 자세에서 그의 모습을 보기도 했다. 아니면 붐비는 지하철 안 바로 옆에서 그의 창백한 파란 눈, 주근깨가 있는 분홍색 피부, 날렵하게 솟은 광대를 보기도 했다. 이목구비가 그의 것과 같았지만 더 강조되어 있어서 고무 마스크처럼 보이던 사람도 있었다. 머리카락 색은 같았지만 숱이 더 많았고, 눈동자는 창백해서 거의 하얬으며, 이마와 광대는 괴상하리만치 튀어나와 있었고, 뼈에 매달린 붉은 살과 격노한 듯 다문 입술, 황당할 정도로 넓은 몸을 가지고 있었다. 또 한번은 자리가 덜 잡힌 그의 얼굴과 마주쳤다. 부드럽고 활짝 열려 있어서, 시간이 지나면 내가 그토록 사랑했던 그 얼굴로 바뀌어가리라는 걸 바로 알 수 있었다.

그가 입던 옷을 다른 사람들이 입고 있는 것도 자주 보았다.

질은 좋지만 거친 옷, 해어지거나 색이 바래 있기는 해도 항상 깨끗한 옷들. 비록 말이 안 될지라도, 만약 많은 이가 같은 장소에서 다 같이 이런 옷을 입고 있다면 그가 일종의 자력에 이끌려 나타날 수밖에 없을 것 같았다. 아니면 언젠가 그와 똑같은 옷을 입은 남자를 보게 되겠지. 빨간 격자무늬 재킷이나 연파랑의 플란넬 셔츠에 큰 주머니가 달린 하얀 면바지나 아랫단이 찢어진 청바지. 그 남자가 넓은 이마 한쪽으로 붉은 기가 도는 금발을 빗어넘기고, 푸른 눈, 두드러진 광대, 굳게 다문 입술, 넓고 강인한 몸, 부끄러워하면서도 거만한 태도까지 가지고 있다면 그 닮음새는 완벽할 것이다. 살짝 충혈된 흰자와, 입술의 주근깨, 살짝 부러진 앞니, 그 세세한 마지막 한 부분까지. 마치 그를 이루는 모든 요소가 합쳐져 있어, 적절한 단어만 말하면 이 사람을 그로 변신시킬 수 있을 것처럼 말이다.

∬

    화창한 10월 늦은 오후, 높은 공공청사 꼭대기 층이었는데 무엇을 위한 자리였는지는 기억이 나지 않는다. 사방으로 입구가 나 있는, 햇빛으로 넘쳐나는 원형 혹은 팔각형의 아트리움 같은 곳이었다. 미첼은 나를 그에게 데리고 가며 그의 이름을 말해주었다. 하지만 나는 누군가를 소개받을 때마다 거의 항상 그렇듯이 이름을 듣자마자 잊어버렸다. 그는 내가 누군지 이미 알고 있었기 때문에 내 이름을 잊지 않았다. 미첼은 우릴 내버려두고 가버렸다. 여자들은 강한 햇빛 속을 드나들며 둘씩 아니면 혼자, 소심한 발걸음으로 방에서 방으로 천천히 움직였고 그와 나는 그 한가운데 서 있었다. 그는 내가 나이가 더 많을 거라고 생각했다고 했다. 나는 그가 나에 대해 생각한 적이 있다는 사실에 놀랐다. 그 외에도 놀라운 것들이 꽤 있었다. 그의 솔직함, 내 눈에는 등산복이나 다름없어 보이는 옷차림, 그리고 무엇보다 그가 존재한다는 사실, 여기에 서서 나와 대화를 나누고 있다는 사실이 놀라웠다. 아무도 나에게 그를 언급하지 않았기 때문이다. 그가 너무 어려서였는지 그곳을 떠난 뒤로는 그가 생각나지 않았다.

그날 오후에는 내가 살던 마을 북쪽 해안도로에 있는 허름한 카페에 갔다. 마침 그도 원시 부족의 노래가 나오는 어떤 공연을 보려고 그 카페를 찾아온 참이었다. 몇몇 친구를 비롯해 내가 모르는 사람들과 함께였다. 내가 들어갔을 때 방은 무대 위의 스포트라이트를 빼곤 이미 어두워져 있었다. 긴 테이블에 앉을 만한 곳은 그의 옆에 있는 의자뿐이었는데, 옷가지와 손가방이 의자 뒤에 걸쳐져 있었다. 그는 내가 앉을지 말지 머뭇거리는 것을 보고 일어서서 짐을 테이블의 반대쪽 끝에 갖다놓았다. 공연이 시작되고 얼마 지나지 않아 희미한 조명 속에서 한 여자가 짐을 가지러 의자로 왔다가 짜증을 내며 다른 자리로 갔다. 그 여자가 누군지는 전혀 알 수 없었다.

그는 테이블 전체가 보이는 한쪽 끝에 앉아 내가 들어온 문쪽을 등지고 있었다. 나는 두 남자가 공연중인 작은 무대를 마주한 채 그의 왼쪽에 앉아 있었다. 한 명은 노래를 부르고, 다른 한 명은 베이스 바이올린을 연주했다. 내 맞은편에는 엘리가 앉아 있었다. 당시에는 엘리를 잘 알지 못했다. 그는 계속 엘리 쪽으로 몸을 숙였다. 공연이 시끄럽고 무대가 우리 가까이에 있어서 다른 사람의 귀에 직접 대고 말하지 않고서는 한마디도 알아들을 수 없었다. 당시 나는 술을 좋아했다. 누군가와 앉아서 이야기를 하려면 항상 술이 필요했다. 술 없이 사람들 많은 곳에 앉아 있으면 불편해서 그 시간을 제대로 즐길 수 없었다. 다른 사람 집에 저녁식사 초대를 받으면 들어가자마자 누군가 술잔을 권해줘야 했다.

첫번째 인터미션이 시작되었을 때 그와 엘리에게 카페에서 술도 파는지 물었더니 술은 없다는 대답을 들었다. 술을 사려면 어디로 가야 하는지 묻자 조금만 걸어가면 맥주를 살 수 있는 작은 식료품점이 있다고 했다. 그가 같이 가자고 하더니 의자에서 벌떡 일어섰다.

바깥으로 나오자 그는 길가에 다져진 진흙 길로 가더니 마른 잎들과 유칼립투스나무에서 떨어진 꽃받침들을 헤치며 내 옆에서 걸었다.

우리가 무슨 얘기를 했는지 기억은 안 난다. 그 시절 나는 만난 지 얼마 안 된 사람과 대화할 때마다 머릿속으로 다른 생각을 지나치게 많이 해서 돌이켜보면 무슨 얘기를 했는지 거의 기억하지 못했다. 옷이나 머리카락이 이상하진 않은지, 내가 어떻게 서 있는지, 어떻게 걷고 있는지, 머리와 목을 어떻게 가누고 있는지, 발을 어디에 내딛는지도 걱정했다. 이야기하는 동시에 먹고 마실라치면 어떻게 해야 질식하지 않고 삼킬 수 있을지 고민해야 했고, 실제로 사레들리기도 했다. 이 모든 걸 고려하느라 바빠서 상대가 내게 물어본 것도 대답할 때까지만 기억하고 있다가, 일단 대답하고 나면 바로 잊어버렸다.

그와 함께 밖에 나간 건 7시 반에서 8시쯤이었고, 도로는 이미 어두웠다. 우리가 걷던 쪽은 카페와 그 주변 상점들을 비추는 가로등과 투광조명으로 밝혀져 있었지만 길 건너편은 유칼립투스나무들이 줄지어 서서 불빛을 다 가리고 있었다. 나무들 사이에는 한두 개의 표지판이 걸려 있고, 그 나무들 너머로는 어둠 속에 두 쌍의 철길이 지났고, 그 건너편에는 작은 개울이 있었다. 개울은 눈에 보이지 않았지만 그 옆에 자라는 키 큰 풀들을 보고 개울의 위치를 가늠할 수 있었다. 개울 건너 휑한 언덕배기 아래로는 사람이 잘 다니지는 않지만 불이 환히 밝혀진 좁다란 길이 지나고 있었다. 반대 방향에 있는 카페와 상점 뒤편, 수백 미터 떨어진 언덕과 절벽 아래로는 바다가 펼쳐져 있었다. 보이지 않는 바다는 크고 어두워서 그로부터 떠오른 어둠이 길 위를 맴돌았다. 그 어둠에 전깃불이 맞서 싸우고 있었다.

흙 위를 걸었는지 아스팔트 위를 걸었는지, 무엇을 지나쳤는지, 그가 내 옆을 어떻게 걸었는지, 어색했는지 우아했는지 빠르게 혹은 천천히, 내게 가까이 혹은 한 발 떨어져 걸었는지는 잘 모르겠다. 나와 대화하려고 내 쪽으로 몸을 굽히고 있었던 것 같지만 내가 아주 조용히 말했기 때문에 쉽지 않았을 것이다. 어떤 브랜드의 맥주를 샀는지, 각 브랜드의 가격을 가지고 또 어떤 혼란을 겪었을지, 그가 내 맥주까지 같이 계산했는지는 잘 모르겠다. 아마도 나는 더 비싼 브랜드로 두 병을 사고, 그는 더 싼 브랜드로 두 병 살 돈밖에 없어 주머니를 털어 그걸 샀던 것 같다. 아무튼 그가 가진 돈을 전부 써버렸다는 건 확실하다. 왜냐하면 그는 그날 밤늦게 혹은 다음날 이른아침, 차에 기름이 떨어졌는데 돈이 한푼도 없다며 길에서 만난 낯선 사람에게 1달러만 달라고 부탁했기 때문이다. 그는 다음날 도서관에서 엘리에게 이 이야기를 했고 엘리는 오랜 시간이 지난 뒤 내게 이 사실을 말해주었다.

카페로 돌아왔을 때, 같이 술을 마시러 가자는 그의 제안이 있었다. 이어서 나의 망설임, 그의 대담함, 나의 오해가 있었고, 그의 차에서 나는 소음, 나의 두려움, 밤의 해변, 밤의 우리 마을, 나의 마당과 장미 덤불, 염자 덤불이 있었으며, 그에 이어 내 울타리, 내 집, 내 방, 철제 의자, 우리의 맥주, 우리의 대화, 그의 잘못된 사실 전달, 다시 그의 대담함이 있었다.

술을 마시러 가자는 그의 제안을 들었을 때 제일 먼저 내 입에서 튀어나온 건 집에 가서 일해야 한다는 말이었고, 그런 말을 하는 나 자신이 따분한 번역가나 소심한 교수처럼 느껴졌다. 그보다 훨씬 나이가 많은. 안 그래도 나는 점점 스스로 늙었다고 느끼고 있었다. 새로운 곳에서 새로운 상황을 만난 나 자신을 마치 낯선 이를 대하듯 새로운 관점에서 보고 평가해야 했기 때문인지도 모른다. 당시 나는 그렇게 나이가 많지도 않았지만, 그래도 그보다는 훨씬 나이가 많았다.

기억하기 싫은 것들이 더 있다. 나의 망설임, 갑작스러운 걱정, 그를 급히 쫓아가면서 느꼈던 불안감, 그를 쫓아 달려갔다는 사실에 대한 부끄러움, 나의 품위 없음, 이 나이를 먹고도 나잇값을 하고 있지 못한다는 생각.

그는 공연이 끝난 후 아무 말도 하지 않은 채 단호한 발걸음으로 카페에서 걸어나갔고, 나는 내가 망설여서 그가 상처받은 줄 알았다. 단 열 문장 정도의 대화를 나누었을 뿐인데 벌써 그의 감정을 상하게 하다니. 지금 생각해보면 사실 그다지 놀라운 일도 아니다. 이후로 그를 훨씬 오래 알고 지내면서 그가 걸핏하면 상처받고 화낸다고 생각했으니까. 물론 내가 따라서 뛰쳐나온 걸 보고 그는 내가 비록 망설이고는 있지만 함께 어디론가 떠나고 싶은 마음이 간절하다는 걸 알았을 것이다. 자신을 쫓아나온 내게 그는 그냥 차에서 물건을 좀 치우려고 나온 것이라고 했다. 그렇게 갑자기 자리를 떠난 건 그 자신의 머쓱함 때문이었다. 주차해둔 차 옆에 선 채 그는 이제 어디로 가는 게 좋을지 물었다. 그러고는 예상보다 대담하게 내 집에 가도 되는지 물었다. 내가 다시 망설이자 이번에는 그가 사과했다. 나는 그런 그의 겸손함이 좋았다. 그에 대해 거의 아무것도 알지 못했기 때문에 그가 하는 행동과 말 하나하나에서 또다른 모습을 보았다. 마치 그가 내 앞에서 펼쳐지는 것처럼. 피곤했던 터라 바로 집에 가는 것도 나쁘지 않다고 생각했다. 난 내 차에 탔고, 그는 그의 차에 탔다. 나는 그가 따라올 수 있도록 기다렸고, 그가 시동을 걸자 크고 오래된 흰색 차가 굉음을 냈다. 그 차가 따라오는 동안에도 굉음이 계속 들려와 이빨이 딱딱거리며 맞부딪히기 시작했고 손가락 관절이 아플 정도로 세게 움켜쥔 운전대 위에서 손이 떨려왔다.

그의 헤드라이트가 내 백미러를 가득 채웠다. 운전대를 꽉 잡은 채 해안을 따라 내려가 영화관에서 사람들이 나오고 있는 옆 마을을 지나, 물가를 따라 내려가서, 습지를 가로질러, 마른 언덕길을 따라 내가 사는 마을로 들어가, 신호등과 모퉁이에 있는 야외 카페를 지나, 왼쪽으로 한 번 꺾어 나의 집이 있는 언덕을 올라갔다.

그날 그가 어둠 속 삼나무 밑에서 바퀴 자국이 난 흙길을 걷다가 비틀거렸던 기억이 있지만, 잘못 기억하고 있는 걸지도 모른다. 며칠 후 그가 떠날 때 내가 송엽국 화단에서 차로 쪽으로 넘어졌던 일과 헷갈렸을 수도 있다. 그에게 작별 인사를 할 때였다. 완전히 넘어진 건 아니었고, 삼나무가 있는 집 앞 높은 화단에서 비틀거리며 내려온 것에 가까웠다. 나는 그와 있을 때면 항상 어색했고, 방에서 걸어다닐 때나 의자에 앉을 때나 팔다리를 제대로 통제하지 못했다. 그는 내 마음이 앞서 나가서, 몸에 비해 빨리 움직여서 그렇다고 했다.

그날 밤은 내가 그보다 앞서 걸었다. 담벼락을 지날 때 그는 내가 긁히지 않도록 웃자란 장미 덤불이 늘어뜨린 가시 줄기를 들어올려주었다. 그날 밤이 아니라 다른 날 낮에 그렇게 했던 건지도 모르겠다. 어둠 속에서 그렇게 할 수는 없었을 테니까. 아니면 그날 밤이 맞는지도 모른다. 다만 완전히 어두운 밤이 아니었을지도. 나만 그날 밤이 어두웠다고 기억하는 걸지도 모른다. 그 근처에만 해도 두 개의 밝은 가로등이 있었으니까. 그중 하나는 내 방안까지 밝혀주었다.

우리는 마당의 원형 진입로를 건너 내가 밖을 바라보며 앉아 시간을 보내곤 하는 창가와 그 주변에서 자라는 지저분한 장미 덤불을 지나쳤다. 그리고 엽자 덤불을 지나 집 옆을 빙 돌아갔다. 벽돌길을 따라가 흰색 나무 울타리에 맞게 짜인 흰색 나무 문을 지나 아치 지붕을 얹은 회랑을 지나고 내 방 창문 앞을 지나 방문으로 갔다. 문 옆 흰 회반죽 벽에 고정된 랜턴 안에서 전깃불이 빛났다.

우리는 내가 작업할 때 쓰는 초록색 카드놀이용 테이블과 수형피아노 사이에 있는 접이식 철제 의자에 앉았다. 나는 맥주 두 병을 부엌에서 가져와서 그와 불편할 정도로 딱딱한 의자에 앉아 마셨다.

그는 나에게 소설 하나를 막 탈고한 참이라고 했지만, 나중에 알고 보니 사실이 아니었다. 그가 끝낸 것은 소설이 아니라 스무 페이지 길이의 짧은 이야기였고, 이후 그는 이걸 여섯 페이지로 줄였다. 내가 잘못 알아들었거나, 그가 긴장해서 실수로 '소설'이라는 단어를 말해놓고 자기가 한 말을 듣지 못한 건지도 모른다.

그때까지도 그의 이름을 몰랐기 때문에 그는 내게 반만 실존하는 것처럼 느껴졌다. 그가 낯설었지만 두렵지는 않았다. 그날 그가 나를 세번째로 놀라게 한 건 우리가 몇 시간 동안 각자의 딱딱한 의자에 앉아서 공손하게, 거리감을 유지하며 이런저런 이야기를 조심스럽게 나누던 차에 갑자기 부츠를 벗어도 되겠냐고 물었을 때였다.

∫

　내가 그날에 대해 잘못 기억하고 있을지도 모른다는 사실은 크게 걱정되지 않는다. 하지만 무엇을 이야기에 포함해야 할지는 잘 모르겠다. 카페에서의 나의 망설임과 그의 고집. 그를 따라 카페 밖으로 나갔다가 다시 들어왔던 것. 그가 시동을 걸었을 때 차에서 나던 굉음. 백미러를 채우던, 낡은 흰색 자동차의 헤드라이트와 그릴. 집 옆을 지나며 내가 긁히지 않도록 가시 줄기를 치워주던 상냥함. 딱딱한 철제 의자들. 침대 옆 밝은 불빛의 어색함. 안경을 낀 작은 교수처럼 허공을 맴돌며 아래에서 무슨 일이 일어나고 있는지 꼬치꼬치 따지던 내마음.

　그날 새벽, 그가 떠나기 전에 뭐라고 말을 거는 바람에 잠에서 깼다. 무슨 말을 하는지 이해하기 위해 잠을 애써 몰아냈다. 떠난다는 의미로 어떤 시를 인용하고 있었는데 왜 그러는지 이해가 가긴 했지만 좀 거슬렸다.

　잠시 후 그의 차는 굉음과 함께 떠나가며 부촌의 평화를 깨뜨렸다. 설령 아무도 그를 보거나 그 소리를 듣지 못한다고 해도, 나는 이렇게 젊은 남자가 꼭두새벽에 내 집에서 나와 우아한 해변 마을의 고요함을 찢으며 울부짖는 차를 타고 울타리와 나무를 둘러친 이웃들의 사유지를 지나쳐 언덕을 내려가는 게 부끄러웠다. 길 건너에는 동네에서 넓은 토지를 소유하고 다층탑 모양 저택에 사는 이웃도 살고 있었다. 그는 새로 땅을 매입하거나 수영장을 만든 기념으로 매들린과 나 그리고 마을 사람 여럿을 초대하기도 했다. 언덕 아래로는 한 노부부가 살고 있었는데, 그 집의 정교한 선인장 정원은 내가 담배나 고양이 사료를 사러 편의점에 갈 때마다 지나는 작은 길과 경계를 이루고 있었다. 옆집의 젊은 남녀는 언덕 아래 작은 하얀 시골집에 세 들어 살고 있었다. 그때는 그들이 세 들어 살고 있는 건지 몰랐지만. 그 집의 젊은 여자는 큰길에 있는 옷가게에서 일하고 있어 가끔 내게도 이것저것을 팔았는데, 몇 년 후 고속도로에서 나가려고 속도를 줄이다가 뒤에서 들이받은 큰 트럭에 치여 죽었다. 그렇게 될 거란 사실 역시 그때는 몰랐던 일이다. 그의 차가 포효하는 소리는 이 모든 이웃을 지나쳐, 유칼립투스나무가 앞에 늘어선 노르웨이식 목조 교회를 지나, 언덕 아래에서 오른쪽으로 돌아, 점점 더 멀어져갔다. 내가 더이상 들을 수 없을 때까지.

∫

　내가 지금 있는 이곳도 바다와 충분히 가까워 이따금 갈매기가 머리 위로 날아다닌다. 그리 멀지 않은 곳에는 계곡도 있는데 하도 넓어서 빈센트가 바로잡아주기 전까지 나는 그걸 강이라고 불렀다. 이 계곡은 바닷물이 드나드는 넓은 강으로 흘러드는데 빈센트는 이것도 강이라고 하면 안 되고 하구라고 해야 한다고 했다. 나는 이 두 물줄기 사이의 산등성이에 있다.

　하지만 이곳은 다른 바다. 게다가 이 도시를 가로질러 수 킬로미터를 달리지 않고서는 바다에 다다를 수도 없다. 이 도시 전체가 해안가에 바로 맞닿아 있기 때문이다. 여기에는 송엽국도 없고, 엽자 덤불도 없고, 종려나무도 없다. 바위들은 사암이 아니라 화강암과 석회암이다. 땅은 모래도 아니고, 불그스레하지도 않으며, 짙은 갈색과 황토색을 띤다.

　지금은 3월이고, 날은 춥다. 빈센트의 두꺼운 면양말은 햇볕 아래에 몇 시간 동안 두었는데도 여전히 눅눅한 상태로 빨랫줄에 걸려 있다. 땅에는 눈이 거의 3센티미터나 남아 있지만 몇몇 철새들은 벌써 돌아와 노래를 부르며 둥지를 틀 곳을 찾고 있다. 뒷문 처마 주변을 되새가 날아다니고, 부엌에 들어갈 때마다 바닥에 진흙 발자국이 남는다.

　프랑스 민족학자가 난해한 문체로 쓴 긴 자서전 번역을 막 끝냈다. 다행인 일이다. 한 책을 오래 끌수록 돈은 계속 줄어드니까. 원고는 출판사에 청구서를 동봉해서 보내고 수표가 도착할 때까지 기다릴 예정이다.

오늘 아침에는 영국에 살며 영어로 글을 쓰는 일본 작가에 대한 기사를 읽었다. 그의 소설들은 꼼꼼하게 구성되어 있고, 줄거리가 거의 없으며 단편적인 방식으로 정보를 툭 던져준다고 했다. 이유는 알 수 없지만 왠지 그 기사가 중요하게 느껴졌다. 보관해두었다가 읽으려고 했는데 잡지를 잃어버렸다. 내가 소설을 쓰는 방식은 비효율적이고, 그 때문에 다른 일도 영향을 받는다. 소설을 쓰다 말다 할 때는 그나마 이해가 되는 부분이었다. 하지만 지금은 거의 매일 작업을 하고 있는데도 여전히 혼란스럽고 전날 어디까지 썼는지조차 잊어버린다. 화살표가 있는 작은 카드에 나 자신에게 내리는 지시 사항을 써놓지 않으면 안 될 지경이다. 화살표를 찾아 적힌 내용을 읽고 그대로 하다보면 내가 전날 뭘 하고 있었는지 서서히 기억나게 된다. 그러다 그날의 작업을 마무리하고 또다른 지시 사항을 적는다. 하지만 일이 손에 전혀 잡히지 않는 날엔 몸에서 나는 따듯한 냄새가 열린 옷깃 사이로 피어오르는 걸 맡으면서 잠옷 차림으로 그저 앉아 있다. 창문 아래 도로에서 차들이 끝없이 흘러가는 소리를 들으며, 단지 시간이 흘러가는 것뿐인데도 무슨 일이 벌어지고 있다고 생각한다. 반나절은 앉아 있다가 비로소 옷을 입는다. 샤워를 항상 하지는 않는다. 내가 완전히 무르익었다고 느낄 때에만 한다.

♪

그 첫날 저녁의 순간을 하나하나 떠올리는 게 즐거웠던 때
가 있었다. 우리가 테이블에 앉아 있고, 내 옆에도, 그의 옆에
도 친구들이 앉아 있던 저녁. 공연의 소음이 커서 아무도 대화
할 수 없던 저녁. 서로 모르는 사이였던 우리 둘이 함께 나가
맥주를 두 병씩 사서 돌아왔던, 각자 한 병씩을 마시고 발치에
둔 갈색 종이봉투 속에는 나중을 위해 한 병을 남겨둔 채 앉아
있던 저녁. 아직 아무것도 시작되지 않았던 그때가 왜인지 가
장 좋았던 순간으로 느껴졌다. 두번째 맥주병을 여는 순간 그
해 늦가을과 겨울에 찾아올 모든 일이 시작되는 셈이었으니
까. 하지만 병을 열지 않는 한 우리는 섬에 둥둥 떠 있는 거나
마찬가지였다. 모든 행복이 우리 앞에 놓여 있었고, 두번째 병
을 열 때까지는 시작되지 않았다. 그때는 이런 사실을 알 수
없었다. 뒤따를 일들을 모르고 있었으니. 하지만 되돌아보니
이제는 알겠다.

그날 저녁을 회상하는 게 처음 경험하는 것보다 나았다. 회
상 속에서는 그날의 일들이 내가 감당할 수 없을 정도로 빨리
벌어지지도 않고, 어떻게 행동해야 할지 걱정할 필요도 없으
니까. 결말을 다 알고 있으니, 혹시나 하는 생각에 정신이 팔
리지도 않는다. 두고두고 회상하도록 그날 일들이 일어났던
게 아닐까 싶을 만큼 나는 그때로 자주 돌아갔다.

그가 나를 떠난 후, 시작은 이후 찾아올 무수히 많은 행복의

처음만이 아니라 끝 역시 의미하게 되었다. 우리가 사람들과 함께 앉아 있던 그날 저녁, 나를 거의 알지 못하던 그가 내게 몸을 기울여 속삭이던 공간의 공기에까지 이미 끝이 퍼져들어가 있던 것처럼. 그 공간의 벽이 이미 끝으로 만들어져 있던 것처럼.

∫

　내가 그 동네에 도착한 건 그를 만나기 몇 주 전이었다. 직장은 있지만 살 곳이 없는 처지였던지라, 마침 잠시 집을 비우게 된 두 대학원생의 깔끔한 아파트 방을 빌려 머물고 있었다. 가르치기 위해 왔지만 한 번도 가르쳐본 적이 없어서 두려웠다. 그 집에 혼자 머물며 책꽂이에서 책들을 꺼내 학생들의 질문에 답하는 데 도움이 될 만한 것들을 읽었다. 학생들이 나보다 똑똑하고 더 많이 알고 있을 게 분명하다고 생각했다. 하지만 급하게 닥치는 대로 읽어대서 아무것도 기억에 남지 않았다.

　그곳에서 내가 아는 유일한 사람은 미첼뿐이었다. 그는 시내와 인근의 동네를 구경시켜주고, 캠퍼스를 보여주고, 질문에 답해주고, 사람들에게 나를 소개해주었다. 수줍어하느라 오랜 동료들의 이름마저 종종 잊어버리긴 했지만. 그가 내게 추천해준 셋방은 두 곳이었다. 나 혼자 쓸 수 있는, 가구가 비치된 아파트 방과 다른 여자와 함께 써야 하는 큰 주택의 가구가 없는 방이었다. 그는 나를 데리고 주택을 먼저 보러 갔고 이후로 아파트를 보러 갈 일은 없었다.

집은 아름다웠고 거의 텅 비어 있었다. 본채 두 동으로 나뉜 방들은 울타리와 오래된 관목들로 둘러싸인 테라스로 이어졌다. 스페인식 아시엔다라고 부르는 게 뭔지는 잘 몰라도 이런 게 스페인식 아시엔다이지 않을까 생각했다. 그곳에 사는 여자는 개와 어린 고양이와 함께 지내고 있었다. 그 여자에 대해 잘 아는 사람은 아무도 없었지만 다들 나름의 의견은 있는 모양이었다. 미첼이 대문을 통해 날 테라스로 데리고 가자 매들린이 우리를 마중하러 테라스 반대편 방에서 나왔다. 키가 크고, 길고 불그스름한 금발 머리를 뒤로 묶은 여자였다. 커다랗고 바짝 힘을 준 듯한 미소를 얼굴에 고정한 채였는데, 나와의 만남에 어찌나 긴장했는지 두려움으로 굳어 있는 티가 다 났다. 한낮이었고, 태양이 찬란하게 우리를 비추었다.

개와 고양이 외에 그날의 첫 방문에서 본 것이라곤 전자기기 몇 대와 매들린이 도료를 바르지 않고 만든 끈 달린 화분들뿐이었다. 햇빛 아래 놓여 있었던 것 같다. 전자기기는 그날 이후로 다시는 보지 못했다.

긴장한 건 나도 마찬가지였다. 케케묵은 마늘 냄새와 퀴퀴한 향, 기장, 차, 개, 고양이, 카펫 전용 샴푸 냄새가 나는 그 집에서 내가 잘 모르는, 아니, 아무도 잘 모르는 여자와 함께 살게 된다니. 매들린은 자신이 생활하는 공간을 아주 깨끗하게 유지하고 있었지만, 그래도 동물들에게서 나온 벼룩이 들끓

33

는 건 어쩔 수 없었다. 내 방은 벼룩은 없었지만 오래된 먼지로 덮여 있었다.

매들린과 내가 집 끝의 지하 창고에서 꺼내온 침대 스프링과 매트리스를 빼면, 이사하며 처음 방에 들인 것이라곤 나라 반대편에서 직접 차로 가지고 온 게 다였다. 그다음으로 가져온 건 매트리스와 함께 창고에 있던 카드 테이블과 철제 의자였다.

같은 집에 함께 살면서도 나와 매들린은 계속 혼자 사는 것처럼 지냈다. 우리는 각자의 방에서 혼잣말을 했다. 기분이 안 좋은 날이면 한쪽 방에서 "젠장"이라는 단어가 들려왔고 다른 쪽 방에서는 "나쁜 년"이 들려왔다. 혼란도 다소 있었다. 매들린이 반쯤 먹은 파이를 밖에 내놓은 걸 기억하고 한밤중에 기껏 일어났는데 내가 이미 집어넣었다던가. 그럼 매들린은 자기가 집어넣었다고 생각하고 잊어버리곤 했다.

매들린은 자동차를 사거나 전화를 설치할 돈이 없었다. 나는 전화를 설치하고 피아노를 빌렸다. 내가 집을 비울 때면 매들린은 가지고 있는 유일한 악보를 내 방으로 가지고 와 피아노 연습을 했다. 너덜너덜한 노란색 커버에 커피 얼룩이 있는, 쉬르머판 쇼팽의 <녹턴>이었는데, 매들린은 항상 같은 곡들을 나른한 스타일로 반복해서 연주하곤 했다. 집에 돌아오면 종종 매들린이 피아노 앞에 꼿꼿하게 앉아 연주하는 모습을 볼 수 있었는데, 그때마다 그날그날 나의 기분과 우리 사이의 관계에 따라 기쁘거나 짜증나거나 했다. 저녁식사 후에 나는 하이든의 소나타를 연주하곤 했다. 내 연주 스타일은 단조롭고 거칠고 기계적이었다.

반면 매들린은 비록 실력이 형편없을지언정 우아하고 헌신적으로 연주했다. 나는 매들린의 연주가 부정확하고 지나치게 감상적이라는 것을 알았지만, 그럼에도 그 연주가 옳다는 확신이 들었다. 매들린이 스스로를 의심하지 않았고 매사에 확신이 있었기 때문에 나 역시 어쩔 수 없이 매들린을 믿게 되었다. 매들린과 함께 있다보면 나 자신이 서툴고 멍청할 정도로 순진하다고 느껴질 때가 많았다. 사실 순진하지 않았음에도. 이후 그가 우리와 함께 있을 때 보니 그는 나보다도 더 순진해 보였다.

내가 그 집으로 이사한 시기는 건기였다. 하늘은 거의 흐려지지 않았고, 비도 거의 내리지 않았으며 내린다고 해도 이따금 한두 방울 떨구는 게 다였다. 나는 매일 강의 하나를 했다. 해변가를 운전해 집으로 돌아갈 때마다 나는 파도의 굴곡을 보며 집에 가서 마실 맥주의 첫 모금을 생각했다. 저녁을 먹기 전에는 꼭 시원한 맥주나 와인을 한잔 마셨다. 다음날 수업에 대한 부담감 때문에 저녁에는, 대부분의 저녁에는 약속을 잘 잡지 않았다. 대신 학생들의 논문을 수정하거나 수업에 쓸 만한 아이디어를 적어두었다. 잠자리에 든 후에도 나는 어둠 속에서 수업을 계속했다. 침대 속 수업은 몇 시간 동안 이어지기도 했다. 다음날 강의실에서보다 침대에서 생각을 더 잘 표현할 수 있었다.

다른 사람들과 저녁 시간을 보낸다면 와인이나 맥주를 맘껏 마실 수 있는 편이 좋았다. 안경을 벗어 무릎에 올려놓는 습관이 있는지라 안경은 계속 바닥으로 미끄러져 떨어지곤 했다. 결국 어느 순간부터는 줍기를 포기하고 안경을 바닥에 그대로 둔 채 맨발로 가리고 있어야 했다. 사물의 윤곽은 부드러워지고, 이목구비는 알아보기 어려워지고, 나는 서서히 무감각해졌다. 주변 사람들이 술잔을 내려놓기 시작하면 기분이 좋지 않았다. 저녁이 끝나간다는 의미였으니까. 현실의 삶이 다시 시작되고, 다음날이 밝아오겠지. 그래서 나는 혼자 술을 계속 마셨다. 운전하기 힘들어질 걸 알면서도 그랬다. 정지 신호를 알아차리지 못할 테고, 바닷가를 따라 굽이쳐 내려갔다가 언덕 위로 올라가는 길을 따라가면서도, 텅 빈 교차로에서 신호등이 바뀌기를 기다리면서도 집중하려고 눈을 찡그리지 않으면 안 되겠지. 그래도 술잔을 내려놓기는 힘들었다. 마음 한편으로는 그대로 계속 마시다보면 새로운 상태로 새로운 세상을 만나게 될 거라고 믿었던 것 같다. 손가락의 통제력을 잃고, 머리가 한쪽으로 기울어지고 눈이 문득문득 감겨올 때까지, 그리고 이윽고 온 힘을 다해 생각과 어휘력을 가다듬어야만 비로소 말이 되는 소리를 할 수 있는 그런 상태가 될 때까지 마시면 말이다. 이후 집에 와서 거울을 보면 거울 속 내가 조금 달라보이곤 했다. 볼은 빨갛고, 머리는 축 가라앉아 흐트러지고 입술은 창백한 내가.

나는 거의 매일 카드 테이블에 앉아서 일했다. 내 방은 아주 컸다. 바닥은 빨간 타일이었고, 높고 경사진 천장에 짙은 색의 들보, 움푹 들어간 창틀이 있었다. 벽은 하얀색으로 덧칠되어 있었는데, 그 벽이 어찌나 두꺼운지 햇볕이 내리쬐고 바깥 공기가 뜨겁게 달궈져도 방안의 공기는 항상 시원했다. 작업하다가 고개를 들면 하늘을 배경으로 천천히 흔들리는 검푸른 소나무 가지와 나무들 너머로 풍성하게 자란 붉은 장미 관목이 보였고, 톱니 모양 테두리를 두른 다육식물들의 창살 같은 잎들과 집 반대편을 향해 기울어져 자라는 키 큰 편백나무 밑으로 솔방울이 흩어져 있는 부드러운 가루 같은 흙도 보였다. 길 건너편에는 동양풍의 격자문이 있었다. 이따금 테니스 라켓을 들고 헐렁한 파란색 옷을 입은 어린 소녀가 햇살 아래서 그 문 안으로 들어가곤 했는데, 그때마다 작은 개 두 마리가 마중 나왔다. 차들이 천천히 언덕을 오르내렸다. 산책 나온 사람들은 아스팔트 위로 부드러운 발소리를 내며, 때로는 바스러지게 울리는 큰 목소리를 내며 불쑥불쑥 나타났다. 주로 머리가 하얗게 세고 옷을 곱게 차려입은 노부인이나 노부부였는데, 조심스러운 걸음으로 바다로 내려가거나 쇼핑이나 쇼윈도 구경을 하러 중심가로 내려갔다가 집으로 올라오곤 했다. 이따금 창틀 가장자리로 떠돌이 개들이 종종걸음으로 냄새를 맡으며 나타나 나의 시야로 들어오곤 했다.

조금 더 멀리, 언덕 아래에서 열차가 바닷가를 지나는 소리도 들렸다. 밤이면 그 소리가 더 선명해졌다. 낮에는 다른 소음들이 사이에 끼어들었다. 양손 가득 시간을 쥔 듯 여유롭게 창밖의 거리에서 이야기하는 이웃들의 즐거운 목소리, 이따금씩 언덕의 굽이진 능선을 느릿느릿 오르내리는 차들의 소리, 집에서 두 블록 떨어진 해안도로 위로 끊임없이 이어지는 차와 트럭의 행렬에서 나는 소리, 몇 블록 떨어진 건설 현장의 무거운 기계 엔진 소리와 망치질과 톱질 소리. 그리고 다른 소리도 들려왔지만 그저 불분명한 소란일 뿐이었고 그건 다행인 일이었다. 그 소란은 줄곧 뜨겁게 타오르는 태양 아래서 어두운 녹색의 두툼한 잎을 가진 관목과 진한 붉은색과 옅은 청색의 꽃이 점점이 흩어진 지피식물의 가지런한 풍성함 속에 계속 이어졌기 때문이다.

밤이 되면 소음이 사그라들었고 공기는 부드럽고 향기로워졌다. 태양의 뜨거운 열기와 풍성하던 색깔이 걷혔고 어둠 속에서 나무와 풀들은 그저 건물의 외벽이나 길가 모퉁이에 기대고 있는 부드러운 모양으로만 남았다. 이 텅 빈 공기 속에서 나는 비로소 선로를 따라 달그락거리는 열차의 바퀴 소리와 휘파람 같은 기적 소리를 들을 수 있었다. 열차의 노란 외눈처럼 올곧은 소리였다.

낮에는 작업 테이블을 떠나 밖에 나갈 때도 있었다. 실내에서 몇 시간을 보내고 난 뒤에는 햇빛의 따스함, 미풍의 달콤함, 하얀 울타리 뒤로 펼쳐진 식물들의 색감이 더더욱 강렬하게 덮쳐와 견딜 수 없을 정도였다. 점토나 음식을 사러 가는 매들린을 태워다줄 때도 있었다. 아니면 어느 집의 선인장과 맨흙뿐인 마당과, 정강이에 커다란 가죽 패드를 묶고 밀짚모자와 멜빵바지를 입은 채 느릿느릿 정원 일을 하는 노인을 지나, 노르웨이 교회를 지나, 창문이 먼지 한 점 없이 깨끗한 목조 보건소 건물을 지나 중심가로 걸어 내려가곤 했다. 송엽국이 깔린 화단마다 스프링클러가 켜지고 꺼지기를 반복했고, 햇빛이 차들의 은색으로 도색된 부분에 반사되어 끝없이 반짝였다.

해변이나 언덕길을 혼자 걷거나 매들린과 함께 걸을 때도 있었다. 매들린은 한번 산책을 나서면 몇 시간씩 꾸준하고 쉴 틈없는 기세로 개를 옆에 두고 걷곤 했다. 그렇지 않을 때면 방이나 테라스에서, 한결같이 진지하고 흔들리지 않는 집중력으로 점토나 종이 반죽을 이용해 무언가를 분주하게 만들거나, 음식을 만들거나, 먹거나, 명상하거나 텔레비전을 보았다. 매들린이 산책중에 걸음을 멈출 때는 아는 누군가와 이야기하거나, 작은 무리로 몰려다니는 꼬마들을 쫓아낼 때뿐이었다. 꼬마들은 매들린이 마을의 다른 사람들과 다르다는 이유로 놀리거나 모욕적인 별명으로 부르곤 했다. 매들린은 중심가를 왔다갔다한 뒤 상점들을 지나쳐 공원으로, 철도역을 넘어 해변으로, 바다를 따라 멀리까지 걸어갔다가 출발했던 지점으로 돌아와 다른 방향으로 걸었다.

매들린과 함께 산책할 때는 해변이나 바다가 내려다보이는 절벽을 따라 걸었고, 혼자 산책할 때는 집 반대편에 있는 언덕을 올랐다.

해안을 따라 지어진 동네는 전부 산허리나 바다 위 절벽 꼭대기에 있었다. 가파른 언덕 위 동네에 살면 항상 무언가의 위에 있는 느낌, 절벽에서 튀어나온 바위나 고원처럼 위아래로 가파른 경사가 있는 조그마한 평지에 사는 듯한 느낌이 들었다. 우리집과 테라스가 하나의 층이라면 해안도로는 그 아래 층이었고, 그 아래에 있는 공원이 또다른 층을, 거기서 조금 더 아래, 해변 위 언덕에 조각되어 있는 철길이 또다른 층을 이루었다. 우리집 위의 길은 산비탈에 늘어져 있는 멋진 정원들 앞을 지나며 가팔라지다가, 수평이 되었다가, 부드럽게 솟아올랐다. 정원들은 빽빽한 나머지 작은 숲처럼 보였고, 뒤에 가려진 집에 붙어 있는 사유지라는 것을 알아채기란 쉽지 않았다. 다들 자신의 사유지를 세심하게 관리하는 모양이었지만, 길의 가장자리에는 항상 맥주병이나 캔이 몇 개 떨어져 있곤 했다. 마치 길이 외부 세계의 삶을 싣고 사유지를 강물처럼 가로지르며 흘러들어와 그 흔적을 강둑에 토해놓은 것처럼. 낮이면 땅 주인이 숲이나 잔디밭의 가장자리를 따라 걸으며 조심스럽게 그 흔적을 치웠다. 그럼 길은 밤새 강물처럼 불어났다가 낮아지며 또 새로운 흔적을 남겨놓았다. 훔친 차를 타고 폭주하는 십대들 한 무리가 밤마다 한차례 휩쓸고 가기 마련이었기 때문이다. 거의 모든 길은 언덕길을 올라갔다가 도로 내려왔다. 가파르게 올라가는 길을 걸을 때면 바다를 등지게 되었고, 완만하게 올라가는 길을 걸을 때면 바다와 거의 평행하게 언덕을 가로지르며 모든 지점에서 바다를 볼 수 있었다. 소나무 가지 뒤로 살짝 보이는 파란 면만 보이기도 했고,

어떤 집을 지나 나무들 위쪽으로 올라서면 푸른색, 은색, 검은색의 넓은 평야 같은 바다가 내려다보이기도 했다. 어느 정도 따라가다보면 길은 결국 중력에 굴복하듯 항상 아래로 내려갔다. 길들이 만나는 교차점 한가운데에는 커다란 솔방울인지 솔방울 모양의 어두운 산비둘기인지 알 수 없는 것이 앉아 있곤 했다. 짙은 유칼립투스 향이 벌어진 내 입술을 두껍게 덮었다.

내게 생소한 이 풍경과 기후를 알아가는 게 즐거웠다. 비록 직접 발로 걸어다니기보다 방이나 차의 창문 너머로 알아가는 경우가 더 많았지만. 해안도로는 해안선과 완전히 일치하지는 않았다. 때로는 언덕 반대편 내륙으로 방향을 틀기도 했고, 때로는 바다가 보이는 절벽 위 높은 곳으로 향하기도 했다. 해안도로가 수면 가까이로 하강해 바다 바로 옆에서 달릴 때면 나는 머리 위쪽으로 넘실거리는 파도를 내다보곤 했다. 아니면 거대한 새처럼 활공하는 행글라이더를 올려다보거나, 모래사장 멀리서 서핑 보드를 팔 아래에 낀 채 도로 쪽으로 돌아오는 검은 수영복의 서퍼들을, 모래 위에, 물에, 공중에 있는 사람들을 바라보았다. 하늘에는 연이 떠 있기도 했고 한두 번쯤인가는 내륙을 향해 질주하는 거대한 줄무늬 열기구도 보았다.

해변에 있는 사람들은 주로 둘씩 짝을 이루고 있었다. 잠수복을 입은 다이버 두 명이 무거운 장비를 짊어진 채 분주하게 버클을 풀거나 잠그고 있는가 하면, 수염을 덥수룩하게 기른 남자 두 명이 나란히 운동하고 있기도 했다. 햇빛에 그을린 쭉 뻗은 다리에 얼룩 하나 없는 스웨터와 반바지를 입고 빠른 속도로 걷는 중년의 남자와 아내, 금발의 여자친구가 수건 위에 누워 있는 동안 안경을 이마 위로 올려쓴 채 의자에 앉아 무거운 가죽 장정의 책을 읽는 근육질의 금발 남학생도 보였다. 내가 차가 아니라 해변에 있었다면, 바닷가의 작은 철도역도 볼 수 있었을 것이다. 벨을 울리며 들어오는 열차들과, 플랫폼 가장자리에 모여서 열차를 기다리는 붐비는 인파를.

♩

이 근처에도 열차는 있다. 화물열차인데, 배차 간격이 너무 길어서 열차가 지나갈 즈음에야 여기로 열차가 다닌다는 사실을 기억할 정도다. 이곳 열차의 소리도 밤늦은 시간에 더 선명했다. 길이 조용해지면 뒤편 산비탈에서 바퀴가 율동적으로 튕기는 소리가 들려온다. 비가 많이 오는 날에도 잘 들리는데, 그럴 때면 선로가 나무 바로 너머에 있는 것 같다.

오늘 아침에는 온몸이 쑤신다. 어제 단 한 명의 손님을 위해 집을 청소하고 복잡한 식사를 준비하느라 분주했던 탓이다. 키가 크고 말라서 더욱 외로워 보이는 남자였다. 이야기하는 걸 꽤 즐기는 사람인데도 항상 조용한 남자라는 인상을 준다. 어쩌면 톰이라는 단순한 이름을 가진 탓에 더더욱 외롭고 조용해보이는지도 모른다. 빈센트의 아버지가 오른쪽 안락의자에 앉아서 내가 먹던 음식을 달라고 하는 등 방해를 일삼았지만 그래도 저녁식사는 별탈없이 지나갔다.

내가 소설을 쓰기 시작한 이후로 너무 많은 시간이 흘렀다. 그동안 나는 도시의 아파트를 떠나 빈센트와 함께 살게 되었고, 그후 빈센트의 아버지까지 이사 오는 바람에 할일이 늘었다. 게다가 그를 돌볼 간병인들까지 줄줄이 들어오게 되었다.

내가 산책하던 초원은 그동안 작은 주택단지 개발지구로 변했다. 그 초원에는 많은 야생화와 네 가지가 넘는 종류의 잔디가 자랐었다. 한쪽 끝에는 막대기같이 가느다란 묘목들이 있었고, 다른 쪽 끝에는 커다란 참나무가 작은 헛간 옆 바위 언덕에 기대어 서 있었다. 이제 참나무는 사라지고 주택들만 열을 지어 산비탈에 들어서 있다. 초원이 있던 곳에는 새로 깐 진입로의 검은 아스팔트와 제법 넓게 펼쳐진 황량한 잔디밭이 있을 뿐이다.

동네 외곽의 또다른 공터에는 세차장이 들어섰다. 그리고 불과 몇 달 전, 대부분의 동네 사람이 반대했음에도 불구하고 주거용 주택과 사무실을 짓는 대규모 프로젝트가 승인되었다. 이 마을의 양계장 주인이 어렸을 때 돌아다니던, 길 아래 미경지를 개발하는 프로젝트다. 양계장도 이제 영업을 중단했고 그 주인은 길가 노점에서 직접 만든 새장을 판다. 하지만 이건 수많은 변화의 일부일 뿐이다.

빈센트 아버지의 새 간병인이 지금 아래층에서 근무중이다. 책임감이 강하고 열심히 일하는 사람 같다. 건강염려증이 있는 듯하지만 그래도 지난번에 왔던 사람보다 명랑해 보인다. 팔 위쪽에 문신을 하고 있는데, 아직은 조심스러워 제대로 살펴보지 못했다. 지금 빈센트의 늙은 아버지는 점심식사 때 내가 적어준 음식 말고 다른 걸 해달라고 간병인을 조르고 있다. 위층에 있는 내내 나는 한 귀로 그들의 말을 듣는다. 노인은 오늘 아침 간병인을 아주 다정하게 맞아주었고, 근무를 시작한 지 이틀밖에 되지 않았는데도 그 사람이 집에 들어서자 두 팔로 안아주었다. "제 머리카락을 좋아하는 것 같아요." 간병인이 내게 조용히 말했다. 하지만 관심이 시들해지면 노인은 나를 찾을 게 뻔했다.

간병인들과는 거의 끊임없이 마찰을 겪어왔다. 다들 노인을 좋아했지만 그리 오래 버티지는 못했다. 한 명은 근무일의 반 정도만 나왔고, 오더라도 매번 다른 핑계를 대며 지각을 일삼았다. 아프다, 자동차가 고장났다, 생리통이 심하다, 시간을 착각했다 등등. 또다른 간병인은 여름 내내 일하기로 계약해놓고 몇 주 후에 갑자기 요리를 가르친다며 카리브제도로 떠난다고 통보해왔다. 내가 그런 게 어딨느냐고 항의하니 화를 내며 빈센트의 아버지에게 작별 인사도 하지 않고 자취를 감추어버렸다. 노인은 몇 번이고 설명해줘도 무슨 일이 있던 건지 이해하지 못했다.

지금 아래층 거실에서 간병인은 기침을 하며 피아노 건반을 두드리고 있다. 이제 일은 그만하고 내려와서 퇴근시켜달라는 뜻이겠지. 간병인 중 하나는 내가 5분이라도 늦으면 올라와서 시간을 알려주곤 했다. 또다른 한 명은 노인이 날 찾아

직접 계단을 오르도록 내버려두었다. 그의 몸에 무리가 가는 한이 있어도.

$$\int$$

  일주일 정도 되는 시간이 지난 후에야 그는 그 첫날밤 새벽에 먼저 떠났던 건 잠에서 깼을 때 그가 옆에 있는 걸 보고 내가 좋아할지 알 수 없어서였다고 했다. 그날 아침 늦게 그는 도서관에 있는 엘리를 보러 갔다. 조언을 구하기 위해서였다. 그는 내 강의실로 가는 길목에서 기다리다가 내가 수업에서 나오면 만나야 할지 물었다. 엘리는 당연히 그래야 한다고 했다. 그는 내가 불편해하지는 않을지 물었다. 엘리는 당연히 그렇지 않을 것이라고 했다. 엘리의 이런 격려 덕분에 그는 담배를 손에 들거나 피우거나 하는 포즈를 의식적으로 취한 채 나를 기다릴 용기를 낼 수 있었던 것이다. 이걸 나는 몇 달 후에야 엘리로부터 들었다.

  두번째로 왔을 때 그는 아침까지 남아서 나와 하루를 보냈다. 우리는 해변으로 산책을 갔다. 그가 바위를 넘어 모래사장으로 내려올 때, 왜인지 나는 그를 바라볼 수 없었다. 우리는 아무 말 없이 바위를 지나 부서진 조개껍데기 위를 걸어 멀리까지 갔다. 불편했다. 나는 그가 소심해서 말이 없는 거라고 생각했다. 대화하려고 노력했지만 쉽지 않았다. 침묵이 깊은 나머지 그 침묵을 억지로 가르고 말을 밀어넣는 느낌이었다.

나는 시도하기를 그만두었다.

♪

나는 그의 성이 무엇인지 몰랐고 그의 이름도 확실히 알지 못했다. 내가 기억하기론 꽤나 특이한 이름이었다. 그런 이름을 가진 사람은 처음이었다. 하지만 그에게 물어보자니 창피했다. 그의 이름을 보거나 들을 기회가 생겨 자연스럽게 알게 되기를 바랄 수밖에 없었다.

지금 생각해보면 누군가에게 전화해서 물어볼 수도 있었을 텐데 싶다. 전화할 수 있는 사람이 적어도 두 명은 있었는데. 하지만 당시에는 그들과 지금만큼 가까운 사이가 아니었다. 내가 그에게 직접 물어보지 않은 이유는 더 분명하다. 바보스럽게 보이지 않고 물어볼 수 있었던 타이밍은 오래전에 지나갔던 탓이다.

그래서 나는 며칠이 지나도록 그의 이름을 알아내지 못했다. 거의 그와 단둘이서만 있었기 때문에 알아낼 방법도 없었다. 그와 매우 빠르게 가까워지고 있었음에도 이름을 몰랐기 때문에 한편으로는 계속 낯선 사람처럼 보였다. 마침내 그의 이름을 알았을 때는 남편, 형제, 혹은 자식의 이름을 비로소 안 느낌이 들었다. 하지만 그를 잘 알게 된 상태에서 이름을 알았기 때문에, 이상하게도 아무렇게나 갖다붙인 이름 같았다. 꼭 그 이름이 아니었어도 되었을 것처럼.

$\int\!\int$

그를 만난 지 이틀째 되던 날 나는 집에 늦게 들어와 잠자리에 들어 어둠 속에 누운 채 초조한 마음으로 그를 생각하며 그와 함께 있기를 바라다가 잠깐 눈을 붙였다가, 깨어나서는 다시 한번 그를 생각했다. 새벽 2시가 지날 무렵 갑자기 차 한 대가 굉음을 내며 언덕을 올라와 창문 앞을 지나갔다. 전조등이 방안을 훤하게 비추더니 곧 엔진이 꺼지고 이어서 전조등도 꺼졌다. 침대 옆 창밖을 내다보니 집 앞 큰 삼나무 뒤에 주차된 자동차의 하얀 후드가 보였다. 들려오는 말소리의 일부는 알아들을 수 있었다. "당신을 원해요…… 할 수 없어요…… 이 회전목마…… 이 오래된 회전목마…… 도시로……" 나는 밖에서 혼잣말을 하는 사람이 그라고 확신했다. 왜냐하면 차가 흰색이었고, 굉음을 냈고, 우리집 밖에서 멈췄으니까. 만약 정말 그라면, 그는 약간 미친 건지도 몰랐다. 하지만 나는 아직 그를 잘 알지 못했다. 그가 미쳤는지 안 미쳤는지도 모른다. 가끔 정신이 다른 곳에 가 있고, 자기가 뭘 하고 있는지, 어디에 있는지조차 잊어버린다는 것만 알았다. 앞으로 그에 대해 알게 되는 사실은 무엇이든 기꺼이 받아들이기로 마음먹은 상태였지만, 두렵지 않은 건 아니었다.

나는 옷을 입었다. 집 옆으로 나가서 삼나무 아래를 지나 진입로를 따라 길가로 나갔다. 그제서야 나는 그 차가 그의 차보다 작다는 것을 알았다. 그의 차가 아니었던 것이다. 이제 나는 완전히 다른 이유로 겁이 났다. 이곳에 멈춰선 사람은 낯선 사람이었다. 통제할 수 없고, 훨씬 더 예측 불가능한. 집 쪽으로 돌아서자 헤드라이트가 켜지면서 나를 비추었고, 방금 전의 목소리가 "괜찮아요?" 하고 말을 걸어왔다. 걸음을 멈추고 "누구세요?"라고 묻자 목소리는 "잠깐 생각 좀 정리하느라고" 그 비슷한 말을 했다.

집안으로 들어갔다. 복도를 따라 화장실로 갔다. 변기에 앉아 손과 다리가 떨리는 것을 보았다.

그날 밤 복도 바닥에서 그가 쓴 짧은 글을 발견하는 꿈을 꾸었다. 제목 페이지에 내 이름과 대학 사무실 주소가 적혀 있었다. 대체로 평이하게 쓴 글이었지만, 프랑스 파리에 대한 어떤 문단에 이르러서는 "전쟁의 전율"이라는 표현이 나오는 등 갑자기 서정적으로 바뀌었다. 그 이후로는 평범한 문체로 돌아갔다. 마지막 문장은 다른 문장들보다 짧았다. "우리는 항상 회계 담당자를 놀라게 한다." 꿈속에서 나는 그 작품이 마음에 들었고 그 사실에 안도했다. 마지막 문장은 마음에 들지 않았지만. 하지만 막상 깨어나고 나서는 그 마지막 문장이 좋아졌다. 다른 문장들보다도 더.

돌이켜보면 꿈을 꾸던 당시에는 아직 그가 쓴 글을 읽어보지 못했기 때문에, 내가 좋아할 만한 그의 글을 내가 직접 만들어낸 게 아니었나 싶다. 그건 내 꿈이었고 꿈속에서 그의 글이라고 했던 것도 그가 쓴 글이 아니지만, 기억 속 그 단어들은 여전히 내 것이 아니라 그의 것인 양 느껴진다.

∫

  우리가 만난 지 3일째 되던 날, 한 친구가 내 앞에서 그의 이름을 불렀고 나는 내가 기억하는 이름이 맞다는 것을 알았다. 그로부터 이틀 후에는 도서관의 잡지 보관 서가에 갔다가 그의 시들과 함께 인쇄된 이름을 보고 성도 알게 되었다. 그가 쓴 시가 마음에 들지 않으면 어떻게 해야 할지 고민한 적은 있었지만, 거기서 그의 성을 보게 될 거라곤 미처 생각하지 못했고 내가 느낄 충격에 대해서도 전혀 준비가 되어 있지 않았다. 자음이 빽빽하고 발음하기 어려워서, 그때까지 한 번도 본 적이 없고 앞으로도 볼 수 없을 유일무이한 이름이라는 데서 온 충격이 아니었다. 내가 충격을 받은 건 다른 이유 때문이었는데, 처음에는 그게 뭔지 알 수 없었다.

  그렇게 많은 날을 기다린 후에 비로소 이름을 알게 되니 그라는 존재가 더욱 현실로 다가왔다. 이름은 이전까지 허락되지 않았던 세상 속 자리를 그에게 내어주었고, 이전보다 낮의 영역에 속할 수 있게 해주었다. 그때까지 그는 내가 피곤해서 제대로 생각하지도 앞을 분간하지도 못하는 시간, 명료한 빛이 찾아드는 순간이 있다 해도 그 주변은 온통 어둠뿐인 시간에 속했다. 여태까지 그라는 존재는 빛보다는 어둠과 그림자 속을 드나들 뿐이었다.

  그의 성을 모를 때까지만 해도 그는 언제든지 다른 사람이 들려준 이야기에 속할 수도, 다른 사람의 친구에 지나지 않을

49

수도, 내가 잘 알지 못하는 사람일 수도 있었다. 그를 잘 알지 못하는 동시에 이미 그와 가까워져서 우리 사이에는 한 치의 공간도 없는 것 같았다.

하지만 이름을 알게 된 뒤 몇 주 동안 그를 알고 지내면서도, 낮에는 그를 만난 적이 없다는 느낌을 떨쳐내지 못했다. 그는 여전히 한밤중에 갑자기 내 방에 들어온, 이름조차 잘 기억나지 않는 사람이었다.

그의 시를 다 읽고 희귀서적 보관 서가 뒤쪽에 있던 엘리를 찾아갔을 때 나는 그의 어머니가 나보다 겨우 다섯 살 위라는 말을 듣고 또 한 번 충격을 받았다.

∬

소설 속에서 그를 뭐라고 부르고 나 자신은 뭐라고 부를지 오랫동안 정하지 못했다. 내가 원했던 것은 그의 실제 이름처럼 단 한 음절로 이루어진 영어 이름이었지만, 알맞은 이름을 찾다보니 번역하기 까다로운 단어를 마주할 때마다 겪는 아이러니에 부딪혔다. 원래의 단어를 대체할 수 있는 유일한 번역어는 원래 단어 그 자체뿐이었다. 마침내 나는 그가 쓴 이야기 속에 등장하는 남녀의 이름을 따오기로 결정했다. 그래서 그때 내 소설 속 두 인물은 행크와 애나가 되었다. 나는 엘리에게 소설의 첫 부분을 읽어보라고 주었다. 서두를 필요 없다고, 바로 읽을 필요는 없다고 하긴 했지만, 그래도 읽는 데 그렇게까지 오래 걸릴 것이라고는 예상하지 못했다. 처음에는 개의치 않았다. 왜냐하면 나도 내 소설에 대해 생각하고 싶지 않았기 때문이다. 소설에서 벗어나 쉬고 싶었다. 하지만 마침내는 엘리의 생각이 궁금해 안달이 나는 시점에 이르렀다.

엘리가 소설을 바로 읽지 않았던 건 그 이야기가 당시 자신이 겪고 있던 일과 매우 비슷했기 때문이었다. 엘리는 자기보다 어린 남자에게 큰 애착을 갖고 있었다. 그는 엘리를 떠나지 않았지만, 엘리는 그가 떠날 것을 두려워했다. 얼마 지나지 않아 그가 정말로 떠났을 때에도 엘리는 여전히 내가 준 글을 읽지 않았다. 소설을 펼쳐볼 마음의 준비를 하고 있다고는 했지만 읽기가 훨씬 더 어려워진 건 사실이었다. 화가 나서 외국으로 이주하고 싶다고까지 했으니까.

그동안 엘리 대신 다른 사람에게 보여줄 생각도 해보았지만 적당한 사람이 없었다. 한번 읽어봐주겠다고 제안해준 친구들이 있었지만, 그들 중 몇몇은 객관적이지 못할 것 같았고, 다른 몇몇은 또 제각기 다른 이유로 도움이 되지 않을 것 같았다. 도움이 될 만한 사람 두 명 정도를 추려보았지만, 보여줄 만한 분량이 더 생길 때까지 기다리고 싶었다.

빈센트는 왜 자신에게는 안 보여주는지 물었다. 내 소설을 꽤나 읽고 싶어하는 눈치였다. 아마도 나에 대해, 그리고 내가 숨겨온 인생의 몇몇 순간들에 대해 더 알기 위해서겠지. 예를 들어 그가 내 '일탈'이라고 부르는 유럽에서의 그 순간에 대해서. 깡마르고 예민한 남자와 호텔 침대에 누워 그의 잠을 깨우지 않으려 부단히도 애쓰던 나흘 밤을, 그러다 도무지 잠이 오지 않아 화장실 바닥 타일 위에 앉아 책을 읽으려고 해도 취해서 뭘 읽고 있는지 이해할 수 없던 그 상황을 나라면 '일탈'이라고 부르지 않을 것이다. 남자는 집이 아닌 곳에서는 잠을 못 잤다. 그럼에도 종종 여행을 떠나야 했고, 주라산맥에 있는 아내에게 돌아가면 몇 주 동안 내리 잠만 잤다. 그가 내게 말해준 바로는 그랬다. 얼굴이 피곤으로 하얗게 질린 채 굳어 있던 그는 잠을 자야 한다며 어둠이 깔린 호텔 방을 살금살금 가로질러 이불 속으로 기어들어와 내 등 뒤에 웅크리더니 목덜미에다 대고 한 시간 넘게 이야기를 했다. 그러다가 곯아떨어졌다. 나는 잠이 안 오면 화장실에 들어가 불을 켜고 바닥에 앉아 있거나 호텔을 나갔다.

첫날밤에 무사히 그의 호텔에서 나와 내가 머무는 호텔로 돌아왔다. 두번째로 나가려고 했을 때는 새벽이었고 호텔의 문이 잠겨 있었다. 피곤에 찌들어 간신히 잠든 남자를 깨우고 싶지는 않았다. 결국 나는 호텔 직원을 불렀고 그는 얼굴을 잔뜩 찌푸린 채 가운을 걸치고 나와서 긴 말다툼 끝에야 겨우 문을 열어주었다. 타일이 깔린 금붕어 어항을 지나 습기 찬 로비를 가로질러 새벽 햇살이 비추는 거리로 나가자 한 무리의 일꾼들이 도로에 노란 선을 덧그리다 말고 호기심에 찬 눈길로 나를 올려다보았다. 아직도 어제저녁에 입었던 검은 드레스 차림이었기 때문이다. 밖에 나오기는 했지만 내가 묵고 있던 호텔의 문도 잠겨 있어서 시장 사람들이 좌판을 차리는 것을 지켜보며 한동안 동네를 돌아다녔다.

그날 오후에는 수영을 하러 해변에 갔지만 몸 상태가 영 좋지 못했다. 할 수 있는 일이라곤 허리 높이까지 오는 물속에 오래도록 서서 수평선을 바라보거나 해수욕을 하는 다른 사람들을 바라보는 것뿐이었다. 그들은 짚 돗자리에 반듯이 누워 있거나 강한 바람에 날리는 따가운 모래로부터 눈을 가린 채 앉아 있었다. 나는 곧 더위와 눈부신 빛 때문에 현기증을 느끼고 물에서 나와 해변 카페를 향해 모래 위로 올라갔다. 나머지 오후 시간은 카페에 가운 차림으로 앉아 주인과 종업원의 걱정스러운 시선을 받으며 이마에 얼음을 대고 소금을 손끝에 찍어 조금씩 핥아먹으며 보냈다. 해가 저물어갈 즈음 어떤 키 큰 영국 여자가 날 부축해 모래사장을 가로질러 택시로 가도록 도와주었고, 약간의 아스피린과 물 한잔과 함께 날 호텔 방에 넣어주었다.

빈센트에게 소설을 보여주고 싶은 마음은 아직 없다. 안 그래도 그는 충분히 회의적이다. 비록 내가 직접 말해준 건 아니지만 그도 소설의 대략적인 내용은 안다. 그는 내 인생에 있었던 모든 연애를 추잡한 것으로 여기는 경향이 있다. 이전에 다른 남자들을 만났다는 건 나도 인정한다. 낡은 보트 가게에서 혼자 살던 화가가 있었고, 나를 자기 어머니와 함께 오페라에 데리고 가던 인류학자가 있었다. 인류학자 직후에는 엄청 자주 미소를 지어대던 사람을 만났었고, 직전에는 술을 많이 마시는 사람을 만났는데 나를 사막에 데려갔던 사람이 바로 그였다. 그 사람 전에는 자기가 혼자 상상한 걸로 질투심을 느끼던 사람이 있었다. 그러나 이 사람들 중 어느 누구하고도 관계가 오래 지속되지 않았고, 몇몇하고는 끝까지 가보지도 못했다. 하나같이 괜찮은 부류의 남자들이었고 대부분은 대학교수들이었는데도 그랬다.

엘리는 결국 내가 보낸 원고를 읽었다. 그 무렵 엘리는 정말로 외국에 가려던 참이었다. 헤어진 젊은 애인 때문은 아니었고 기껏해야 1년 정도만 가 있을 예정이긴 했지만. 엘리에게 내 원고는 떠나기 전에 처리해야 할 일 중 하나였다. 꽤 마음에 들어하는 것 같았지만 인물들의 이름이 잘못되었다고 말했다. 엘리는 남주인공의 이름이 행크인 걸 용납하지 못했다. 행크라는 사람과는 아무도 사랑에 빠질 수 없다고. '행크Hank' 하면 '손수건handkerchief'이 생각나기 마련이라고 했다. 물론 행크라는 사람과 사랑에 빠질 수 없다는 건 사실이 아니다. 하지만 행크라는 남자와 그를 사랑하게 될 남자 혹은 여자는 그의 이름을 선택할 수 없는 반면, 내게는 선택의 여지가 충분히 있다고 엘리는 말했다.

엘리가 행크라는 이름에 결사반대하고 나서자 나는 당분간 여주인공은 로라, 남주인공은 가렛이라고 불렀다. 그러나 로라라는 이름의 여자는 차분하거나 적어도 우아함을 지닌 여자처럼 느껴져서 별로 마음에 들지 않았다. 수잔이 더 나았을지도 모르지만, 수잔은 분별력 있는 여자라 다른 여자와 있을 남자와 그의 낡은 흰색 차를 찾아 오밤중에 동네의 이쪽 끝에서 저쪽 끝까지 왕복 두 시간을 걸어다니지는 않을 것 같았다. 그것도 그를 한번 살짝 보기만 하겠다는 이유만으로. 수잔이라는 여자는 빗속에서 차를 몰고 그의 집으로 가서 발코니에 올라가 창문을 들여다보는 짓은 하지 않을 것이다.

그래서 나는 여주인공을 해나라고 불렀고, 그다음엔 매그, 그리고 애나라고 불렀다. 내 방의 생김새를 묘사했고, 애나라는 여자가 어떻게 카드 테이블에 앉아서 모든 악조건에도 불구하고 일을 하려고 했는지에 대해 썼다. 또다른 버전에서는 내 카드 테이블에 로라가 앉아 있거나, 해나가 피아노를 치거나, 앤이 내 침대에 누워 있기도 했다. 남주인공은 오랫동안 스테판이라고 불렀다. 그때는 심지어 소설 자체를 스테판이라고 불렀다. 빈센트는 그 이름이 유럽스러워서 마음에 들지 않는다고 했다. 유럽스럽다는 것에는 나도 동의했다. 그래서 그 이름이 어울린다고 생각했던 거지만. 어차피 스테판도 완전히 만족하지는 못했던 참이라 다른 이름을 생각해보려고 했다.

이미 예닐곱 권의 소설을 쓴 친구가 몇 달 전에 말하길, 자기는 원고를 너무 빨리 쓰느라 앞의 한두 페이지만 다시 읽고 다음 부분을 이어서 썼더니 나중에 전체를 다시 읽었을 때 등장인물 한 명의 이름이 열두 번이나 바뀌어 있더라고 했다.

나를 기다리며 길가에 서 있는 그를 보았을 때 나는 그의 얼굴과 손, 몸의 자세뿐 아니라 옷깃이 해진 빨간 격자무늬 플란넬 셔츠와 닳아서 얇아진 흰 맨투맨, 카키색 군용 바지와 등산화도 보았다. 손에는 담배 파이프를 들고 팔에는 가방을 걸치고 있었다.

그를 안 지 얼마 안 되었을 때에는 그의 모습이 지난번 본 모습과 어떻게 다른지 만날 때마다 세심하게 살피곤 했다. 그래서인지 나는 그의 옷차림을 놀라울 정도로 선명하게 기억한다.

그를 팔로 감싸면 손가락 아래와 피부에 와닿는 건 옷감뿐이었고, 더 세게 눌러야만 비로소 그의 근육과 뼈가 느껴졌다. 그의 팔을 만진다는 건 셔츠의 면 소매를, 그의 다리를 만진다는 건 해진 청바지의 표면을 만지는 것에 지나지 않았다. 그의 등허리에 손을 얹으면 뼈처럼 단단한 두 줄기의 근육뿐 아니라, 내 손의 온기에 데워지는 스웨터의 부드러운 양모 또한 느껴졌고, 그가 날 가슴에 대고 껴안으면 눈 바로 앞에 셔츠의 면실이나 스웨터 모직의 짜임이나 격자무늬 재킷의 보들보들한 털이 보였다.

그는 볼 때마다 조금 다르게 보였고 나는 매번 새로운 사실을 배웠다. 그렇게 알게 된 것들은 작은 충격으로 다가왔고, 나를 기쁘게 하거나 약간 혹은 상당히 불편하게 했다. 그가 날 기다려준 날, 우리가 함께 하루를 보낸 그 첫날에도 나는 그가 술집에서 내 학생들이나 미첼에 대해 날 선 말을 하는 걸 듣고 놀라고 말았다. 질투할 이유가 하나도 없었는데도 그는 질투하는 듯한 말투를 썼다. 분노에 찬 말을 듣자 갑자기 그가 다시 낯선 사람처럼 보였다. 내가 싫어하는 유의 낯선 사람. 그를 더 잘 알고 나서야 그날의 분노가 사실은 실망이었음을 이해했다. 그는 자주 실망했다. 거의 모든 사람이 그를 실망시켰고, 그래서 그는 분노했다. 모든 사람까지는 아니더라도 최소한 남자들은 꼭 실망을 안겨주었다. 그는 남자들에게 많은 것을 기대했고, 존경할 점을 찾고 싶어했다.

그는 몇몇 남자들에게 화를 냈고 몇몇 위대한 작가들에게는 분개했는데, 그 두 감정은 비슷한 실망에서 비롯된 것 같았다. 그는 항상 위대한 작가의 글을 읽었다. 마치 지금까지 인간이 쓴 글 중에서 가장 훌륭한 것들을 죄다 머릿속에 넣고 싶어하는 것 같았다. 그는 한 작가를 골라 그가 쓴 작품 대부분을 읽고는 매번 분개했다. 뭔가 잘못됐다고 그는 항상 말했다. 작가는 존경했지만, 뭔가 잘못되었다. 그는 또다른 위대한 작가가 쓴 대부분의 작품을 읽었다. 거기에도 뭔가 문제가 있었다. 마치 그 작가들이 그를 실망시키기라도 한 듯했다. 그에게 있어 위대함은 완벽함과 동의어였는지도 몰랐다. 그들이 어떤 점에서 실패했는지 그가 지적하는 걸 들으면 동의하지 않을 수 없었다. 충분히 설득력이 있는 이유였다. 하지만 그는 실패한 작가들을 하나씩 뒤로하고 꿋꿋하게 읽어나갔다. 어쩌면 그들의 세계에 속하기 위해서라도 그들이 어떻게 실패

했는지 알아야 했던 건지도 몰랐다.

　내가 그에게 직접 물어봐서 알게 된 것 중 하나는 적지 않은 수의 여자들이 나보다 먼저 그를 거쳐갔으며, 심지어 그들 중에는 나보다 나이가 많은 사람도 있었다는 사실이었다. 당시 나는 이 사실에 충격을 받았고 우리 사이가 의미 없는 것처럼 느껴졌다. 시간이 지나면서 그 사실에도 익숙해졌고 곧 받아들이게 되었지만.

　그가 나를 떠난 후에 결혼했으니 최소한 내가 그의 마지막 여자였다고는 여길 수 있게 되었다. 하지만 그가 완전한 진실을 말한 게 아니었는지도 모른다. 내가 그의 말을 믿은 건 내 질문에 대답하기 전 그가 보인 잠깐의 망설임과 당황한 표정 때문이었다. 어쩌면 그가 당황한 건 내 직설적인 태도 때문이었는지도 모른다. 그런 질문에 대한 대답은 거짓밖에는 없을 것이다.

∫

　처음 그에게 사랑한다고 말했을 때, 그는 내 말의 의미를 곱씹어보듯 아무 대답도 하지 않은 채 생각에 잠겨 나를 쳐다보기만 했다. 그때 나는 그의 망설임을 이해하지 못했다. 내 의지와는 별개로, 거의 내 의지를 거스르다시피 입 밖으로 나온 말이었건만, 그는 대답하지 않았다. 이제 와서 생각해보면 그가 같은 말을 하기를 조심스러워했던 건 그의 사랑이 나의 것보다 더 컸기 때문이 아니었을까 싶다. 진심이라고 하기에 나는 그 말을 지나치게 빨리했고, 그도 이를 알고 있었다. 그도 며칠 후에 나에게 같은 말을 할 수밖에 없었지만 그건 아마 그가 나를 정말 사랑했거나, 정말 사랑한다고 생각했기 때문이었을 것이다.

언젠가 나는 그와 사랑에 빠진 건 갑작스러운 일이었다고, 촛불 아래서 서로를 바라보고 있을 때 일어난 일이었다고 말한 적이 있다. 하지만 이렇게 얘기하자니 너무 쉽게 일어난 일 같다. 게다가 그 촛불이 무슨 촛불이었는지도 기억나지 않는다. 첫날 저녁에 갔던 카페에는 촛불이 없었고, 그날 밤 집에도 촛불이 없었으니 첫날밤에 그와 사랑에 빠진 건 아닌 셈이다. 하지만 바로 다음날 아침, 그를 다시 봤을 때 갑작스럽고 강한 감정을 느꼈다는 건 기억한다. 그게 사랑이 아니었다면 무엇이었을지 모르겠다. 그리고 그때 이미 그를 사랑하고 있었다면, 그가 이른 아침에 나를 떠났던 순간과 내가 그를 다시 본 순간 사이, 아니면 내가 그를 다시 본 바로 그 순간 사랑에 빠졌던 것임이 틀림없다.

그가 부재하던 순간, 내가 인지하지 못한 순간이어야 했던 걸까? 알고 보면 그 일은 갑자기 일어난 것이 아니라 점차적으로 일어난 것일지도 모른다. 내가 그를 다시 보았을 때 느낀 감정은 제일 미약한 것이었으며, 그 이상의 강도가 존재했던 것인지도. 그날 이후, 다음날, 다음날, 그리고 그다음날, 그리고 그 이틀 후, 그 감정은 극한의 강도까지 치달아, 멈칫거리고 요동치다가 서서히 줄어들기까지 끊임없이 움직이고 있었을지도 모른다. 처음으로 그를 사랑한다고 말했을 때 정말로 촛불이 켜져 있었을지도 모르지만, 그 순간이 그를 사랑하게 된 순간은 아니었다. 그러니 촛불이 무엇을 의미했는지는 아직도 잘 모르겠다.

빛이 있을 때면 그의 피부결에 이르기까지 작은 부분 부분이 전부 눈에 들어왔다. 방이 어두울 때면 바깥의 희미한 하늘을 배경으로 한 그의 윤곽만이 보였지만, 그 얼굴을 이미 잘 알고 있어서 안 보여도 보이는 거나 다름없었다. 빛이 없으니 그의 세밀한 부분은 볼 수 없을지 몰라도 그의 표정이 어떤지까지 보였다.

사람은 천천히, 점차적으로 사랑에 빠질 수도, 덜컥하고 갑자기 사랑에 빠질 수도 있다고 생각했지만 나의 제한된 경험만으로는 단정지을 수 없었다. 이전에 사랑에 빠진 적은 단 한 번뿐인 것 같았다.

그를 사랑한다고 느낄 때도 있었지만 그렇지 않을 때도 있었다. 그는 신중하고 똑똑한 사람이었으니 내가 그를 사랑하는 듯 보일 때와 그렇지 않을 때를 정확히 알아차렸을 것이고, 그래서 나를 잘 믿지 않았을 것이다. 사랑한다는 나의 말을 듣고도 수일이 지나도록 대답을 주저했던 것도 그 때문이었을 테다.

아마 사랑보다는 그라는 사람에 대한 어떤 배고픔이 먼저였던 것 같다. 이후에야 그러한 배고픔을 유발하고 채워주는 사람에 대한 애정이 생겨나고 그것이 점차 커져갔던 게 아닐까. 어쩌면 그것이 내가 사랑이라고 생각했던, 그에 대한 감정의 정체인지도 모른다.

하지만 내가 느낀 최초의 감정은 그를 처음 봤을 때 느낀 차분한 호감에 지나지 않았다. 유쾌하고, 지적이고, 혈기 왕성한 데다 나를 매력적으로 봐주는 사람. 그래서 처음 만난 그날 밤에 단둘이 있을 만한 곳으로 가자고 어렵지 않게 마음을 모을 수 있었던 것이다. 배고프고 목마른 두 사람이 서로의 욕구를 만족시킬 만큼 오랫동안 함께 있을 수 있도록 말이다.

이 호감, 그리고 이 가벼운 배고픔은 특별히 그에 대해서만이 아니라 내가 바라는 자질을 어느 정도 갖춘 어떤 남자에게나 느낄 만한 것이었다. 이는 당장 더 강해지지도 않았고, 그만이 만족시킬 수 있는 배고픔이 되지도 않았다. 하지만 거의 바로 직후에, 몇 시간 안에, 확실히 다음날에는, 다음번 그를 보았을 때는 또다른 감정이 자리를 잡았다. 그것은 일종의 매혹이자 방해꾼이었다. 내 마음에 들어온 그는 이전에 자리를 차지하고 있던 것들을 밀어내고, 거치적거릴 만큼 많은 공간을 차지하게 되었다. 다른 것을 생각하기 위해서는 그를 빙 둘러가며 생각해야 했고, 혹여 성공한다 해도 얼마 안 가 그에 대한 생각이, 마치 무시당한 그 잠깐의 시간 동안 오히려 더 힘을 얻은 듯 다른 생각을 강하게 밀어냈다.

함께 있지 않을 때 그는 방해꾼이 되었고, 함께 있을 때는 나를 매혹했다. 그의 모습과 말소리에 이끌려 나는 가만히 있거나 그의 곁에 머물 수밖에 없었다. 반쯤 마비된 채 그의 곁에서 보고 듣는 것만으로 충분했다. 하루이틀 전만 해도 그를 알지도 못했는데 말이다.

그는 방해꾼이 되어 내가 하던 일을 멈추고 그에게로 돌아가도록, 그를 볼 수 있는 곳으로 가도록 이끌었고, 날 매혹시켜 그에게 가까워지고자 하는 욕구를 일으켰다. 바로 그 욕구가 내 안에서, 그리고 그 안에서도, 서로에 대한 굶주림으로 변해 점점 강해진 것이었다.

♪

그의 방은 내 방에서 2킬로미터 안 되게 떨어진 동네에 있었다. 경마장과 야외 행사장을 지나, 경마나 축제가 열릴 때 주차장으로 쓰는 긴 흙투성이 공터 너머에 있는 곳이었다. 그의 방으로 운전해 갈 때마다 경마장 주차장을 옆에 끼고 구부러진 길을 따라갔는데, 밤이면 길 한쪽으로는 공터의 어둡고 휑한 공간이, 다른 한쪽으로는 바퀴 자국이 깊게 파인 흙길이 길게 펼쳐졌다. 그 길은 수로와 그 너머로 펼쳐진 언덕을 향하고 있었는데, 경주장이 내려다보이는 언덕 면에는 집이 한 채도 없었지만 바다 위쪽으로는 내가 사는 집을 포함해 집들이 빽빽하게 들어서 있었다. 그 길을 지나면 언덕에서 내려오는 물길을 가로지르는 좁은 다리가 나왔다. 볼품없고 말라비틀어진 나무들이 에워싸고 있는 바위투성이 개울이었는데, 진흙투성이의 둑에는 수박 껍질과 맥주병들이 널려 있었고 오월 말이면 연갑의 가재들로 가득찼다. 다리를 지나 바다 쪽으로 가면 물은 넓고 얕아졌다. 썰물 때면 바다는 강한 조류의 힘에 뒤로 밀려나갔고 모래 둑은 침식되어 일렁이는 물속으로 조각조각 떨어져나갔다. 바다를 지나서는 다른 언덕의 내륙 쪽 면을 따라 올라갔다.

처음 그곳에 갔을 때는 그가 일러준 대로 길을 찾았다. 줄지어 늘어선 차고 뒤의 좁은 일인용 방이었다. 침대도 없고, 심지어 바닥에 깔 매트리스도 없이 카펫 위에 침낭만 놓여 있었다. 다른 가구는 없고, 벽을 따라 쌓여 있거나 반쯤 허물어져 있는 책과 옷의 더미들, 그리고 인도식 드럼 세트만 있었다. 타자기도 있었는데, 차고에 두기도 하고 방에 두기도 하는 모양이었다. 방에는 작은 부엌이 딸려 있었지만 1구짜리 전기 레인지 하나가 작은 냉장고 옆의 테이블에 달랑 놓여 있는 게 다였다. 욕실은 부엌에서 더 가면 있었다. 그와 함께 차 아니면 물 한잔을 마시며 카펫 위에 잠시 앉아 있었던 것 같다. 내가 불편해 보였던 건지 그는 방이 좁아서 미안하다고 사과했다.

마시던 차나 물을 마저 마신 뒤 그는 나에게 차고를 보여주었다. 그는 그곳을 자랑스러워했다. 벽에 고정되지 않은 책장이 가득 들어서 있는 콘크리트 방이었는데, 책장마다 수많은 책이 꽂혀 있었다. 나는 그가 소장하고 있는 책의 수에 감명을 받았다. 그는 책 대부분이 친구의 것이라고 말하지 않았다.

나중에 그 친구는 책과 관련된 일로 그에게 매우 화를 냈었는데, 아마 그가 강제로 쫓겨나면서 그 책들을 집주인에게 압수당했거나 했던 것 같다. 차고 문을 마주보게끔 놓여 있는 책상 위에는 스탠드와 타자기가 있었고, 그는 거기서 일한다고 했다. 그는 혼자서 오랫동안 글을 쓰곤 했지만, 무엇을 쓰고 있는지는 쉽게 알 수 없었다. 물어봐도 그가 대답하지 않거나 내가 묻고 싶지 않거나, 둘 중 하나였다.

그의 방에 자주 가지 않은 건 그곳이 너무 작고 어두웠기 때문이었다고 혼자 생각하곤 하지만, 그가 해안가 마을 위쪽에 있는, 선인장 묘목장이 내려다보이는 가볍고 통풍이 잘되는 아파트로 이사한 후에도 그곳에 가고 싶지 않을 때가 더 많았다. 기억하기로 내가 그곳에 갔던 건 낮은 책장에 책을 정리하는 것을 도와줬을 때와 그가 저녁식사로 거대한 냄비 가득 밍밍한 양배추 수프를 만들었을 때 정도였고, 그후로 그의 집에 간 건 정말 손에 꼽을 정도밖에 되지 않는다. 결국 내가 단순히 그를 내 집에서 보는 걸 더 좋아한다는 사실을 인정해야만 했다. 그가 선인장 묘목장이 내려다보이는 아파트를 떠났을 즈음엔 나는 그와 자주 말하거나 터놓고 이야기하는 상황이 아니었고, 그가 이사를 갔다는 건 알아도 어디로 갔는지는 알지 못했다. 이후로는 나도 이사를 했으니 그 역시 내가 어디에 사는지 모를 것이다.

♩

　그는 인도 드럼을 연주할 줄 알았다. 적어도 그의 말에 의하면 그랬고, 나는 그 말을 믿었다. 그는 어렸을 때 인도에서 산 적이 있다고 했다. 그러다 어머니와 누이와 함께 배를 타고 미국으로 돌아왔다고. 그가 연주해주겠다고 제안했지만, 내가 제안을 받아들이기까지는 오랜 시간이 흘렀다. 내게는 생소한 이 악기를 그가 연주하는 걸 듣는 생각만으로도 다른 친구가 기타를 치며 자유의 노래를 불렀을 때와 같은 민망함을 느꼈다. 한번은 차라리 드럼 대신 내 등을 두드리라고 했더니 정말 손가락과 손바닥 아래쪽으로 내 등을 두드렸다. 마침내 그가 나를 위해 드럼을 연주해주었을 때는 우리의 관계가 거의 끝을 향하고 있었기에 나는 그와 같이 있는 게 불편했고 그에 대한 감정이 거의 남아 있지 않았으며 그는 그런 나 때문에 상처받고 있었다. 우리는 서로에게 어떤 감정이든 더 남아 있을까 싶어 이전에 해보지 않은 것들은 뭐든 시도하고 있었지만, 나는 예상했던 대로 민망함만을 느꼈다.

♩

　처음 이 소설을 쓰기 시작했을 때, 나는 그가 인도식 드럼이 아니라 다른 악기를 연주한다고 쓰면 더이상 책을 쓸 이유가 사라지기라도 할 듯 그의 삶을 비롯하여 몇몇 특정한 것에 대

65

한 사실들은 아주 충실히 따라야 한다고 생각했다. 오랫동안 글로 쓰고 싶었던 만큼 사실을 말하지 않으면 안 된다고. 하지만 막상 이 모든 걸 있는 그대로 쓰고 난 뒤에는 바꾸거나 생략해도 아무렇지 않다는 걸 알게 되었다. 마치 그동안 내가 만족하지 못했던 어떤 부분이 일단 이 사실들을 한번 쓰고 나자 충족된 것처럼.

적당히 압축하고 재배열하기만 한다면 사실만 써도 충분할 때가 있다. 충분하지 않다 하더라도 없는 걸 굳이 지어내고 싶지는 않다. 소설에는 대부분 있었던 일을 그대로 썼다. 사실을 무엇으로 대체해야 할지 나도 모르기 때문일 것이다. 그냥 상상력이 부족한 걸지도 모른다.

소설 쓰기를 그만두었다가도 계속해서 다시 썼던 이유 중 하나는 이미 아는 이야기이므로 별생각 없이도 써내려갈 수 있을 거라고 생각했기 때문이다. 하지만 쓰려고 하면 할수록 이야기를 어떻게 풀어나가야 하는지 알 수 없게 되어버렸다. 어떤 부분이 중요한지 좀처럼 결정할 수 없었다. 흥미로운 부분이 어딘지는 알고 있었지만 모든 것, 심지어 지루한 부분까지도 다 넣지 않으면 안 될 것 같았다. 그래서 지루한 부분도 빠뜨리지 않고 꾸역꾸역 쓰다가 마침내 흥미로운 부분에 이르면 즐겁게 써보려고 했다. 하지만 그럴 때마다 내가 흥미롭다고 생각했던 부분을 나 자신도 눈치채지 못한 채 지나쳤기 때문에, 어쩌면 그 부분이 그렇게 흥미로운 게 아닐 수도 있겠다 싶었다. 나는 낙담했다.

몇 번인가 포기하고 싶은 유혹이 들 때도 있었다. 이 소설을 쓸 시간에 하고 싶은 다른 것들, 쓰고 싶은 다른 소설, 그리고 끝내고 싶은 몇 개의 단편들이 있었다. 만약 대신 써주겠다는 사람이 있었다면 흔쾌히 그렇게 하도록 했을 것이다. 이 이야기가 글로 적히기만 한다면 누가 썼는지는 알 바가 아니었다. 한 친구는 장편을 쓸 수 없다면 일부만이라도 살려서 단편을 써보는 게 어떻겠냐고도 했지만, 그렇게는 하고 싶지 않았다. 사실은 포기하고 싶지 않았던 것이다. 이미 이 소설에 지나치게 많은 시간을 투자한 뒤였으니까. 이런 게 무언가를 계속해야 할 타당한 이유가 되는지는 모르겠다. 경우에 따라 그럴 때도 있겠지만. 많은 것을 함께했다는 이유로 한 남자와 너무 오래 만남을 이어갔던 적이 있다. 하지만 비록 내가 알지 못하더라도 그를 계속 만난 데에는 다른, 더 타당한 이유가 있었을지도 모른다.

　결국 이 이야기를 별생각 없이 써내는 건 불가능한 일이었다. 시간순으로 써봤지만 잘 안 되어서 무작위로도 해보았다. 문제는 어떻게 말이 되게끔 무작위로 사건을 배열하느냐였다. 한 사건이 다른 사건으로 이어져, 앞부분에서 뒷부분이 뻗어나오고, 그러면서 어느 정도 앞 사건을 해소하는 형식으로 진행할 수 있을 것 같았다. 과거시제를 시도해보고, 현재시제에 싫증이 나 있긴 했지만 현재시제로도 해보았다. 그다음엔 일부만 현재시제로 남기고 나머지는 과거시제로 되돌려놓았다.

번역을 하기 위해 소설 쓰는 걸 여러 번 멈추기도 했다. 빈센트한테 일주일에 한 페이지도 안 쓴다고 하니 농담인 줄 알고 웃었다. 한 페이지를 쓰는 데에 상당히 오래 걸리고는 있었지만, 앞으로는 진행이 빨라지리라고 생각했다. 빨라지리라고 믿는 이유가 매번 새로 생겼다.

때때로 소설은 나를 시험하는 것 같았다. 그때의 나뿐만 아니라 지금의 나도. 이야기 초반의 여자는 나와는 다른 사람이었다. 만약 그 여자와 내가 같은 사람이었다면 나는 이 이야기를 명확하게 볼 수 없었을 테다. 얼마간의 시간이 흘러 내가 이 이야기를 하는 데 더 익숙해졌을 때는 그 여자를 나와 얼추 비슷하게끔 만들 수 있었다. 이따금 나는 당시의 내가 충분한 선함을, 혹은 충분한 깊이와 정교함을 지니고 있었다면 이야기를 완성할 수 있을 거라는 생각하곤 한다. 그게 가능한 일이라면. 하지만 내가 애초에 천박하거나 악한 성품을 가진 사람이었다면, 무엇을 하든 소용이 없겠지.

∬

나는 다른 사람을 대할 때와는 다르게 그를 대했다. 혼자 있거나 친구들과 있을 때처럼 단호하고, 분주하고, 성급하게 굴지 않으려고 했다. 온화하고 조용하게 행동하려고 했지만 어렵고 혼란스럽기만 했다. 지치기도 했다. 단지 쉬기 위해서 어쩔 수 없이 그와 떨어져 있어야만 했다.

어차피 일을 하느라 떨어져 있기는 해야 했다. 나는 학생들에게 과제를 많이 내는 편이었는데, 이는 결과적으로 그들이 제출한 보고서를 읽느라 내 할일도 덩달아 많아진다는 의미였다. 나는 사무실에서도 일하고 저녁에 집에 돌아와서도 일했다.

내 사무실은 새로 지은 건물 7층, 두 고전문학 교수의 사무실 사이에 있었다. 널찍한 사무실에는 빈 책꽂이가 가득했고, 줄지어 있는 좁고 높은 창문들로는 테니스코트, 유칼립투스 나무숲, 그리고 저멀리 있는 바다를 내다볼 수 있었다. 창문은 열 수 없게 막혀 있었고 방음이 되어 있었지만 벽은 방음이 안 된 건지 일을 멈추고 귀를 기울일 때마다 그 너머의 목소리들이 들려왔다. 학생과 교수가 함께 웃는 소리, 교수의 리듬감 있는 설명, 그리고 라틴어 동사 변형을 읊는 나지막한 웅웅 소리. 동사 변형의 예시로 나오는 동사는 매번 '찬양하다'라는 뜻의 laudare 같았다.

나는 일을 멈추고 창밖을 내다보며 손을, 그리고 이어서 팔을 코에 대고 피부 냄새를 맡곤 했다. 나 자신의 냄새, 향수와 땀냄새가 그를 생각나게 했다.

그를 생각나게 한 또다른 냄새는 내 침대 위 멕시코 담요의 양모였다. 그는 내가 잘 수 있도록 일찍 떠나곤 했지만 그가 가고 나서도 한동안 잠을 이루지 못했다. 몇 시간 후 학교에 가면 그가 나를 만나러 사무실로 왔다. 내가 먼저 잠에서 깬 날이면 그는 뒤늦게 침대에서 빠져나와 조심스럽고 깔끔하게 침대를 정리했다. 내 침대에서 자고 일어난 첫번째 아침부터 그는 그렇게 했다. 그게 내게는 애정에서 우러나온 행동으로 보였다. 그가 내 소유의 무언가를 그렇게 조심스레 정리하고, 내 집을 보살피는 데 손길을 더하고 있었기 때문이다.

∫

나는 붐비는 방에서 그를 기다리고 있었다. 그는 나를 만나러 오지 않았고 나는 그가 오지 않을 것이라고 결론지었다. 만나기 시작한 지 일주일도 안 되어 그가 벌써 나를 떠났다고 생각했다. 실망감은 너무나 극심해서 방을 가득 채우고 있던 생기가 다 빠져나간 것 같았고, 공기는 희박해졌다. 사람들이며 의자, 소파, 창문, 커튼, 연단, 마이크, 테이블, 녹음기, 햇빛까지도 본래의 빈 껍데기에 불과했다.

몇 달 후, 그가 정말 나를 떠나자 세상은 텅 빈 것보다도 더 공허해졌다. 마치 공허함이라는 성질이 한데 농축되어 독으로 변한 것처럼. 마치 세상에 존재하는 살아 있고 건강한 것들이 사실은 모두 독성이 있는 보존제를 주입받아 그렇게 보일 뿐인 것처럼.

하지만 그날 그는 떠난 게 아니라 단지 늦게 왔을 뿐이었다. 내가 가려고 일어섰을 때 그는 문 옆에서 북적대는 사람들 가운데 서 있었다. 방안의 모든 것이 생명을 되찾았다. 그는 벌써 시간이 이렇게 지났는지 몰랐다고 해명했다. 그는 때때로 시간이 얼마나 지났는지, 지금 자신이 뭘 하고 있는지 잊어버렸고, 자신이 지금 뭘 하고 있는지, 앞으로 뭘 어떻게 해야 하는지 모를 때가 있었으며, 때로는 해야 할 일을 하는 것조차 어려워했다.

우리는 친구 집에 가려고 함께 그곳을 떠났고 가는 내내 말다툼을 했다.

♩

그를 알고 지내는 동안 낭독회를 예닐곱 번도 넘게 간 것 같다. 낭독회를 흥미진진하게 묘사하기란 어려운 일이고, 같은 소설에서 한 개 이상의 낭독회를 묘사하는 것은 더 어려울 수밖에 없다. 설사 거기서 내가 어떤 시를 듣고 화가 났다고 해도 어쩔 수 없다. 실제로 그런 적이 있긴 했지만. 낭독회 대신 강의를 들으러 갔다던가 춤을 추러 갔다고 바꿔 쓸 수도 있지만, 춤추는 자리라면 한 번 이상 가지 않았을 거라는 걸 나 자신이 잘 안다. 마지막으로 간 낭독회는 소리시를 읽는 자리였는데, 내게는 이게 가장 어려웠다. 몸은 꼼짝없이 가만히 앉아 있어야 하는데 마음을 그 자리에 잡아둘 만한 것이 아무것도 없었다. 결국 마음은 내게서 점차 멀어지더니 판유리 창문 밖으로 나가 그를 찾아 헤매기 시작했다.

우리는 그의 친구 키티 때문에 싸우고 있었다. 햇빛이 비치는 좁은 거리에 세워둔 그의 차 안에 앉아 있을 때였다. 양쪽에는 하얀 보도의 경계까지 내려오는, 잘 다듬어진 녹색 잔디밭이 있었다. 이런 잔디밭을 둔 집들은 하나같이 빨간 기와를 얹은 작고 하얀 단층집이었다. 한 집에는 작은 종려나무가 자라고, 다른 집에는 고무 같은 잎을 가진 관목이 자라고, 또다른 집에는 붉은 꽃을 가진 덩굴이 자라고 있었다. 집집마다 마당 하나에 식물을 하나씩 길러야 한다는 규칙이라도 있는 것 같았다. 햇빛은 비스듬히 내리쬐어 하얀 보도와 집들의 하얀 벽에 반사되었다. 주위에 나무가 거의 없는데다가 집들도 야트막하고 아담해서 넓게 펼쳐진 푸른 하늘이 보였다. 그의 친구 집으로 들어가기 전에 잠시 차 안에서 기다리고 있던 참이었다. 아직 우리 말고는 아무도 도착하지 않아서 기다리는 중이거나 말다툼을 마무리하고 들어가려 했던 것 같다.

며칠 후 있을 낭독회에서 그는 자신이 쓴 시 몇 편과 이야기 하나를 직접 낭독할 예정이었다. 그는 낭독회에 키티라는 여자를 초대하고 싶다고 했다. 낭독회 기획을 도와준 사람이기 때문이다.

그전에 마지막으로 그가 그 여자를 언급한 것은 내 사무실에서였다. 사무실 앞 복도에서 그는 내 등뒤로 다가와 끌어안더니 누구라도 볼 수 있는 데서 돌연 키스를 했고 나는 불안해졌다. 앞쪽 복도에는 아무도 보이지 않았지만 뒤쪽에서 누군가가 순간 나타났다가 사라진 것만 같았다.

그는 사무실에 들어와 앉더니 그 여자에 대해 불평을 늘어놓고는 곧이어 그 여자를 걱정하기 시작했다. 나는 그 이름조차 듣고 싶지 않았다. 그 여자를 언급하는 순간 그가 나에게서 멀어져 방에서 나가버린 느낌이었다. 짜증스러운 표정을 엷게 띄운 채 다른 무언가에 골몰하느라 정신이 다른 데 가 있는 그의 얼굴 맞은편에, 조금의 움직임도 없는 몸 맞은편에 나를 내버려둔 채. 나를 아예 잊었거나, 적어도 그에게 내 존재가 갖는 의미 따위는 잊은 것 같았다. 그 순간, 그는 나를 키티에 대한 걱정이나 불평을 털어놓을 수 있는 오래된 친구로 착각하고 있었다.

몇 주 후 키티는 그의 방에 나타났고, 그는 그 여자가 찾아온 이유를 내게 설명했지만 아무리 이해하려고 해도 좀처럼 말이 되지 않았다.

♩

그의 낭독회는 일요일 오후, 도시의 낙후된 지역이 내려다보이는 언덕 위의 집에서 열렸다. 그 우아하고 오래된 집에는 계단마다 중후한 난간에 스테인드글라스 창문이 있었고, 문간마다 두꺼운 커튼이 벨벳 끈으로 젖혀져 있었으며, 벽감과 내닫이창, 높은 천장에 샹들리에까지 있었다. 그는 나와 비슷한 또래의 다른 남성 시인과 함께 낭독했는데 그게 누구였는지는 기억나지 않는다. 심지어 이 낭독회를 다른 낭독회의 기억과 혼동하기도 한다. 그가 나를 떠난 지 몇 달 후에 같은 집에서 열린 낭독회인데, 거기서는 어느 여성 시인이 로빈슨 크루소에 대한 이야기를 읽었다. 그의 낭독회에서 나는 방 뒤쪽에 서 있었고, 줄지어 선 사람들 너머 아치형 문간을 통해 빈 옆방이 보였다. 나는 방 건너 연단에 서 있는 그의 모습을 바라보았다. 청중들의 머리 위로 그의 머리와 어깨만이 보였다. 그가 낭독을 잘못하거나 작품이 별로라면 그를 대신해서라도 부끄러워할 마음의 준비를 하고 있었다. 하지만 그는 분명하고 자신감 있게 읽어내려갔고, 낭독한 이야기가 마음에 꼭 들지는 않았지만, 나쁘다고 할 만한 작품은 하나도 없었다. 키티는 오지 않았다.

∬

그의 낭독회가 열린 집이 어떻게 생겼는지 더 말할 수는 있지만, 이 소설에 묘사가 얼마나 들어가야 좋을지 잘 모르겠다. 묘사해볼 만한 또다른 것이 있다면 그곳의 풍광이다. 보도블록이 있는 곳마다 그 가장자리로 쏟아지는 불그스름한 모래, 바다 위의 절벽이 이루는 선과 수면 밑으로 이어지는 침식된 모래 협곡, 늦은 밤이면 반복해서 닫히는 커튼 같은 파도의 소리, 그 소리가 밀물 때마다 들려올 정도로 가까이 있는 바다.

기후가 건조한지라 풍요로운 경치는 못 되었다. 매해 일정 기간 동안 언덕은 갈색빛을 띠었고 초록빛은 습기가 모여 있는 언덕의 갈라진 틈과 식물에 인공적으로 물을 줄 수 있는 마을에서나 찾아볼 수 있었다. 그곳에서는 땅을 덮는 다육식물들이 자랐고, 잎이 반짝이는 풍성한 관목들이 가게들을 품에 안 듯 둘러쌌다. 이런 풍경이 새로웠던 나는 흥미를 느꼈다. 넓은 고속도로가 사방을 관통하고 새로운 건물이 갈색 언덕에서 갑자기 솟아오르는 탓에 그 풍경을 제대로 파악하기란 어려웠다. 집들은 미래에 자리가 없어질 것을 예상이라도 한 듯, 넓게 트인 공간이 있는데도 한쪽에 겹겹이 쌓여 있거나 새로 난 길에 작은 협곡 같은 줄을 이루며 새로 들어서고는 했다. 그 줄의 끝에 아직 벌거벗은 목재 골격뿐인 집을 짓는 와중에도 제일 앞쪽 집들에는 입주민들이 들어섰고 진입로에도 차가 드나들었다. 오래된 것들의 흔적은 신기루처럼 드문드문 나타났다. 도로에서 멀리 떨어진 곳에 있는 오래된 목장 주택, 그곳까지 이어지는 무성한 잡초와 먼지로 뒤덮인 길, 그리고 그 주변의 옹이투성이 참나무와 유칼립투스나무숲처럼.

매캐하고 기름진 냄새를 풍기는 유칼립투스나무들은 온갖 데서 다 자랐다. 줄기가 한참 올라가고 나서야 가지를 뻗는 나무들이라 다 키가 컸다. 몸이 부드럽고 연약한, 정돈되지 않은 나무들이었다. 나뭇가지가 계속 떨어져 줄기를 따라 큰 틈이 생겼다. 좁은 창 모양의 황갈색 잎들도 계속 떨어졌고, 나무껍질도 길게 죽 떨어져나왔다. 열매들도 바닥에 아무렇게나 굴러다녔다. 나무 단추처럼 생긴 유칼립투스 열매의 한쪽 끝은 갈색에 십자 모양 홈이 파여 있었고 다른 쪽은 분진이 묻은 듯한 파란빛을 띠었다. 대학의 한 늙은 교수는 자려고 침대에 누우면 근처에 있는 부엉이의 울음소리와 유칼립투스나무 단추들이 지붕 위로 하나씩 떨어져 밤새도록 처마로 굴러떨어지고 또 굴러떨어지고 하는 소리 때문에 잠이 오지 않는다고 종종 불평했다.

∫

그의 낭독이 끝났을 때는 늦은 오후였고, 우리는 다른 사람들과 함께 근처 언덕에 있는 친구의 집으로 갔다. 그 집은 만근처 공항으로 이어지는 비행경로 바로 아래에 있었고, 우리가 뒷마당에서 시간을 보내는 동안 거대한 비행기들이 수차례 나타나 머리 위로 낮게 날아갔다. 그때마다 우리는 대화를 멈추고 비행기의 굉음이 잦아들 때까지 기다렸다. 마당에는 잡초가 무성했고 바로 근처에는 예쁜 라임나무가 자라고 있었다. 어린 소년 두 명이 공을 연거푸 공중으로 던졌고, 공은 계속 나무에 걸리거나 마당 뒤에 있는 헛간 지붕에 떨어졌다.

그날 그가 낭독한 건 우리가 만난 첫날 저녁에 그가 막 탈고한 소설이라고 했던 이야기가 아니었다. 내가 아는 그 소설은 유럽적인 느낌이 나는 어느 해변으로 휴가를 온 중년의 여자와 그곳 호텔에서 일하는 중년 남성의 만남에 대한, 분명하고 정확하며 자신감 있게 쓰인 이야기였는데, 여자의 창백한 다리에 내려앉은 햇빛 등을 조용하면서도 우아하게 묘사한 부분들이 있어서 읽을 때마다 마음에 들었다. 내가 좋아하는 부분이 많아서 나머지 부분도 좋았다. 지금 생각해보면 내가 애초에 좋아하던 부류의 이야기를 쓰고 싶어하는 그에게 끌렸던 건지, 아니면 그가 쓰고 싶은 부류의 이야기를 좋아하는 내게 그가 끌렸던 건지 모르겠다. 내 친구는 그 이야기를 읽더니 별로 마음에 들지 않는다고 말했다. 서로 조용히 거리를 두면서도 말없이 이해하며 강하게 연결되어 있는 인물들이 등장하는데 그런 사람들과는 그다지 알고 지내고 싶지 않다고. 난 그런 관점에서는 별로 생각해본 적이 없었다. 이야기가 어떻게 쓰였는지만 생각했을 뿐.

　나중에 그는 나를 위해 쓴 일곱 편의 짧은 시를 읽어주었다. 그는 시 하나하나에 꽃에 대한 언급이 들어가야 한다는 규칙을 만들었다고 말했다. 아직 완성되지 않았기 때문에 시를 가져가지는 못하게 했다. 결국 그는 그 시들을 주지 않았다. 아마 완성하지 않았을 것이다. 그 시들이 내게 없으니 지금 읽으면 어떨지는 알 수 없다. 그가 쓴 이야기는 가지고 있다. 그 이야기는 내 방의 서류철 하나를 차지하고 있다. 지난 몇 년 동안 별로 들여다보지는 않았다. 너무 눈에 익으면 이야기를 그 자체로 볼 수 없게 될까봐서다. 하지만 읽을 때마다 그 문장들은 내 귀에 편안한 울림을 가져다주고, 그 순서와 명확성은 여전히 나를 기쁘게 한다.

시의 몇 구절은 기억한다. 그중에는 해안이 2킬로미터의 거리를 품고 있다고 한 부분도 있었다. 우리집과 그의 집 사이의 그 2킬로미터였다. 이야기보다 시를 더 신중하게 썼다는 게 느껴졌다. 시에 쏟은 정성이 명백히 드러나 신중하다못해 조심스러워 보였다고 하는 편이 맞을 것이다. 반면에 이야기에 들어간 정성은 딱 적절한 것 같았다. 나를 위해 썼다는 그 시들도 듣고, 낭독회에서 읽은 다른 시들도 듣고, 도서관에서 그것 말고도 다른 시들, 아니 어쩌면 그가 낭독한 것과 같은 시들도 읽고, 낭독회에서 내가 아는 그 이야기가 아닌 또다른 단편도 듣고, 그가 나중에 자신의 공책에 쓴 글을 직접 읽어주는 걸 듣기도 했다. 내가 그의 글에 대해 아는 건 이게 다다. 그는 언제나 글을 쓰고 있었고, 종종 짧은 이야기를, 극을, 아니면 또다른 극을, 나중에는 소설을 쓰고 있다고 말했지만, 나는 그중 어떤 것도 읽어보지 못했다. 항상 한 작품을 완성하기 전에 버려두고, 혹은 그의 말을 빌리자면 '잠시' 제쳐두고 다른 작품을 시작하곤 했으니까. 그는 완성에 가까운 게 아니면 어떤 작품도 보여주지 않았다.

그는 공책에 여러 가지를 썼고, 나 또한 공책에 여러 가지를 썼다. 물론 우리가 쓴 것 중 일부는 서로에 대한 것이었고, 그걸 소리 내어 서로에게 읽어줄 때도 있었다. 대개 서로에게 이야기하지 않을 것들이었지만 소리 내어 읽을 수는 있었다. 하지만 읽은 후에는 그것들에 대해 서로 아무 말도 하지 않으려 했다.

그런 나의 침묵 뒤에, 그리고 그의 침묵 뒤에는 많은 대화가 있었다. 하지만 그 대화들은 공책의 낱장들 사이에 있었고, 그렇기에 우리가 공책을 열어 읽지 않는 한 언제까지고 침묵 속에 잠들어 있을 것이었다.

$$\int$$

만약 그가 글에 재능이 없었다면, 나는 그와 관계를 지속할 수 없었을 것이다. 아니면 그에게 가장 중요한 일을 내가 존경해주지 못해 우리의 관계는 곧 무너졌을 것이다. 그렇다고 해서 그가 글을 잘 쓴다는 사실이 그를 더 깊이 사랑하는 데 도움이 되지는 않았다. 내가 그를 사랑했다면 그것은 그의 글과는 아무 상관이 없었다. 오히려 그와 글에 대해 이야기할 때면 나는 우리가 연인 사이가 아니라 서로를 존중하고 좋아하지만 잘 알지는 못하는 사이인 듯 멀게 느껴졌다.

이때 우리 사이의 거리감은 친구들과 있을 때와 비슷했다. 다른 사람들 앞에서는 우리의 관계에 대해 어떠한 티도 내지 않았다. 다들 우리가 함께 도착하거나 함께 떠날 때에야 비로소 알아차렸는데, 우리의 내밀한 관계가 드러나지 않았던 다른 모든 순간과 몹시 대조적이었기 때문에 함께 도착하고 떠나는 그 두 순간을 나는 항상 음미했다. 그가 부끄럽거나 창피하지는 않았지만, 종종 그로부터 멀어지고 싶어져 그가 가까이 있다는 것을 알면서도 건드리지 않았다. 사실 나는 그가 가까이에 있길 바라면서 동시에 그로부터 멀어지기를 원했다.

어쩌면 우리는 이 관계가 평범하지 않다는 사실을 항상 의식하고 있었던 건지도 모른다. 그가 나보다 훨씬 어리기 때문에, 혹은 내가 선생이고 그가 학생이기 때문에 우리를 안 좋게 보는 시선이 있을 수도 있었다. 비록 그는 내가 가르치는 학생이 아니었고 그와 친구처럼 지내는 다른 교수들도 많았으며 그가 다른 학생들보다 나이가 많긴 했지만. 어쩌면 우리는 친구들 앞에서 손만 잡아도 다들 유심히 보리라는 것을, 우리가 서로 어떻게 대하는지, 관계가 어떤지 하는 왕성한 호기심을 드러내리란 것을 감지했던 건지도 모른다. 내가 그에게 엄마처럼 행동하는지, 그가 아들이나 아버지처럼 나를 보호하는지, 아니면 같은 또래처럼 행동하는지, 같이 있을 때 긴장하는지 아니면 편안한지, 서로를 격정적으로 대하는지 아니면 부드럽게 대하는지, 심술궂게 구는지 아니면 친절한지 등등.

그들의 호기심이 왕성하다는 건 잘 알고 있었다. 내가 그곳에 사는 동안, 그리고 내가 떠난 후에도, 다들 친구들, 지인들, 심지어 만난 적이 없는 사람들의 삶에도 지대한 관심을 가졌기 때문이다. 이런 호기심과 관심에 악의가 있었던 경우는 거의 없지만, 이야기에 대한 갈망, 특히 감정과 극적인 사건, 그중에서도 특히 사랑과 배신이 얽힌 이야기에 대한 갈망이 있었던 건 분명하다.

♪

또다른 낭독회는 내가 공책에 "S. B."라고 적어둔 사람의 낭독회였다. 낭독이 이어지는 동안 그는 내 뒤에 앉아 있었고, 낭독회가 끝난 뒤에 우리는 한 무리의 사람들과 멕시코 음식점으로 갔다. 그즈음 지인들이나 대학교를 방문한 손님들을 대동하고 단체로 외식을 하는 일이 많았는데 특히 멕시코 음식을 자주 먹으러 갔었다. 소설의 후반부에 나는 일식점에서의 저녁식사를 언급하면서 식사하는 동안 테이블을 떠나 화장실 옆에 있는 공중전화로 그에게 전화하려고 했던 일에 대해 썼다. 그 자리에 흥미로운 사람들이 여럿 있었지만 나는 식사에 대해서도, 동석한 친구들에 대해서도 쓰지 않았다. 당시 몇 달 동안만 해도 흥미로운 사람들을 여럿 보거나 만났기 때문에, 아마 이 이야기 주변에서 벌어졌지만 쓰지 않은 일들만으로도 이야기 한 편, 아니, 예닐곱 편도 만들 수 있을 것이다. 아마 이 이야기와는 상당히 다른 이야기를.

잠시 후 우리는 친구네 집 거실에 단둘이 서 있었고 그는 내가 키스하지 않으려고 해서 기분이 상해 있었다. 그는 내가 그를 부끄러워한다고 생각했을지 모르지만, 나는 단지 그가 그때 거기서 키스하는 것을 원하지 않았을 뿐이었다.

"S. B."가 누구인지, 낭독이 어땠는지는 기억나지 않는다. 그 낭독회 전주에 있었던 일 역시 아무리 생각해도 기억나지 않는다. 그와 내가 막 서로를 알아가고 있을 때였다. 그 주에 내가 노트에 기록한 건 단 두 가지 사건뿐이고, 그중에서도 그와 관련된 내용은 하나뿐이다. 당시에는 전혀 중요하지 않게 여겨졌던 사건이다. 그날 나는 "L. H."라는 약자로 표시해둔 어떤 사람과 캠퍼스의 카페에서 점심을 먹었다. 야외 테라스에 앉아 있는데 가까이 있던 나무의 콘크리트 화분 안에서 스컹크가 나타나 점심을 먹던 학생들과 교직원들 사이에 약간의 소동을 일으켰다. 우연히 카페 입구를 흘끗 보자 그가 쟁반을 들고 불쾌한 표정으로 서 있는 모습이 눈에 들어왔다. 너도나도 볕 좋은 테라스석에 앉는 바람에 자리가 다 차서 실망한 줄 알았는데, 지금 생각해보니 어쩌면 눈이 좋지 않아서 아니면 햇빛이 너무 강해서 그랬을지도 모르겠다. 햇빛 아래 있을 때면 얼굴을 자주 찡그렸으니까. 그때 그가 우리를 보고 다가왔었는지, 우리와 함께 앉았었는지, 아니면 그냥 돌아서서 떠났는지는 모르겠다. 만약 내가 그 주에 무슨 일이 있었는지 노트에 아무것도 쓰지 않았더라면, 낭독회를 기억하지 못했더라면, 기억조차 할 수 없는 그날들을 이토록 예민하게 의식하지는 않았을 것이다.

나는 기억과 기록에 기대 글을 써내려가고 있다. 노트에 쓰지 않았다면 잊어버렸을 법한 일이 많긴 하지만, 노트에도 많은 것이 누락되어 있고, 누락된 것 중 기억에 남은 건 지극히 일부이다. 이 이야기와 무관한 기억도 있고, 그 당시에는 그와 아무 관련이 없었거나 거의 없었기 때문에 이야기에 아예 나오지 않거나 불특정한 인물로 등장하는 좋은 친구들도 있다.

∬

　카페의 테라스를 내다보며 햇빛 속에서 인상을 찌푸리고 있던 그를 생각하자니 그가 인상을 찌푸리게 한 또다른 일에 대해서도 내가 여태껏 잘못 알고 있었던 것은 아닐까 하는 생각이 든다. 내가 가진 그의 유일한 사진 속에서 그는 내 사촌 소유의 배에 탄 채 5미터 정도 떨어진 곳에서 나를 보고 인상을 찌푸리고 있다. 밧줄을 매던 중이었는지 그는 몸을 구부리고 손을 바삐 움직이며 눈살을 찌푸린 채 나를 곁눈질하고 있다. 화질이 나쁜 카메라로 찍은 건지 사진은 그다지 선명하지 않다. 지금까지 나는 그가 하필 그런 순간에 사진을 찍는 내게 짜증이 나서 눈살을 찌푸리고 있다고 생각했다. 밧줄을 매라고 윽박질러대고, 나와의 관계가 마음에 들지 않는다는 걸 온몸으로 티 내며 그를 불편하게 하는 사람의 배 위에서 힘든 일을 하고 있었으니까. 하지만 그가 단지 밝은 햇빛을 갑자기 올려다보느라 눈살을 찌푸렸을지도 모른다는 것을 방금 깨달았다.

　사진을 찍은 지 1년 후에 나는 같은 사촌과 같은 배를 타고 바다에 나갔다. 다음날 집에 돌아와 우연히 이 사진을 꺼내 보게 되었다. 1년이 흐른 시점에서는 눈에 보이는 것과 머리로 아는 것을 하나로 연결하기가 어려웠다. 그는 사진 속 배 위에 있었고, 나는 그를 보고 있었지만, 그는 더이상 그 배에 있지 않았다. 바로 어제 그 배를 탔었으니 그가 거기 없다는 건 똑똑히 보고 잘 알고 있었다. 그날 그는 사진에 찍힌 지 한 시간도 지나지 않아 배에서 내렸었다. 사진을 찍을 때 이미 배에서 내릴 준비를 하며 부두에 배를 대고 있었기 때문이다. 하지만 그와 만나고 있던 동안에는 여전히 그가 배에 있는 듯했다. 1년 후 그는 그 배에서 내리고 없었다.

∫

    요새 들어 나는 그 사진에 대해 생각하고 있다. 최근에 엘리와 전화로 이야기를 나누다가 말이 나왔기 때문이다. 영국에서 보낸 1년을 빼면 엘리는 거의 계속 내 근처에 살았다. 하지만 이제는 남서부로 이사를 갈 참이었다. 엘리는 전날에 물건을 정리하려고 아파트 지하로 내려갔다고 했다. 그런데 각 세대마다 지정된 물품보관소 자물쇠가 열리지 않더란다. 다른 세입자가 엘리의 보관소가 자기 것이라고 착각하고 비서를 시켜 엘리가 여러 해 전에 채워둔 자물쇠를 부순 뒤 새것으로 교체한 것이었다. 그 부서진 자물쇠는 엘리 아버지의 것이었다. 엘리가 가지고 있는 그의 유일한 유품이기도 했다. 안 그래도 엘리에게 이번 이사는 처음부터 끝까지 심란한 일뿐이었다. 엎친 데 덮친 격으로 얼굴도 모르는 낯선 사람 때문에 아버지의 자물쇠가 부서지고 사라진데다가 물품보관소에서도 쫓겨난 신세가 되고 나니 더욱 심란해졌다. 게다가 보관소 문을 간신히 열고 보니 물이 새서 책과 서류 일부가 못 쓰게 되어 있었다.

하지만 그곳에 있던 상자 중 하나에서 그의 사진을 몇 장 발견했고, 엘리는 내가 갖고 싶어할 것 같다며 전화했다. 처음에는 두 장이 있다고 했는데, 나와 전화로 대화하면서 기억나지 않는 파티와 우리가 아는 사람들과 엘리만 아는 사람들이 찍힌 사진들을 차례로 넘기다보니 그가 나온 사진이 한 장 더 있다고 했다. 사람들 때문에 그의 모습이 조금 가려지기는 했지만. 엘리는 내가 원하면 사진을 복사해서 보내주겠다고 했다. 나는 그렇게 해달라고 했지만, 사진이 도착해도 바로 열어보지 않을 수도 있다고 말했다.

지금의 나는 내 기억과 배 위에서의 사진 한 장으로 만들어낸 그의 얼굴에 익숙해져 있다. 만약 그가 선명히 나온 사진을 본다면 새로운 얼굴에 익숙해져야 할 것이다. 다양한 각도와 조명에서 찍은 여러 장의 사진을 봐버린다면 더 곤란하겠지. 당장은 마음을 헤집어놓고 싶지 않다. 봉투를 아예 열지 말아볼까 하는 생각이 들 것이 뻔하다. 하지만 마음 한편으로는 궁금해할 것이다.

∬

아래층에 있는 간병인은 빈센트의 아버지를 즐겁게 해주려고 피아노를 치고 있다. 내가 예상하는 곳에서 꼭 실수를 한다. 그 실수들에 귀를 기울이느라 나는 내가 쓰려는 단어들을 듣지 못한다. 하지만 아래층의 노인은 간병인의 연주를 좋아한다.

날씨가 따뜻해진 요즘, 거미들은 등갓 밑부분의 테두리와 스탠드의 몸체 사이마다 거미줄을 친다. 작고 검은 이상한 곤충 여럿이 스탠드 주위를 끊임없이 날아다닌다. 창문과 문마다 방충망을 쳐놓긴 했지만, 그 아래쪽 구석에 고양이가 구멍을 여럿 뚫어놓았다. 밤이 되면 내가 길모퉁이에 있는 식료품점에 갔다오는 그 잠깐 동안에도 거미들이 마당에 난 길을 가로질러 거미줄을 쳐놓아 마당에 들어설 때마다 부드러운 실들이 나의 맨다리에 겹겹이 붙는다.

주택들이 들어설 터를 다지기 위해 풀밭을 갈아엎기 전까지만 해도 나는 그곳에서 자라는 야생화와 야생초를 식별하는 법을 터득해가고 있었다. 이전에는 풀의 종류를 식별할 생각을 해본 적도 없었다. 하지만 지금은 풀뿐만 아니라 거미들도 생김새나 거미줄의 모양, 습성, 서식지 등을 보고 식별할 수 있어야 한다는 것을, 그래야 '큰 거미' '작은 거미' '작은 황갈색 거미'가 아닌 제대로 된 이름으로 불러줄 수 있다는 것을 안다.

이따금 이 글을 다른 사람과 함께 쓰고 있다는 느낌을 받는다. 한 문단을 써놓고 몇 주 동안 들여다보지도 않다가 읽으면 내가 쓴 글을 알아보지 못하거나, 아주 어렴풋이밖에 기억하지 못한다. 스스로에게 흠, 나쁘지 않네, 이 문제는 그래도 꽤 괜찮게 해결했군, 이라고 말해주기도 하지만 그 해결책을 찾은 사람이 다름 아닌 나였다는 건 왠지 믿기지 않는다. 어떻게 문제를 풀어야 할지 알아냈던 순간의 기억이 전혀 없다. 여전히 문제가 풀리지 않은 채 남아 있을 거라고 줄곧 생각했던 건지, 글을 확인하고 나서야 비로소 안심이 된다.

소설 속 어느 대목에 어느 생각을 덧붙이기로 결심한 후에 몇 달 전 같은 대목에 같은 생각을 덧붙이자고 메모를 해놓은 것을 발견하기도 한다. 그럴 때면 몇 달 전의 나 자신이 결정했던 것이 다른 사람이 내린 결정 같다는 이상한 느낌이 든다. 그 사람과 의견이 일치한다는 걸 깨닫고 나서는 갑자기 더 자신감이 생긴다. 그 사람도 같은 생각을 가지고 있었다면 좋은 생각임에 틀림없다.

하지만 함께 일하는 이 사람이 성급하거나 부주의했다는 것을 발견하기도 하는데 그럼 일이 훨씬 더 까다로워진다. 그 사람이 쓴 걸 잊어버려야 하니까. 지우거나 줄을 그어 쳐내야 할 뿐만 아니라 소리도 잊어버려야 한다. 그렇게 하지 않으면 받아쓰기라도 하듯이 똑같이 쓰고 말 것이다. 이미 번역할 때의 경험으로 배운 사실이다. 처음 옮길 때부터 할 수 있는 한 제일 매끄러운 문장으로 옮겨야지, 안 그러면 만족스럽지 않은 문장의 만족스럽지 않은 소리가 남아 더 나은 문장을 쓰기 어려워진다.

또다른 문제는 어떤 문장이 분명 어울릴 것 같아 넣었다가 빼는 걸 반복할 때 생긴다. 이제는 이런 일이 일어나는 이유를 안다. 문장의 표현이 재미있고, 믿을 만하고, 또렷하기 때문에 넣는다. 문장의 어딘가가 잘못되었기 때문에 꺼낸다. 문장 자체가 좋고 사실일 수 있기 때문에 넣는다. 그리고 면밀한 검토 끝에 이 상황에서는 그 문장이 사실이 아니라는 걸 깨닫고 꺼낸다.

쓴 문장을 바로 다시 지우곤 하는 또다른 이유는 소설에 어떤 문장이 어울릴지 안 어울릴지 종이 위에 직접 써보기 전까지는 모를 수 있기 때문이다. 머릿속으로 혼자 떠올렸을 때는 흥미로워도 막상 적어보면 흥미롭지 않을 수 있으니까.

∫

꽤 오랫동안 우리의 낮과 밤은 비슷한 패턴으로 이어졌다. 나는 하루종일 일했고 때로는 저녁까지 일을 하거나 다른 친구들과 저녁 시간을 보냈다. 그는 강의를 듣고 공부하고 글을 쓰고 친구들을 만난 뒤 꽤 늦은 시간에 내 집에 와서 같이 맥주를 마시고, 이야기를 나누고, 잠자리에 들고, 아침에 일어나서 다시 낮 동안 떨어져 있었다. 각자의 집에서 따로 자는 일은 거의 없었다. 내가 혼자서는 잠을 잘 못 자기도 했고, 첫 몇 달 동안은 그의 방에 침대 대신 바닥에 침낭만 깔려 있었기 때문이다. 그는 내 침대에서 잘 수 있다면 침대를 사지 않겠다고 했다.

그는 돈이 거의 없었다. 침대 같은 것을 살 여유도 당연히 없었다. 그를 오래 알고 지낼수록 점점 더 돈이 적어졌다. 그는 학생 생활지원금 대출을 기다리고 있었지만 매주 뒤로 미뤄졌다. 그때만 해도 나는 돈이 지나치게 많았고 돈이 있는 것에 익숙하지 않아서 아무 생각 없이 돈을 썼다. 그에게도 필요하다는 만큼의 돈을 두 번 빌려주었는데, 두 번 다 그는 받지 않으려고 했다. 첫번째 빌려줄 때 더 강하게 만류하긴 했지만. 그때는 100달러를 빌려주었는데, 안 그래도 그는 나보다 12살이나 더 어리고 아직 학생이라는 점 때문에 다소 불편해하던 참이었다. 그는 처음에 빌려간 100달러는 빨리 갚았지만, 내가 두번째로 동부에 가기 전에 빌려준 300달러는 결코 갚지 않았다.

그는 직장을 구하는 데에도 크게 애를 먹었다. 대학도서관에서는 잠시 일했던 것 같다. 그가 나를 떠날 때쯤 그는 주유소에서 일하고 있었다.

때때로 나는 그를 위해 피아노를 연주했다. 그는 내가 자신을 위해 연주해주는 것을 좋아했다. 그는 침대 가장자리나 맨바닥에 놓인 딱딱한 의자에 가만히 앉아 나를 지켜보며 귀를 기울이곤 했다. 여느 때처럼 무슨 생각을 하고 있는지 전혀 알 수 없는 표정이었다. 함께 테니스도 쳤는데, 진전될 기미가 보이지 않아 내가 의욕을 상실하자 그만두었다. 같이 친구들을 만나기도 했지만, 만나는 건 거의 항상 내 친구들이었다. 그가 그들과 더 먼저 알고 지냈지만 그가 훨씬 어려서인지 아니면 다른 어떤 이유 때문인지 그렇게 친하지는 않았고, 오히려 나와 더 친해졌다. 한번은 바닷가의 근사하고 오래된 호텔에서 엘리와 술을 마신 적도 있었다. 셋이 소파에 나란히 앉아 호텔의 숙박객들이 지나가거나 멈춰서 근처 테이블에 놓인 직소 퍼즐 골동품을 구경하는 모습을 지켜보며 대화를 나누었는데, 그때 내가 그를 다소 불친절하게 대한다는 생각이 들었다고 엘리는 나중에 말했다.

만난 지 얼마 되지 않아서 우리는 엘리와 나의 또다른 친구 에블린을 보러 갔다. 에블린은 작은 집의 뒤쪽 반을 차지하는 방 세 개짜리 공간에서 두 아이와 함께 살았다. 그날 아이들은 미친듯이 날뛰었고, 잠시도 가만히 있지 않고 엄청난 속도로 움직이거나, 웃거나, 울음을 터뜨리거나, 주먹으로 서로 때리거나 어머니를 때렸다. 우리는 에블린이 요리하고, 먹고, 자고, 일하고, 도서관에서 빌려온 책을 읽는 큰 방에서 이야기를 나누었고, 그동안 아이들은 때로는 대나무숲에서, 아니면 집 뒤 골목의 쓰레기통 옆에서 정신없이 놀았다. 침실 창문턱에서 침대로 몇 번이고 반복해서 뛰어내리기도 했고 어딘가 보이지 않는 곳에 숨어서 어머니를 부르거나, 옷을 홀딱 벗은 채 큰 볏짚 광주리에 앉아 있기도 했다. 에블린은 아이들에게 전혀 먹히지 않는 부드러운 어조로 꾸짖거나 화장실에서 전구를 빼거나 화장지 한 움큼을 가져오려고 계속 자리에서 일어나야 했다. 여유 있게 쓸 만큼 충분한 양을 사두지 않아 이쪽 방에서 무언가가 필요하면 다른 방에서 그때그때 가져다 써야 했기 때문이다. 에블린이 방을 나갈 때마다 나는 그가 크고 둥근 식탁에 나와 함께 앉아 있는 모습을 바라보며, 그가 날 얼마나 만족스럽게 하는지, 거기에 앉아서 서로를 바라보는 것만으로 얼마나 만족스러운지를 느꼈다. 그를 사랑하는 건 다른 어떤 장소에서보다 그곳에서 더 쉽고 간단했다.

이건 에블린의 본성과도 관련이 있는 것 같다. 에블린은 세상을 대부분의 사람과 다르게 보았다. 에블린에게는 모든 것이 항상 새롭고 흥미로웠고, 자신 말고는 아무도 이해할 수 없는 독특하고 예측 불가한 이유로 무엇을 보든 감탄하고 기뻐했다. 일을 하다가도 멈추고 경탄하느라 그다음 일이 뭐가 되었던 빠르게 진행할 수 없었는데, 식사 준비도 예외가 아니었던지라 항상 한 가지 음식이나 요리밖에 완성하지 못하거나, 설사 완성한다 하더라도 중간중간 멈춰서 자신이 만든 걸 뜯어보고 너무 오랜 시간을 고민하는 탓에 약속한 시간보다 몇 시간은 더 늦게 내놓기 일쑤였다. 에블린은 그 어느 것도 평가하지 않았고, 평가한다고 해도 전혀 가혹하지 않았으며, 다른 사람의 평가를 따라가지도 않았다. 그래서 에블린과 함께 있노라면 세상 모든 것이 엄청난 가능성으로 가득찬 듯 보이곤 했고, 그날 오후에도 나는 그때의 우리에게 주어진 것들이 전부 더할 나위 없이 만족스럽고 좋다고 느꼈다.

내가 모르는 그의 삶은 그리 현실적으로 와닿지 않았다. 그 삶에 관심을 가져달라고 그가 내게 요구하는 일도 없었다. 지나치게 겸손한 탓인지, 아니면 그 삶에 대해 말하면 말할수록 무언가를 잃거나 손상시킬까봐 우려한 탓인지 그는 항상 자신에 대해서는 짧게만 말하고 재빨리 주제를 돌렸다.

그가 내 곁에 없을 때 무엇을 하고 지내는지 나는 잘 알지 못했다. 그가 자신의 방에 혼자 있는 모습은 상상할 수 있었다. 직장에서 일하는 모습도 그려볼 수 있었는데, 내 머릿속에서 그 일이라는 건 항상 단순하고 굴욕적인 노동이었다. 차고에 있는 그의 모습도 그려볼 수 있었다. 이따금은 나와 떨어져 있는 동안 지루하고 일상적인 일들, 그러니까 식료품을 사고, 요리를 하고, 집을 청소하고, 옷을 세탁하기도 하며 시간을 보냈을 것이다. 내가 모르는 도시의 공간 속 각자의 자취방에 살고 있는, 내가 모르는 친구들과 함께 있는 그의 모습은 막연하게밖에 상상할 수 없었다. 그의 친구 대부분은 그만큼 어렸는데, 그 나이대의 사람들은 내게 별로 흥미롭지 않았기 때문에 그들을 한 무리로 뭉뚱그려 생각하게 되었다. 나 역시도 한때는 그 나이였는데도 말이다. 나의 상상 속에서 그들과 함께 있는 그는 원래보다도 훨씬 어려 보였다. 마치 또래 친구들과 있는 조카를 바라보는 이모가 된 느낌이었다. 어머니뻘은 못 될 것이다. 사실 그의 어머니는 상당히 어려서 그에게도 누나뻘이 될 수 있을 정도였지만 말이다.

나로서는 그가 친구들과 얼마나 많은 시간을 보냈는지 알 길이 없었다. 친구를 만났다고 말해주지도 않았고, 말해준다고 해도 함께 얼마나 오래 있었는지까지는 말해주지 않았기 때문이다. 친구들과 함께 있을 때 무슨 대단한 일이 일어났을 것 같지는 않았다. 내가 받은 느낌으로는 다들 어딘가에 앉아서 아무 도움도 안 되고 아무 변화도 주지 않을 대화를, 고작해야 조금 더 나이가 들고 조금 더 그럴듯한 변화를 받아들일 준비가 될 때까지 시간을 때우기에 적당한 대화를 나누지 않았을까 하는 정도였다. 아마 이 대화는 자취방, 아파트, 주택, 캠퍼스 내의 선술집, 학생회관같이 사적인 장소나 학교 내에서 이어졌을 것이다. 그가 자신보다 훨씬 연상인 친구를 만난, 시내의 카페 같은 공공장소에서는 나누지 않았을 대화다.

그 연상의 친구는 내가 막연히 문학과 관련있는 사람이 아닐까 하고 추측한, 은둔에 가까운 생활을 하고 있는 괴팍한 성질의 남자로, 그의 친구 중 그나마 내가 흥미를 가졌던 인물이었다. 당시의 나는 그를 거의 노인 혹은 노인이라고 생각했지만 지금은 그래봤자 그가 예순이 넘지 않았을 것이라는 사실을 깨달았고, 내 나이가 쉰에 가까워지는 지금 예순은 점점 젊게 느껴진다. 그는 이 친구를 만나러 카페에 가거나 그가 사는 동네 어딘가의 구석진 곳으로 가곤 했는데, 나는 그곳을 옛 시가지 한가운데, 그다지 역사가 오래되지 않은 그 동네에는 애초에 존재할 수 없을 정도로 오래된 그런 곳으로 상상했다. 어딘지 거의 감이 오지 않아 점점 더 오래된 곳을 상상하다보니 그런 건지도 모른다.

이 친구는 책꽂이와 책들로 꽉 들어차고, 빨지 않은 옷의 퀴퀴한 냄새와 담배의 씁쓸하고 강한 냄새가 깊게 밴 작은 단칸방에서 살았다. 아니, 내가 직접 그를 방문한 적은 없었으니 이건 그냥 내가 혼자 사는 노인을 상상할 때 떠올리는 모습인 걸까? 덧붙이자면 나는 항상 그 노인을 수염을 기르고 허리며 허벅지며 팔이며 볼에 약간 통통하게 살이 붙은 모습으로 상상하는데, 그가 그렇게 묘사해줘서 그런 건지, 아니면 그가 책이 가득한 작은 방에서 책을 좋아하는 노인을 만난다고 처음 말했을 때 이런 모습을 연상하고 그에 일말의 의심도 품지 않아 마음속에 사실로 박혀버린 건지는 모르겠다.

사실 나는 수년 전에 또다른 열렬한 젊은이가 방문한 또다른 책벌레 노인을 알고 지낸 적이 있다. 아마 내게 익숙한 모습을 이 노인에게 적용한 것이 아닐까.

그가 자신의 어린 친구들과 있을 때 하고 다닐 행동을 생각하면 그를 조금 얕잡아 보게 되었던 반면, 이 연상의 친구는 그의 어린 친구들보다 흥미로웠고, 이 친구와의 관계로 그를 조금 더 높게 평가하기도 했다. 하지만 내 눈에는 그 우정이 완전히 순수하다기보다 그의 자의식으로 더럽혀진 것처럼 보였기에 이 친구에 대한 나의 흥미는 여전히 매우 제한적이었다. 그는 이상주의적이고 야심 차고 재능 있는 자신 같은 젊은이가 자기보다 훨씬 나이가 많고 가난하고 높은 수준의 교육을 받은 노인과 우정을 쌓아가는 과정이, 젊은이가 그런 노인의 존재를 삶 속에 받아들여 허영심을 버리고 순수해지고 선해지거나 적어도 순수하고 선한 것처럼 느끼게 되는 일련의 과정이 얼마나 감동적일 수 있는지 알고 있는 듯했다. 나는 그가 노인에게 진심 어린 관심을 가지는 동시에, 사회로부터 스스로를 고립시킨 노인을 찾아가 그 발치에 앉아 자신의 젊음과 생기와 재빠른 사고와 온화한 태도를 아낌없이 나누어주면서 노인에게 즐거움을 선사하는 자신에 대한 자의식 역시

94

가지고 있다고 확신했다. 그가 이 모든 것을 노인에게 아낌없이 나누어준 이유는 그가 젊기 때문에, 삶을 개척하고 살아가는 데 전념한다는 핑계로 노인을 몇 주 동안 완전히 잊고 지낼 수도, 때가 되면 예고도 없이 영원히 노인을 떠날 수도 있었기 때문이었다. 그러니 어떤 식으로든 구애 받을 걱정은 전혀 하지 않아도 되었다. 노인에 대해 말하는 그의 목소리에는 진심 어린 애정과 행복이 녹아 있었지만, 순진한 고양감과 자부심 역시 뒤섞여 있었다. 그 노인은 밤에 깨어 낮에 잠드는 부류의 인간이었고, 서양보다는 동양이나 유럽에 더 어울리는, 종려나무가 늘어선 이 해변가 도시에서는 더욱이 찾아볼 수 없는 인물이었다. 이 괴팍하고 냄새나는 노인과의 우정이라는 특이하고 귀중한 보석을 소유하고 있다는 사실에 그는 자부심을 느꼈다.

그가 만나던 몇몇 친구들이 동네의 극장과 연이 있었다는 사실이 기억난다. 그들이 학생이었는지, 전문 배우였는지, 감독이었는지, 무대 담당자였는지는 확실하지 않지만, 그가 극장과 이 친구들에 대해 이야기할 때면 더 확고하고 자신감 넘치는 어조가 되던 것을 기억한다. 자신을 높이 평가하는 친구들이 연극 공연 같은 매력적인 일에 참여하고 있다는 사실에 내가 최소한 감명 정도는 받을 거라는 희망어린 기대를 품었던 것 같다. 하지만 내가 살아오면서 관심을 가졌거나 높이 평가했던 대상이 아니라면 그의 삶에 있는 것이라고 해서 특별히 그럴 일은 없었다.

예를 들어 나는 그가 어떤 책들을 면밀히 정독하며 정리해 두었기 때문에 그를 높이 평가했으나, 이는 원래 나도 그 책들을 읽으려고 했었기 때문이었다. 마찬가지로 그가 글을 쓰는 방식 때문에도 그를 높이 평가했다.

당시의 내가 그의 어린 친구들과 자주 어울리고 싶지 않았던 건 분명하다. 어쩌면 전혀 만나고 싶지 않았을지도. 나이 차이가 많이 나는지라 함께 있다보면 내가 할머니나 그들의 선생이라도 된 듯했을 것이다. 그들 역시 선생을 대하듯 나를 어려워했을 터이다.

언젠가 그와 연극을 보러 갔을 때 그의 친구 몇 명을 만나기는 했다. 스쳐지나듯 본 극장 내부, 정확히는 정문 쪽 한 구석자리의 모습과, 그의 지인들과 나눈 악수 정도가 기억에 남았을 뿐이지만.

카페에 간 것이 그날의 일이었는지 아니면 그다음번에 극장을 찾았을 때 그의 친구를 만나 술집이나 카페에 가서 맥주를 마시며 연극과 영화에 대해 이야기를 나눴던 것인지는 잘 모르겠다. 다만 나는 원래부터 연극이나 영화에 대해 이야기하는 것을 별로 즐기지 않았다. 극에 썩 관심이 있는 편도 아니었다. 그는 무대에 올릴 작품을 쓰고 싶어했다. 서로 연락이 완전히 끊기기 직전, 그는 나에게 연극 학교에 갈 장학금을 제안받았다고 말했다. 받고 싶었던 장학금이었지만 받지 않기로 결정했다고. 만약 그 장학금을 받는다면 삶이 너무 쉬워질 거라고 했다. 진짜 그런 이유 때문일 수도 있고, 단지 내가 그를 대단하다고 여겼으면 하는 마음에 꾸며내거나 과장한 것일 수도 있다. 그게 진짜 이유였다면 대단하게 생각했겠지만 동시에 마음 한편으로는 그게 진짜 이유가 아닐 수도 있다는 사실을 인지하고 있었다.

내가 그의 어린 친구들을 알고 지내는 걸 그가 바라는지는 알 수 없었다. 그가 가끔 "나랑 더 놀아줘요"라고 대놓고 말하곤 했기 때문에, 내가 좀더 장난스럽고 덜 진지했으면 한다는 건 알고 있었다. 그가 사는 곳에서 함께 더 많은 시간을 보내기를 바란다는 것도 알고 있었다. 하지만 나는 나만의 것들에 둘러싸여, 내가 할 수 있는 일들과 내 관심사들에 가까이 있는 것이 더 편했다.

그의 차를 거의 타지 않은 것도 아마 같은 이유였을 것이다. 망가진 자동차 소음기에서 나는 굉음이 커서 타고 싶지 않다고 했는데, 지금 돌이켜 생각해보면 그닥 타당한 이유는 아니었다. 그의 세계에 삼켜질까봐 두려워하지만 않았다면, 나만의 것, 내 차, 내 집, 내 동네, 그리고 내 친구들에게 고집스럽게 매달리지만 않았다면 아마 그 귀청이 터질 듯한 굉음도 참을 수 있었을 것이다. 심지어 즐길 수도 있었겠지.

차의 내부를 기억해내려고 해봤다. 뭔가 빨간 게 눈앞에 떠오르는데, 그게 그의 격자무늬 재킷인지, 아니면 차 안에 두었던 담요인지, 아니면 좌석 시트인지 모르겠다. 내부의 공기가 오래된 자동차의 곰팡내, 좌석의 메마른 가죽 커버나 그 안의 충전재 냄새로 무거웠다는 것, 그리고 그 냄새에 새로 세탁한 옷의 냄새가 덧씌워져 있었다는 것은 거의 확신할 수 있다. 그는 옷을 항상 새로 세탁해서 입었기 때문이었다. 뒷좌석과 심지어 앞좌석까지도 옷과 책, 공책, 종이 낱장, 펜, 연필, 운동기구, 그리고 다른 잡동사니들로 어수선했다는 건 완전히 확신할 수 있다. 나중에 그가 두번째로 살던 집을 잃었을 때 잠은 여자친구의 집에서 자고 물건들은 둘 곳이 없어 몽땅 차에 싣고 다녔으며, 그 외 다른 소지품들도 차에 들어갈 만한 건 전부 싣고 다녔다는 것도 알고 있다.

하지만 그가 나를 떠난 후 나는 항상 그의 차를 찾곤 했다. 수개월을 그렇게 한 탓에 이후에도 비슷한 차만 나타나면 눈여겨보는 버릇을 고치지 못했다. 결국 그의 차는 그 자체로 하나의 독립적인 존재나 다름없게 되었고, 하나의 살아 있는 생명체, 일종의 동물, 반려동물, 친근하고 충성스러운 반려견, 또는 위협적이고 사나운 이상한 개가 되었다.

♪

내가 그런 젊은 남자와 만난다는 사실에 스스로도 계속해서 놀랐다. 내가 그를 만났을 때 그는 스물두 살이었다. 내가 그를 알고 지내는 동안 그는 스물세 살이 되었지만, 내가 서른다섯 살이 되었을 때 나는 그가 어디에 있는지 더이상 알지 못했다.

그가 열두 살이나 어리다는 생각이 내게는 흥미로웠다. 내가 그와 있기 위해 그 12년을 거슬러올라가는 것인지, 아니면 그가 나와 있기 위해 그 시간을 앞질러 오는 것인지, 내가 그의 미래인지, 아니면 그가 나의 과거인지 알 수가 없었다. 가끔은 내가 오래전에 했던 경험을 반복하고 있는 것 같았다. 내가 그만큼 어렸을 때 만났던 사람처럼 이상주의적이고, 야망과 재능을 갖춘 젊은이와 다시 만나고 있었다. 하지만 내가 상대보다 나이가 많아진 지금은 당시 갖지 못했던 영향력과 자신감을 갖게 되었다. 하지만 바로 그 때문에 예전의 관계에서는 없었던 거리감이 그와 나 사이에 있었다.

나는 그에게 그와 함께 있으면 더 젊어진 느낌이라고 했고, 그는 나와 함께 있으면 더 나이가 든 느낌이라고 했다. 물론 그 반대도 사실이었다. 그와 대조되어 나는 내가 실제보다 훨씬 더 나이가 많다고 느꼈고, 그는 자신이 훨씬 더 젊다고 느꼈을 것이다. 그도 가끔은 내 나이가 부담스러웠던 모양인지, 내가 이미 경험을 통해 알고 있는 내용에 대해 말할 때마다 조심스러워했다. 하지만 한편으로는 나와의 이런 나이 차이 덕분에 자신이 또래에 비해 수준 있다는 느낌이 들기도 했을 것이다.

그는 철없는 말을 하게 될까봐 두렵다고 했다. 이제 와 깨닫는 사실이지만, 말할 때마다 입을 열기 전에 내게 철없는 소리로 들리지는 않을까 미리 상상해보고 그런 말을 내뱉지 않도록 자제하는 건 상당한 노력을 필요로 했을 것이다.

나는 그보다 아는 게 더 많았다. 적어도 어떤 부분에 대해서는 그게 사실이었고, 그가 무언가를 잘못 말하면 때때로 바로잡았다. 나는 내가 다른 사람보다 아는 게 많은 상황에 익숙하지 않았다. 내가 무언가를 잘 안다고 느끼는 것 자체가 익숙하지 않았다. 12년을 더 살았기 때문에 더 많은 것을 아는 것뿐이었다. 내 안에 더 많은 지식이 있는 건 그가 그러하듯 지식을 좇아가 매달렸기 때문이 아니라, 내 의지와는 상관없이 지식이 내 안에 축적되었기 때문이었다.

그는 내가 더 많이 알고 있다는 데서 수치를 느꼈고 이를 부담스럽게 여겼다. 하지만 내가 봤을 때 우리는 그저 각자 다른 정신세계를 가지고 있을 뿐이었다. 그의 정신이 그만의 세계 위에 펼쳐져 있고, 나의 정신도 나만의 세계 위에 펼쳐져 있다면 우리 둘 중 한 사람의 정신세계가 다른 사람의 것보다 풍요롭다고 단언할 수는 없다. 하지만 그럼에도 그는 내게 세상을 가르쳐주고, 도와주고, 내게 일자리가 있음에도 일자리를 찾아줄 수 있는 사람이 되고 싶다고 했다. 내게 일자리를 찾아주고 싶다고는 해도 당시 자신의 일자리조차 찾지 못하던 그가 그렇게 할 수 있을 리 없었다. 나를 데리고 어디론가 가고 싶다고도 여러 번 말했다. 유럽과 사막말고 다른 장소도 언급한 적이 있는지는 기억이 나지 않는다. 하지만 우리는 사막에 가지 않았고, 그는 나를 유럽에 데려갈 수 없었다. 그는 나를 그 어디에도 데려갈 여유가 없었다.

한 친구가 자신보다 훨씬 나이가 많은 여자와 했던 연애에 대해 말해준 적이 있다. 그 친구 역시 그 어떤 것도 여자의 관심을 앗아갈 수 없는 곳, 여자가 오직 그에게만 속하게 될 곳, 현실에서는 불가능할 정도로 접근이 완전히 차단된 곳으로 여자를 데려가고 싶었다고 했다. 내 친구가 처음부터 끝까지 세세히 들려주는 연애담을 듣다보니 그와의 공통점이 보였지만, 친구에게는 아무 말도 하지 않았다. 그들도 신발을 벗으며 첫날밤을 시작했는데, 내 친구의 경우 여자가 신발을 벗겨달라고 요청하기에 여자의 침실에서 신발을 벗겨주었다는 점이 다르긴 했다. 내 친구의 경우에는 주유소에서 일한 건 여자였고, 관계를 끝내자는 통보를 듣고 주유소로 찾아가서 말싸움을 한 건 그였다. 하지만 그 친구는 나보다 온화한 사람이니 내가 그랬듯 끈질기게 굴지는 않았을 것이다.

내 친구는 그때의 연애에 대해 무언가를 끊임없이 적지 않을 수가 없다고 했다. 그의 말을 들어주지 않았기 때문에 여자에게는 말할 수 없었고, 그래서 그는 다른 사람들을 대상으로 글을 썼다. 그럼 언젠가 여자도 글을 읽고 느끼는 점이 있을 것이며, 공개된 글이므로 보다 강하게 느낄 것이다. 만약 그렇지 않더라도 최소한 그들 사이에 있었던 모든 일을 소리 내어 말하는 만족감은 누릴 수 있을 테다. 그럼으로써 그는 원했던 것보다 일찍 끝나버린 이 연애를 더 오래 지속될 수 있는 무언가로 바꿀 수 있을 것이다.

그의 삶, 성인으로서 살아갈 삶의 시작점에 함께하는 기분이었다. 이 점이 나를 들뜨게 했다. 그에게는 젊음에 수반되는 단순한 힘, 순수한 활력, 무한한 가능성의 예감이 있었다. 아마 앞으로 12년 뒤에는 또 달라질 테지만. 내가 삶의 시작점에 서 있을 때도 모든 가능성이 열려 있었고, 그후 몇 년이 흐르는 동안 그 가능성의 일부는 사라졌다. 그게 싫었던 건 아니지만, 아직 그 과정을 겪지 않은 사람과 함께 있는 것이 좋았다.

하지만 가끔은 그 12년을 경험한 뒤 나와 비슷한 결론을 가지고 비슷한 지점에 도달한 누군가와 대화할 필요가 있었다. 그럴 때면 나는 내 또래의 사람들과 함께 있고 싶어졌고, 식사 자리에 앉아 있다가도 그에게 등을 돌리고 내 또래의 사람들을 향해 돌아앉기까지 했다. 그런 기분일 때 그가 말을 걸면, 나는 대답하려고 고개를 돌리지만 그가 전염병이라도 옮길 것처럼 급히 몸을 되돌리곤 했다. 그가 지닌 젊음에 다시 끌려 들어가는 것을, 내 나이와 내 세대를 놓쳐버리는 것을, 그 기나긴 세월을 가로질러, 어느 정도의 무력함을 지니고 있던 그때의 그 순수함이나 생기발랄함으로 되돌아가는 것을 두려워하듯이 말이다. 젊음을 내가 지니고 싶지는 않았다. 단지 그의 안에 있는 젊음이, 팔이 닿는 정도의 적당한 거리에서 나와 함께 있어주기를 원했다.

하지만 옆에 앉아 있는 그를 그렇게 노골적으로 무시하려니 오히려 그를 더욱 강하게 의식할 수밖에 없었다. 그는 내 무례함에 놀라 말을 잃은 채 가만히 앉아 대화를 들으며 자기만의 생각에 빠져 있거나, 내 무례함을 애써 모른 척한 채 반대편에 앉아 있는 사람에게 말을 걸곤 했다. 그런 그를 의식하고 있으면 나 자신의 행동에 대한 불안감과 더불어 그와 함께 있다는 기쁨을 더 강하게 느낄 수 있었다. 그를 무시하고, 옆에 앉은 그에게 등을 돌리고 있다는 사실이 오히려 그가 가까이 있다는 감각을 일깨우는 것 같았다. 그라는 재산을 나는 잃지 않았다. 서로가 서로의 존재에서 얻는 기쁨을 잠시 거부함으로써 그 기쁨이 더 농축되었다. 하지만 그는 내가 그에 대해 가지고 있던 이러한 분열된 감정을 눈치채고 상처받았을 것이 분명하다.

∬

어느 날 저녁 나는 그가 바쁘거나 다른 이유가 있어 나를 만나러 오지 못할 거라고 생각하고 미첼에게 매들린과 나와 함께 저녁을 먹자고 초대했다. 테라스 옆 회랑의 테이블에서 식사를 마친 뒤에도 그 자리에 계속 앉아 미첼이 최근 다녀온 여행에 대해 이야기하는 걸 듣고 있는데, 마침 그가 대문으로 들어와 테라스를 가로질러 우리 쪽으로 왔다. 그의 모습을 보자 날카로운 짜증이 일었다. 그 순간에는 그를 보고 싶지 않았는데, 그는 내가 그렇게 느끼리라고는 추호도 생각하지 못한 모양이었다. 그는 아주 편안하게 우리와 함께 앉아서 미첼의 여행 이야기에 귀를 기울였다. 미첼이 돌아간 후, 그는 자신이 존경하는 선생님을 만나게 해준다며 같은 거리의 언덕 아래쪽 술집에 나를 데려갔다. 다른 학생 두 명도 동석한 자리였다. 선생님에게 너무도 집중한 나머지 다른 어떤 것도 의식하지 못하는 듯한 제자들과 그들의 스승을 미워하며 앉아 있는 동안 나의 짜증은 사라지기는커녕 더 커져갔다. 그러나 이 세 사람에 대한 미움 때문에 그에 대한 짜증이 저녁 내내 사라지지 않을 정도로 깊어졌던 건지, 아니면 단지 이미 짜증이 났기 때문에 그들을 그렇게 격렬하게 싫어했던 건지는 모르겠다.

여태 잊고 있었던 그 선생님을 지금 재차 떠올려보니, 그가 나와 같은 동네, 우리집에서 약간 남쪽으로 떨어진 언덕 오르막을 올라가면 있는 곳에 살았으며 자택에서 수업을 하기도 했다는 것이 기억난다. 소규모 세미나가 열릴 때마다 제자들이 그곳으로 모이곤 했었다.

그가 저녁에 나를 보러 오기 전 그 선생님의 집에 가곤 했다는 사실도 기억난다. 그가 실제로 수업을 수강했던 건지 아니면 다른 학생들과 같이 와보라고 이따금씩 권유받았던 건지는 모르겠다. 하지만 그가 당시 있었을 특정 장소를 기억하면, 저녁 늦게 어디서 출발해서 우리집에 올지 말해주던 그의 목소리를 더 쉽게 떠올릴 수 있다. 그가 지금 어디에 있고 오늘 밤 우리의 계획은 어떤지를 안다는 것, 그가 곧 온다는 걸 안다는 것만으로 그 사실이 내 바로 앞의 시야에, 손이 닿는 곳에 있는 잘 익은 과일 조각만큼 또렷했고 만져질 듯했으며 달콤했다는 것도 잘 기억난다. 그런 날이면 나는 저녁 내내 편안하게 작업했고, 저녁이 깊어감에 따라 그의 자동차 소리와 대문 옆에서 들리는 그의 발걸음소리를 기다리며 귀를 기울이기 시작했다.

♩

그가 내게 아무 말도 하지 않을 때면 그 침묵은 어딘가 어색하고 부담스러웠다. 말하기 두려워서 말하지 않고 있었다는 건 거의 분명하다. 혹여 내가 들었을 때 자신의 말이 틀리거나, 정확하지 않거나, 다소 멍청하게 들리거나, 별로 재미없어하지는 않을까 하는 두려움. 그에게 불친절하게 굴 의도가 없을 때에도 나는 불친절했고, 그 때문에 그는 말하기를 두려워했다.

그의 침묵은 그의 얼굴이 그렇듯 마음속에 있는 것과 그가 느끼는 것들을 숨기고 있었다. 그래서 그가 침묵할 때마다 그 이면에 무엇이 있는지 더욱 신경써서 보지 않으면 안 되었다. 그는 결코 자신의 행동을 설명하지 않았다. 내가 예전에 알던 다른 남자는 내가 굳이 가늠해보려 애쓰지 않아도 될 만큼 자신의 행동에 길고 긴 설명을 덧붙이곤 했는데, 그는 그 남자와 달랐다. 나는 그의 이유를 가늠하고 그의 생각을 가늠했지만 맞게 가늠한 건지 물어보면 그는 대답하지 않았고 나는 내가

105

맞았는지 틀렸는지까지도 가늠해봐야 했다.

그래서 계속 그에게 신경을 쓸 수밖에 없었다. 하지만 가끔은 조급해졌다. 그가 침묵에 빠져 있더라도, 불분명하게 행동하더라도, 느리게 행동하더라도 조급하게 굴어선 안 된다는 걸 알고 있음에도 그랬다. 나는 모든 걸 빠르게 진행하길 바라는 편이다. 느리게 하기로 마음먹은 게 아니라면 말이다. 그저 빠르든 느리든 내가 마음먹은 대로 진행되기를 바랄 뿐이었다.

내가 그를 얼마나 조급하게 대했는지 되돌아보면, 내가 그를 사랑했던 방식이 대체 뭐였을지 궁금해진다. 그의 사랑을 무책임하게 다뤘다는 느낌이 든다. 그의 사랑을 잊고, 무시하고, 함부로 대했다. 가끔, 어쩌다가 한 번, 또는 기분이 내킬 때만 그 사랑을 존중하고 보호했다. 어쩌면 나는 그의 사랑을 맡아두기만 하고 싶었는지도 모른다. 그럴 수만 있다면 그가 괴로워한다 해도 상관이 없었다. 그의 사랑을 맡아두었다는 걸 알기에 안전함을 느꼈고 나 자신은 괴로울 게 없었으니까.

나도 그와 이야기하기가 쉽지는 않았다. 말하고 싶었고, 마음속으로 말했고, 말할 단어를 생각하고 말했지만, 막상 입 밖으로 나온 것은 건조하고 딱딱했다. 그 단어들은 나의 감정을 조금도 전달하지 못했다. 그를 만지거나 글로 할말을 적는 것이 더 쉬웠다.

그래서 우리 사이에는 이따금 이런 기묘한 거리감, 빈자리와 어려움이 있었다. 그의 말에서 느껴지는 어색함과 내 말에서 느껴지는 어색함, 그리고 우리 사이에 드리워진 거대한 침묵 때문이었다. 어쩌면 우리는 굳이 대화할 필요가 없었는데도 함께 있을 때는 대화 비슷한 것을 해야 한다는 의무감을 느꼈는지도 모른다. 우리는 계속해서 대화를 시도했고, 극복해야 할 벽이 많았기에 그 시도들은 하나같이 실패로 돌아갔다.

그에 대한 몇 가지 사실들이 나를 불편하게 했는데, 아마 그도 이걸 눈치채고 있었을 것이다. 다른 사람과 함께 있는 자리에서 그가 유독 조용히 앉아 있거나, 대화를 이해하지 못한 티가 나는 말을 하거나, 긴장할 때마다 그러듯 발음이 또렷해지거나, 바로 알아챌 수 있을 정도로 ㅌ 발음을 날카롭게 소리 내거나, 평소보다 높아진 목소리로 남의 시선을 한껏 의식하며 웃으면 나는 불안해졌다. 매번 그러듯이 커다랗고 환하게 미소 짓기는 했지만, 그 미소조차도 긴장해 있었고 남의 시선을 지나치게 의식하고 있었다. 그는 그런 미소와, 긴장으로 꼿꼿하고 조용해진 넓다란 몸 뒤에 서서 스스로를 내게 바치려는 것 같았다. 나는 그의 몸이 유별나게 크고 팔다리는 유별나게 굵다고 생각했다. 그의 피부는 이상할 정도로 희었는데, 특히 팔다리는 몹시 굵고 하얘서 어둠 속에서도 빛날 듯했다. 실제로 달이나 가로등 빛만 창문으로 비쳐들어오는 어두운 방에 있으면 그의 피부는 그 희미한 불빛 속에서 빛나곤 했다. 그는 확실히 잘생기고 호감 가는 이목구비를 가지고 있었지만, 코는 넓은 얼굴 한가운데에서 이상할 만큼 뾰족하게 솟은 채 위로 들려 있었으며, 얼굴 피부는 창백한 분홍색에 주근

107

깨가 있었다. 심지어 입술에도 주근깨가 있었다. 그는 남의 시선을 과하게 의식한 듯한 포즈들을 연달아 취하곤 했다. 미소 지으며 혹은 조심스러운 표정으로 고개를 살짝 뒤로 젖히고 있거나, 미소를 지우고 화난 듯 고개를 숙이고 있거나, 아니면 화나지 않았으면서도 싸울 듯한 자세로, 눈썹 아래로 눈을 치켜뜨고 나를 올려다보며 입술을 굳게 다물고 있거나. 그의 눈동자에 예쁜 푸른빛이 감돌고 있었다는 건 인정해야겠다. 비록 그 푸른빛이 매우 창백했고, 종종 흰자가 살짝 충혈되어 있긴 했지만.

우리의 관계가 끝나자 나를 불편하게 했던 이런 것들은 더 이상 불편하게 느껴지지 않았다. 그의 단점을 찾아내기가 어려워졌다. 그는 여전히 똑같은 단점들을 가지고 있었지만, 내 시선 속에서 그것들이 차지하는 자리는 한없이 쪼그라들어 거의 보이지 않게 되었기 때문이다.

∫

오늘은 셈을 해봤다. 싸움과 여행을 세어보았다. 내 기억을 순서대로 정리해볼 필요가 있다. 순서는 어렵다. 이 책을 쓰면서 제일 어려웠던 게 바로 순서를 부여하는 것이었다. 아니지, 사실 제일 어려웠던 것은 아무것도 확신할 수 없다는 점이었지만, 순서가 맞는지 확신할 수 없다는 게 제일 고역이었다. 열심히 하는 건 힘들지 않지만, 내가 뭘 하고 있는 건지 모르거나 내가 지금 하고 있는 일이 맞는 건지 모르는 건 싫다.

순서를 잘 정해보려고 노력은 하지만, 나의 생각은 정해진 순서를 따르지 않는다. 한 가지 생각에 다른 생각이 끼어들고, 서로 모순되는 생각이 충돌하기도 한다. 그런가 하면 기억이 가짜이거나, 뒤섞이거나, 생략되거나, 하나로 뭉뚱그려진 경우도 부지기수다.

어차피 나는 내 인생조차 순서대로 정리하지 못하고 있다. 열심히 노력하는 데 필요한 인내심이 없다. 이 책을 쓰는 데 이토록 오래 걸린 것도 쓰기 전에 미리 생각하고 순서를 정해두기보다 애초에 불가능할 방식으로 쓰려고 맹목적이고 충동적으로 계속 노력했기 때문이었다. 결국 처음으로 돌아가서 또다른 방법으로 쓸 수밖에 없었다. 나는 많은 실수를 저질렀고, 항상 일이 벌어진 뒤에야 실수였음을 깨달았다.

여전히 나는 하려고 했던 일을 잊어버리고 계획하지 않았던 일을 하다가 퍼뜩 정신을 차리곤 한다. 원래 계획보다 앞서 가고 있다는 걸 깨닫곤 어, 벌써 이걸 할 단계였나, 하고 스스로에게 말하기도 한다.

몇 주 전에 나는 소설이 지나치게 길어졌다고 엘리에게 불평을 늘어놓았다. 원래 짧게 끝내려고 했는데 쓰면서 점점 자라나버렸고, 원래 의도했던 길이로 줄여보기도 전에 지나치게 긴 소설이 되어 있을 게 뻔했다. 하지만 엘리는 그렇게 진행되는 게 아주 당연한 것 아니겠느냐고 말했다. 자신 역시 수년 전 논문을 쓸 때 똑같은 일을 겪었다고. 그 말에 나는 잠시 안심했다. 하지만 지금은 다시 걱정에 빠져든다. 소설이 더 길어지면, 돈이 다 떨어지기 전에 분량을 원래대로 줄일 수 있을까?

번역을 완전히 그만두는 건 불가능하다. 최근에 나는 내가 매달 돈을 얼마나 쓰는지, 현재 얼마나 가지고 있는지, 그리고 쓰는 돈을 메꾸기 위해 앞으로 몇 달 동안 얼마나 벌어야 하는지 계산을 시도해보았다. 뿌듯한 마음에 아래층으로 내려가 빈센트에게 내가 한 달에 2,300달러 정도를 쓰는 것 같고, 번역 일을 조금씩만 하면 1년 정도는 버틸 수 있을 것 같다고 설명했다. 하지만 빈센트는 내가 잘못 계산할 때가 있다는 사실을 상기시켜주었다. 그가 '간접 비용'이라고 부르는 걸 깜빡하곤 하기 때문이다. 그리고 내가 벌어들이는 모든 수입에는 세금이 붙는다는 것도.

나는 돈을 잘 관리하지 못한다. 문제는 일에 대한 보수가 항상 한꺼번에 합산된 금액으로 들어오기 때문에 무한대로 쓸 수 있을 것처럼 느껴진다는 것이다. 일단 돈을 쓰기 시작하면 매번 무언가를 살 때마다 이것만 사면 된다는, 이번 지출이 유일한 지출이라는 착각에 빠진다. 이번 지출과 다음번의 지출이 합쳐져 언젠가는 원래 있던 돈이 전부 사라지리라는 사실을 도통 이해할 수가 없다.

이따금 남은 돈도 거의 없고, 들어오는 일도 없는 시기가 있다. 나는 두려워진다. 돈이 다 떨어지면 빈센트가 차액을 메우려고 하긴 하지만, 내가 생활비의 일부를 대지 않으면 지금의 생활을 유지할 수 없다. 그제서야 나는 드디어 남은 돈이 얼마인지를 보고, 선택의 여지가 없다는 것을 깨닫고 예산을 세워 그 한도 내에서 살려고 노력하기 시작한다.

그럴 즈음 때맞춰 전화벨이 울릴 때가 있다. 수화기를 들면 돈을 줄 테니 책을 번역해달라는 명랑한 목소리가 들려온다. 나는 침착하고 전문가다운 목소리로 대답한다. 수화기 너머의 상대는 방금까지 나를 에워싸고 있던 절망감을 짐작조차 하지 못할 것이다.

번역이 지겹지는 않지만, 아마 지겨워야 정상일지도 모른다. 어쩌면 수년째 번역을 하고 있다는 걸 부끄러워해야 할지도 모르겠다. 사람들은 내 나이 또래의 여성이 번역가라는 것에 놀라는 듯 보인다. 아직 학생이거나 학교를 갓 졸업했다면 번역을 해도 괜찮지만, 나이가 들고서는 그만뒀어야 했다는 듯이. 혹은 시는 번역할 수 있어도 산문은 번역하면 안 된다는 듯이. 만약 정 산문을 번역하겠다면 시간 때우기용이나 취미로 번역해야 한다는 듯이. 내가 아는 어떤 사람은 더이상 번역을 할 필요가 없는데, 이는 그가 현재 성공한 작가라는 걸 보여주는 많은 지표 중 하나다. 때때로 시같이 짧막한 작품들을 번역하긴 했지만, 그조차도 오래 알고 지내던 지인이 부탁해서 마지못해 하는 식이었다.

번역가들이 단어 수로 돈을 받는다는 것도 문제일 수 있다. 번역에 신중을 기할수록 시간당 받는 돈이 적어진다. 즉 신중하게 번역하는 사람은 돈을 많이 벌지 못할 수도 있다는 뜻이다. 게다가 맡은 책이 재미있거나 독특할수록 품이 많이 든다. 그동안 맡았던 어려운 책 한두 권의 경우 매 페이지마다 너무 오래 고심하는 바람에 한 시간에 1달러도 채 벌지 못했었다. 하지만 사람들이 번역가를 존중하지 않거나 번역가에 대한 생각을 아예 하지 않는 게 이런 이유로 충분히 설명되는지는 잘 모르겠다.

파티에서 만난 남자에게 내가 번역 일을 하고 있다고 하면 즉시 흥미를 잃고 다른 사람과 이야기하러 가기도 한다. 하지만 생각해보면 나도 파티에서 다른 번역가들, 주로 여성 번역가들에게 비슷한 행동을 했다. 처음에는 상대에게 열변을 토한다. 번역 일을 이해하는 사람과 하고 싶은 말이 많은데, 다른 번역가를 자주 만날 기회가 없으니 그동안 혼자 고민하고 혼자 간직해온 것들이 쌓여 있기 때문이다. 하지만 상대로부터 돌아오는 대답은 온통 일에 대한 불평뿐이고, 곧 나의 열정은 서서히 스러져간다. 이윽고 나는 상대가 번역에서 아무 기쁨도 느끼지 못한다는 사실을 깨닫는다. 자신의 작품에도, 나와 내 작품에도 관심이 없는 것이다.

심지어 나와 생김새까지 비슷했던 여자도 있다. 아니, 정확히는 내가 거울을 보지 않을 때 스스로 생각하는 나 자신의 모습과 닮아 있었다. 아주 길고 곧은 연갈색 머리칼을 두 개의 작은 머리핀으로 흘러내리지 못하게 고정했고, 안경을 쓰고 키가 크고 날씬했으며, 무표정하지만 않으면 호감형이었을 균형 잡힌 이목구비를 가지고 있었다. 특정 스타일이랄 것도 없는 단정하지만 칙칙한 옷차림이었는데, 아마도 무색의 스웨터에 평범한 치마를 받쳐 입고 있었던 듯하다. 내가 받은 주된 인상은 무미건조함, 편협함, 불만스러움이었다. 나 역시 다른 사람의 눈에는 그렇게 보일지도 모른다. 나는 내가 지나치게 열정적이라고 생각해도 다른 사람의 눈에는 무미건조하고 불만 가득해 보일 수 있다. 어쩌면 내가 가진 열정 때문에 더욱 그럴지도 모른다. 그들에게는 무미건조하기만 한 것들에 대한 열정이니까.

다른 친구에게 이 책을 쓰면서 겪은 혼란에 대한 불평을 늘어놓았더니 그는 내게 직설적이고 분명한 질문들을 던졌다. "어디까지 썼어?" "앞으로 얼마나 남았어?" 등등. 내가 답을 알고 있을 거라고 생각하는 투였다. 그는 항상 자기가 얼마나 더 써야 하는지 알고 있다고 했다. 하루에 한 페이지 정도를 쓰고, 앞으로 몇 페이지를 더 써야 하는지, 예를 들어 100페이지면 그만큼 더 남았다는 걸 알고 작업한다는 것이었다. 지금까지 썼던 책 중 딱 하나만 감이 잘 오지 않았는데 그 책의 경우 상세한 도표를 만들어 작업했다고 했다. 나라면 그런 도표를 만드는 데에만 시간을 과도하게 많이 뺏길 것 같았다. 도표를 만들지 않아서 뺏기는 시간이 더 많을 수 있다는 것도 사실이었지만.

어제는 한 시간 남짓한 시간 동안이나마 내가 앞으로 무엇을 해야 하는지 이해했다고 생각했다. 그냥 마음에 안 드는 부분만 빼자고. 그럼 빼고 남은 건 다 좋은 부분이지 않을까. 하지만 그때 내면에서 또다른 목소리가 들려왔다. 이따금씩 끼어들어 나를 혼란에 빠뜨리는 목소리였다. 그렇게 쉽게 내용을 빼면 안 되지. 그냥 수정만 하면 돼. 아니면 다른 위치로 옮기거나. 한 문장만 다른 위치로 옮겨도 완전히 달라질 텐데. 마음에 안 드는 문장에서 한 단어만 바꾸면 훨씬 나을 거야. 아니, 구두점만 바꿔도 충분할지도. 그래서 나는 마음을 바꿔 문장의 위치를 바꾸고 조금씩 수정하는 작업을 계속하기로 했다. 마침내 그 문장이 글의 어디에도 어울리지 않으며 빼는 것 외에는 별도리가 없다고 확신할 때까지.

아니면 빼야 할 부분은 애초에 존재하지 않을지도 모른다. 이 소설은 맞추기 어려운 퍼즐일 뿐, 내가 충분히 영리하고 인내심이 있다면 얼마든지 맞출 수 있을 것이다. 어려운 십자말풀이 문제는 다 못 풀 때가 대부분인데, 중간에 포기하더라도 굳이 해답을 찾아볼 생각은 하지 않는다. 하지만 이 소설이라는 퍼즐은 그동안 너무도 오랫동안 잡고 있었던 탓에, 이제 슬슬 해답을 찾아봐야겠다고 나도 모르게 생각하게 된다. 십자말풀이의 해답처럼 신문지 몇 장을 들춰보기만 하면 답이 있다는 듯이. 번역을 할 때도 가끔 비슷한 답답함을 느낀다. 그리고 마치 답이라는 게 어딘가에 존재하는 것처럼, 자, 대체 해답은 뭘까? 하고 스스로에게 묻는다. 어쩌면 답은 나중에 다시 읽었을 때에야 떠오르는 건지도 모른다.

하지만 이 소설이 이런 퍼즐이기 때문에, 다른 사람들은 여기에 원래 더 많은 내용이 포함되어 있었고 단지 내가 그걸 어디에 넣어야 할지 몰랐기 때문에 일부를 빼버렸다는 사실을 결코 알지 못할 것이다.

두려운 건 이뿐만이 아니다. 소설을 완성하고 나서야 애초에 소설을 쓰고 싶었던 이유는 다른 것이었고, 아예 다른 방향으로 갔어야 했음을 깨닫게 될까 두렵다. 하지만 그때쯤이면 되돌아가서 바꾸기에는 너무 늦었을 테고, 그래서 이 소설은 그대로일 테고, 원래 쓰였어야 했던 소설은 결코 쓰이지 않은 채 남아 있을 것이다.

∫

우리는 총 다섯 번 싸웠던 것 같다. 첫번째는 낭독회가 끝난 후 차 안에서였다. 두번째는 함께 해안을 따라 여행하고 돌아온 직후였다. 무엇 때문에 싸웠는지는 기억할 수 없다. 다만 그때 피아노 조율사가 내 피아노를 조율하러 왔다는 것, 그리고 그가 검은 가방을 들고 유명한 브로드웨이극의 노래를 휘파람으로 불며 진입로의 고운 갈색 흙 속을 걸어 도착했을 때도 우리는 아직 완전히 화해하지 못한 상태였다는 것만은 기억한다.

해안선을 따라 올라갔던 여행은 내가 기억하기론 두 번이었다. 한번은 큰 도시에 가서 책을 샀었고, 다른 한번은 배를 태워준 그 사촌을 만나러 갔다.

함께 배를 타고 떠난 여행 역시 두 번이었는데, 한번은 사촌의 배를 타고 갔었고, 다른 한번은 고래 관광용 배를 탔었다. 나를 거의 무시하다시피 했던 어느 나이든 남자도 함께였다. 고래 관광, 항해, 그리고 새로 산 책으로 가득한 가방을 발치에 두고 붐비는 식당에서 그와 저녁을 먹었던 도시로의 여행에 대해서는 아직까지 이 책에 쓰지 않았다.

나 혼자서는 세 번의 여행을 떠났다. 첫번째 여행은 주말에, 두번째는 초겨울에 강사 임기가 끝나고 3주 남짓 다녀왔었다. 내가 떠나 있는 동안 우리는 서로에게 편지를 쓰고 한두 번 전화 통화를 했다. 마지막 여행이자 가장 길었던 여행은 겨울이 끝나갈 무렵에 갔었다. 나는 그에게 몇 번 전화를 걸었고 그가 끝내 받지 못한 편지를 한 통 썼다. 나는 빌린 아파트 방에, 그는 선인장 묘목장 위의 집에 살고 있을 때였다.

세번째로 싸웠을 때는 첫번째나 두번째 싸움보다 심각했다. 피아노 조율사 때문에 중단된 다툼이 있은 지 닷새 만에 일어난 일이었다. 그와 떨어져 나 혼자만의 여행, 가장 짧았던 그 첫번째 여행을 막 떠나려던 참이었다. 아무리 타당한 이유가 있다고 해도 내가 혼자 떠나는 것이 못내 언짢았던 모양인지 그는 내가 떠나기 전날 저녁 매들린에게 짧은 메시지를 남겼다. 매들린은 잔뜩 화가 나서 그 메시지를 나에게 전달했다. 나와 만나기로 했다는 건 알지만 갑자기 올 수 없게 됐다는 내용이었다. 아무런 설명도 없이.

대신 그는 그날 저녁을 키티와 함께 보냈다. 함께 영화를 보러 갔다가 그의 방으로 돌아와 키티와 이야기를 나누었다. 그는 키티에게 문제가 생겨서 자기와 얘기해야 한다고 했다. 나는 그와 연락이 될 때까지 계속 전화를 걸었고, 전화로 말다툼을 한 다음 재차 전화를 걸었고, 결국 상당히 늦은 시간이었음에도 차를 타고 그가 사는 곳으로 향했다. 잠깐이라도 그와 함께 있고 싶었다.

트레일러 캠프장을 향해 경마장 주차장을 끼고 크게 돌아가는 긴 도로에 다다르자 멀리 고속도로가 눈에 들어왔다. 노란 불빛은 한 쌍씩 해안을 따라 내려가고 빨간 불빛은 해안을 따라 올라가고 있었다. 저멀리 선로 위에서 남쪽을 향하는 열차가 보였다. 그 열차의 헤드라이트와 두 줄기의 긴 반사광이 마치 가지처럼 나를 향해 뻗어나와 직선 선로를 비추는 것도 보였다. 내 양쪽으로는 어둠과 공허 외에는 아무것도 없었고, 다양한 음영의 어둠과 공허가 겹겹이 쌓여 있어 그나마 있는 빛으로는 철조망 너머, 진흙으로 다져진 갯벌 너머, 그리고 개울의 갈색 물 너머로 언덕의 어두운 면을 간신히 볼 수 있을 뿐이었다. 시간이 늦어서건, 내가 지금 말도 안 되는 행동을 하고 있어서건, 자존심을 다 버려서건, 이 짓을 위해 다시 잠옷에서 외출복으로 갈아입어야 했기 때문이건, 아니면 뭔가 다른 이유가 있어서건, 더이상 내가 주변 풍경을 관찰하는 게 아니라 오히려 풍경이 나를 관찰하는 듯한 느낌이 들었다. 나는 바로 여기, 이 빈터 옆에서 움직이는 유일한 존재였고, 풍경을 거울삼아 반사된 나 자신의 모습을 갑작스레 마주한 채 이 순간 내가 무엇을 하고 있는지 하릴없이 지켜보아야 했다.

하지만 내 행동이 아무리 눈에 똑똑히 들어왔다 해도 나는 아랑곳하지 않고 하던 걸 계속했을 것이다. 마치 나의 수치심이 나의 충동과 나란히, 그러나 서로 완전히 떨어져서 앉아 있는 것처럼. 나는 이따금 올바른 일을 하기보다 잘못된 일을 저지르고 차라리 후회하는 쪽을 택하곤 한다. 그 잘못된 일이 내가 하고 싶은 것이라면.

나는 오로지 하나의 목적으로 해안을 따라 2킬로미터를 달렸다. 그 2킬로미터의 거리를 소진하여 반대편 끝에 도달하는 게 유일한 목적이었다. 그를 만나긴 했지만 그는 나를 방에 들이지 않았다. 우리는 밖에서 이야기를 나눴고, 그는 사과했다. 그의 이야기 중 무엇이 사실이고 무엇이 거짓인지 확신하지 못한 채 나는 차를 몰고 집으로 돌아왔고, 다음날 아침 예정대로 여행을 떠났다.

그날은 추수감사절이었다. 나는 비행기에 올라 우리가 사는 곳보다 북쪽에 있는 한 도시로 갔는데, 몇 년이 지난 어느 날 오후, 같은 도시에서 나는 그의 주소지를 찾아 헤매고 있었고, 내 기억 속에서 그 도시는 서로 다른 두 개의 도시로 남아 있게 되었다. 도착한 지 얼마 되지 않아 나는 한 번도 가본 적이 없는 집으로 끌려갔다. 같은 날 밤에는 어둠 속에서 내가 모르는 거리를 지나, 한 번도 가본 적이 없는 또다른 집으로 끌려갔다. 아주 넓은 잔디밭이 딸린 집으로, 기억 속에서 점점 커진 것일 수도 있지만 거의 부지 전체라고 할 수 있는 크기의 마당을 사이에 두고 거리로부터 외따로 물러나 있는 시골

집이었다. 나는 내가 그 도시 어디에 있는지도 몰랐고 내가 그 집에 가게 될 거란 사실도 몰랐었다.

　나는 그곳에 남겨졌고, 집에는 아무도 없었다. 위층에 누군가의 십대 아들이 잠들어 있었지만, 그날 밤에도 다음날 아침에도 그 아이를 보지 못했으므로 집에 완전히 혼자 있는 것처럼 느껴졌다. 내가 떠나 있는 동안 그와 나를 갈라놓는 건 단지 시간만이 아니었다. 연속되는 낯선 공간들까지 그와 나 사이에 가로놓여 있는 느낌이었다. 마치 시간이 지날수록 그리고 더 낯선 공간으로 걸어들어갈수록 그로부터 점점 더 멀어져서, 그를 되찾으려면 시간과 공간들을 하나하나 되짚어가야 할 것 같았다. 그러다 늦은 시간에 전화벨이 울렸고, 전화를 받자 그의 목소리가 수화기에서 들려왔다. 내가 어디에 있는지 그가 알았을 리가 없다고 순간 생각했다. 나조차도 내가 어디에 있는지 모르는데, 그가 나에게 전화할 수 있을 리가 없다. 하지만 그는 날 찾아냈다. 나를 찾고 싶었다는 이유 하나만으로.

　비슷한 일이 그 몇 주 전에도 일어났었다. 그를 내 품에 안고 싶다는 생각이 그 무엇보다도 강렬했을 때, 복도로 나가려고 문을 열자 틀림없이 다른 곳에 다른 사람들과 함께 있는 줄 알았던 그가 내 앞에 있었다. 나를 기다리면서.

　곁에 그가 없는데 그와 함께 있고 싶을 때, 어쩌면 그런 순간에만, 나는 더이상 혼란스럽지 않았고 그에게서 아무것도 숨기지 않게 되었다.

이틀 후 집에 돌아와보니 피아노 위에 파란 꽃이 작은 다발로 놓여 있었고, 언덕 아래의 술집에서 나를 기다리고 있다는 그의 메모가 있었다. 내가 해야 할 일은 갈 시간을 정하고, 얼굴과 손을 씻고, 언덕을 내려가 붐비는 사람들 틈에서 그를 찾는 것뿐이었다. 그는 카운터석의 높다란 의자에 앉아 있을 테고, 한 줄로 늘어선 뒷모습들, 어깨를 나란히 맞대고 다닥다닥 붙어 앉은 사람들 가운데 하나일 것이며, 그가 나를 찾으려 몸을 돌리면 그의 등이 옆에 앉은 남자의 등을 누를 테고, 나는 사람들 사이를 헤치고 그에게 다가갈 것이다. 그러면 그는 내 품안에, 내가 원하는 곳에 있게 되겠지.

그럼에도 불구하고 나는 그 순간을 조금 뒤로 미루기로 했다. 언덕 아래로 내려가기 전에 우편물을 훑어보고 편지 몇 통을 열어보았다. 그를 만나는 순간을 가까운 미래에 그대로 두고 즐기기 위해 조금 떨어진 곳에 붙잡아두었다. 어쩌면 나는 그가 가까이에 있고, 머지않아 눈앞에 있는 그를 보게 되리라는 확신이 있고, 무엇도 우릴 갈라놓을 수 없을 정도로 그에게 가까이 붙어 있고 싶은 욕망을 느끼며, 내가 원하기만 하면 언제나 그 욕망을 충족시킬 수 있다는 사실을 아는 그 상황에서 가장 행복했는지도 몰랐다. 어떤 문제도 갈등도 모순도 건드릴 수 없는 완벽하게 안전한 위치였고, 나는 이를 음미할 시간을 가졌다. 지나치게 오래 머무르려고 하지만 않으면 그 상태는 유지될 수 있었다.

이 사실을 깨닫자 그가 떠난 후 내가 그토록 힘들었던 건 그와 더이상 함께 있지 않다거나 혼자 남겨졌다는 등의 뻔한 이유 때문이 아니라, 그가 어디에 있건 찾아가 환영받을 수 없고, 그 멋진 가능성이 내게 더이상 없다는, 그런 뻔하지만은 않은 이유 때문이라는 생각이 든다. 나는 그를 찾으러 가고 싶었지만 그가 어디에 있는지 몰랐고, 만약 그가 어디에 있는지 알고 그를 찾아낸다 해도 그에게 환영받을 수 없었다.

∫

그가 그곳에 있기를 바라는 나의 마음에 끌려오기라도 한 듯, 문 밖 복도에 그가 갑자기 나타났다. 그때 우리집에서는 파티가 열리고 있었다. 특별히 축하할 일이 있었는지는 기억나지 않지만, 그와 내가 함께 연 파티였다. 집에 사람들이 많이 와 있었다. 사람들에게 먹일 닭고기 조각을 구우려고 했지만, 제대로 계획하지 못한 탓에 충분히 빠르게 내놓질 못했다. 너무 많은 인원이 몰려들어 음식을 먹으려고 하거나 옆에서 가만히 기다리거나 언제 먹을 수 있는지 물어와서 그들의 허기에 겁이 날 지경이었다. 테라스에 있는 돌로 된 석쇠에서 구워지는 닭의 지방이 집안에서 나오는 희미한 불빛에 윤기를 내며 빛났다. 닭의 부드러운 살을 몇 번이고 뒤집었지만 좀처럼 익지 않았다. 어떤 사람들은 먹는 데 성공했고, 어떤 사람들은 끝까지 먹지 못했으며, 결국 시간이 지나면서 사람들의 배고픔은 채워지거나 채워지지 않은 채 잊혔다. 다음날 아침

121

이 되자 방마다 기분 좋은 맥주 냄새가 났고, 타일 여기저기에는 으깨진 빵에서 떨어져나온 부스러기가 쌓여 있었고, 테이블 위에는 누군가의 펠트 모자가 덩그러니 남아 있었다.

$\int$

주말 여행에서 돌아온 직후, 나는 그를 보러 그의 차고로 갔다. 내가 그곳에 가는 일은 드물다. 그가 그곳에서 어떻게 글을 쓰는지, 언제 쓰는지는 묻지 않았다. 물어보고 싶기는 했지만, 그리고 어쩌면 한 번쯤은 물어보았을 테지만, 돌아온 그의 대답이 짧았거나 해서 내가 물어보지 않았으면 하는 티가 났던 듯하다.

그의 차고에서 그동안 읽고 싶었던 책을 몇 권 가지고 왔다. 그리고 내 침대 위쪽 벽 선반에 최근 새로 들여놓은 다른 책들과 함께 나란히 놓아두었다. 여행중에 받은 책들과 며칠 전에 그와 함께 산 책들이었다.

나는 그 책들의 책등을 자주 바라보았다. 책등 색깔과 거기 적힌 제목들은 내 방의 변함없는 일부였다. 제목에 포함된 몇몇 단어들은 이 세상을 바라보는 또다른 관점들을 담고 있었다. 책을 몇 달 혹은 몇 년 동안 열어보지 않더라도, 한 번도 읽지 않은 채 다만 한 장소에서 다른 장소로 옮기며 상자에 포장했다가 꺼내는 걸 반복하기만 할지라도, 다른 세상을 보여주는 이러한 징표들을 손닿을 곳에 두는 게 좋았다. 사실 그중 몇 권은 아직도 지금 살고 있는 집 선반에 있다. 여전히 읽지 않은 채로.

차고로 가자 그는 글을 쓰는 공간에 갖춰둔 것들을 더 자세히 보여주었다. 책들 대부분이 그의 것이 아니라는 사실을 아직 알지 못했던 나는 책들을 보고 감동했다. 차고는 건물 뒤쪽에 있는 그의 방보다 컸다. 콘크리트 벽과 공간 한가운데 특이하게 줄지어 서 있는 높은 책장들 위로 노란 조명이 강하게 빛났다. 그는 책장들 주위를 가볍고 익숙한 몸놀림으로 돌아다니며 책을 어떻게 정리해두었는지 보여주었다. 그는 결코 불필요한 동작은 하지 않았다. 움직일 때조차 가만히 있는 것 같았다. 그는 움직이기 전에 잠시 멈추었다가 효율적이고 신중하게 움직였는데, 그에 비해 나는 걸핏하면 몸이 먼저 튀어나가는 바람에 넘어질 뻔하기도 하고 서툴러 보이기도 했다. 그는 머릿속으로 생각할 때도 효율적인 방식으로 하는 것 같았다. 말을 하기 전에 잠시 멈추는 것처럼, 생각도 잠시 멈추었다가 시작할지도 모른다. 물론 아무리 조심하며 멈추더라도, 때때로 잘못 말하거나 미숙한 말을 하는 건 어쩔 수 없었다. 그런 그의 모습은 흡사 궁지에 몰린 동물을 연상케 했다. 동물들도 궁지에 몰리면 잠시 멈춰 섰다가 완벽하게 발달한 본능에 따라 성공 확률이 제일 높은 쪽으로 움직이지만 결국은 성공하지 못한다. 그 상황에는 동물의 입장에서 이해하지 못하거나 결코 이해하지 못했을 부분이 있기 때문이다.

내가 기억하는 한 그 이후로 내가 그를 만나러 차고로 가는 일은 없었다. 한두 달 뒤 그가 선인장 화분으로 가득한 콘크리트 묘목장이 내려다보이는 방으로 이사할 때도 도와주지 않았다. 그가 언제 이사했는지는 정확히 기억나지 않는다. 같이 있지 않았던 때, 내가 동부로 돌아갔던 때 같다. 그의 이사 문제를 가지고 주변에서 한바탕 논쟁이 있었다. 그가 못 갚은 집세가 있었거나, 집주인의 미움을 샀거나, 원래 살던 친구가 돌아와서 집을 돌려달라고 했거나, 그 친구나 다른 친구가 와서 그가 책을 두고 갔다고 아니면 다 가져갔다고 아니면 집주인이 가지고 있었다고, 아니면 손상되었다고, 아니면 몇 권이 없어졌다고 화를 냈던 것 같다.

∫

그가 주변 사람들의 미움을 자주 산다는 걸 나는 그때도 알아채고 있었다. 내가 그에게 화가 나기 전부터 진즉에 알고 있던 사실이었다. 엘리가 한 여자에 대한 이야기를 내게 들려주기 훨씬 전부터도. 돈을 받고 무언가를 해주겠다는 그의 제안에 상당히 모욕감을 느꼈던 여자의 이야기였다. 어떤 식으로든 거래를 하거나 실리적인 문제 혹은 돈과 관련된 문제를 처리할 때면 그는 어디선가 꼭 잘못된 판단을 내리고 상대방을 불편하게 만들었다. 그는 깔끔하고 깨끗한 인상에 친절하고 총명한데다 잘생겼으면서도 스스럼없고 겸손한 느낌을 주었기 때문에 집주인에게든 누구에게든 처음에는 호감을 샀고 좋은 대우를 받았다. 하지만 이후로 집세를 늦게 내거나 일부만 내고 어느 달 집세는 완전히 건너뛰거나 하는 일이 비일비재하게 이어졌고, 그럼 집주인은 처음에는 어리둥절해하다가, 다음에는 초조해하고, 다음에는 화를 내고, 다음에는 단호하게 그에게 떠나달라고 요청하곤 했다.

그는 내가 그에게 처음으로 꿔준 100달러를 금방 갚았지만, 나중에 빌려준 300달러는 갚지 않았다. 차의 소음기를 고치기에 충분한 금액이었다. 내가 돌아왔을 때 그는 나를 떠난 뒤였기에 갚으려 하지 않았을 것이다. 그 빚을 가지고 서로 왈가왈부하기보다 그냥 잊어버리고 싶었겠지. 그가 나를 잊고, 가능한 한 빨리, 나를 뒤로하고 나아가고 싶어했던 것과 마찬가지로 말이다.

나중에 알게 된 사실이지만 이후 그는 내게 그랬듯 어떤 여자에게 마음이 생겨 아파트로 이사해 몇 달간 세 들어 살다가 그곳의 집주인과도 불화를 겪어 또 한번 이사했다. 이번에도 역시 집세 체납과 빚 문제였다. 그는 그 여자와 함께 지내며 그 일부가 되어야 했고, 완전히 자신을 놓아버리지 않으면서 동시에 자신을 그 여자와 완전히 분리하지도 않아야 했다. 그러다 얼마 후 그는 그 여자를 떠났고, 이후엔 또다른 여자에게 마음이 생겼다.

여자는 그를 현실 세계에 붙잡아두고 연결해주는 매개체였다. 여자가 없다면 그는 이리저리 둥둥 떠다닐 수밖에 없었다. 애초에 그는 시간이 지나가는 것도, 하루하루가 지나가는 것도 잘 인식하지 못했고, 어떻게 돈을 벌고 쓰고 모아야 할지도 계획하지 않았다. 만약 계획을 세운다 하더라도 그의 계획은 현실의 그 어떤 것과도 관련이 없었으며, 깨끗하고 깔끔하게 자기 관리를 하고 여러 목표를 세워서 열심히 진행하고 일도 열심히 했지만, 목표를 달성할 때까지 계속하는 경우는 거의 없었다.

그는 항상 자신이 무엇을 하고 있는지, 또 할일을 어떻게 계획해야 하는지 알지 못했고, 마찬가지로 자신이 무슨 말을 하고 있는지, 혹은 그것이 방금 전 자신이 한 말이나 지금 하고 있는 것이나 실제 상황과 어떻게 연관되는지는 딱히 생각하지 않았다. 그래서 그가 이때 했던 말과 다른 때 했던 말, 그리고 실제로 살아가는 삶 사이에는 종종 괴리감이 느껴졌다. 그가 한 말 중 대다수가 사실이 아니었고, 의도하지 않은 말은 그보다도 많았다. 항상 머릿속으로 다른 생각을 하고 있었기 때문에 본인 스스로도 자신이 무슨 말을 하고 있는지 알지 못했다. 자신이 포르투갈식 생선 수프를 잘 만든다고 내게 말해 놓고 말을 정정하며 포르투갈식 생선 수프를 만들어본 적은 없지만 만약 만든다면 잘 만들 것 같다고 고쳐 말하는 식이었다. 때때로 그는 자신이 사실이라고 생각하는 말을 했지만 그걸 이상한 방식으로 말하는 탓에 하려던 말을 제대로 표현하지 못하기도 했다. 단순히 헷갈리거나 잘못 알고 있어서 그럴 때도 있었다. 긴장해서 잘못 말해놓고 스스로 알아차리기도 하고 못 알아차리기도 했다. 의도적으로 왜곡하거나 과장하기도 하고 고의로 거짓말을 할 때도 있었다.

　내가 그를 처음 알게 되었을 때는 그가 거짓말을 할 수 있다는 것을 몰랐기 때문에 그의 말을 전부 믿었다. 나중에 그가 거짓말을 할 수 있다는 것을 알고 난 뒤에는 그가 한 말을 되짚어볼 때마다 어떤 것이 사실이고 어떤 것이 거짓인지 의심해야 했다. 그 의심 하나하나가 그동안 내가 그에 대해 안다고 생각했던 것들을 바꾸어놓았다.

∫

　그는 나에게 빚진 돈뿐만 아니라 나까지도 잊어버리고 싶었던 것 같다. 마지막으로 보고 1년 뒤에 나에게 그 프랑스 시를 보내오긴 했지만, 그건 순간적인 충동이었을 수도 있다. 어쩌면 나에 대한 기억이 망각의 구름을 잠깐 헤치고 나왔다가 삼켜져버려서, 그가 내 답장을 받았을 때쯤에는 다시 한번 나를 잊으려 하고 있었을지도 모른다. 받았을지조차 알 길이 없지만. 만약 받았다면 나의 답장이 어떤 감정을 불러일으키든 다 억누르면서, 최대한 빨리 훑어보고 최대한 빨리 잊어버릴 수 있는 곳에 두었겠지. 굳이 서랍이나 상자에 넣지도 않고, 그렇다고 쓰레기통에 넣지도 않고, 마치 답장을 쓸 것처럼 책상이나 탁자 위에 두었을 것이다. 다른 서류들 아래 묻히고, 엉뚱한 곳에 놓였다가, 결국은 완전히 잊힐 만한 곳에.

　그가 보낸 시를 받고서 나는 그 시 전문을 한번 빠르게 읽어본 뒤, 내용을 거의 다 이해할 수 있을 때까지 그날 하루에만 예닐곱 번을 더 읽었다. 하지만 그후로는 좀처럼 다시 편지 봉투에서 꺼낼 수가 없었다. 마치 그 시에 너무 큰 힘이 담겨 있어서, 봉투 안에 있을 때는 안전해도 꺼내서 펴보는 순간 위험해질 것처럼.

방금 나는 그 시를 꺼내, 어디에 실려 있는 작품인지 찾아보려고 여러 시선집을 뒤져보았다. 전에 한번 우연히 발견한 적이 있기 때문에 필요하면 언제든 쉽게 찾을 수 있을 거라고 생각했다. 아마 잘 알려진 시일 것이다. 적어도 그 시를 우연히 발견했을 때는 그렇게 생각했다. 내가 알고 있어야 할, 아니면 나와 같은 직업을 가진 사람이라면 당연히 알고 있어야 할 시일지도 모르지만, 프랑스문학에 대한 나의 지식은 프랑스 역사에 대한 지식 못지않게 놀라울 정도로 빈약하다. 이 때문에 내 작업의 질이 떨어지는 일은 의외로 거의 없다. 최악의 경우 각주를 달아야 하는 곳 한두 군데를 놓치는 정도일 것이다. 그래도 프랑스문학을 잘 몰라서 부끄러울 때가 종종 있긴 하다.

그가 보낸 시는 소네트이며, 우리nous라는 단어로 시작한다. 여태까지 이 시가 실려 있다고 생각했던 책을 펴서 직역체로 옮긴 각 시의 첫 행을 모아둔 색인을 보았지만 우리로 시작하는 다른 시들밖에 찾지 못했다. 우리 둘은 줄 수 있는 손이 있다. 우리에게는 성직자도 있고 대리석도 있다. 우리는 항상 이 노란 땅에서 살지는 않을 것이다. 내가 찾는 행은 우리는 순수한 것들을 생각해왔다 그 비슷하게 번역되었을 텐데, 결국 찾지 못했다. 당분간 포기하기로 했다.

그때 이상한 일이 일어났다. 내 두 손이 그의 편지를 봉투에 넣는데, 마치 그 모습을 멀리서 보는 것처럼 느껴졌다. 방금 전 편지를 꺼낼 때처럼 조심스럽게, 거의 경건하게 집어넣기는커녕 시가 무엇인지 알아내지 못해 답답한 마음에 성급하게 움직이며 편지를 함부로 다루고 있었다. 내 손이 다른 편지들을 매일 이런 식으로 다루는 것을 익숙하게 봐온 터라 순간 나는, 아니면 내 뇌의 어느 독립적인 부분은, 이 편지를 방금 받은 편지라고, 지금 막 우체국에서 와서 책상에서 열어보려고 가져온 것이라고 믿었다. 그러자 봉투에 적힌 그의 손글씨는 다시금 그 목적성과 즉각성을 가지게 되었다. 편지는 현실 속에서 활발히 진행중인 의사소통의 매개체가 되었다.

그리곤 그 순간이 지나갔다. 그게 아니라면 현실을 자각하고 있는 내 뇌의 다른 부분이 착각에 빠진 부분을 따라잡은 것일 테다. 다시금 그 편지는 빛바랜 영속성, 불변성을 지닌 유물이 되었다.

그의 편지는 내가 방에 간직하고 있는, 자기만의 생명을 지닌 작은 수집품 중 하나다. 이런 유물들은 집안에 있는 다른 물건보다 무거우며, 더 강하게 끌어당기는 힘이 있다. 그가 보낸 시와 그가 쓴 단편, 그의 사진, 다른 편지들, 그의 필체가 나의 것과 번갈아 나타나는, 우리가 함께 써내려간 한 장의 글, 그가 두고 갔던 담요, 그가 준 격자무늬 셔츠, 소매가 닳다못해 너덜너덜해진 두번째 격자무늬 셔츠, 그리고 세 권 남짓한 책. 그중 한 권은 포크너의 소설이다. 나는 그 책을 그가 날 떠난 뒤에 읽었다. 오래되어 책장은 노란색이고 바깥쪽 가장자리는 갈색이다. 제본 접착제는 조금만 힘을 주면 부서져서, 한 페이지를 읽고 넘길 때마다 책장이 소리 없이 책등에서 떨어졌다. 게다가 나는 책을 내려둘 때마다 덮어두지 않고 침대 옆의 창틀에 책장을 활짝 펼친 채로 올려두기 때문에 책은 더이상 하나의 제본된 책이 아니라 제본된 종이 한 뭉치와 제본되지 않은 낱장의 종이 한 뭉치에 가까웠다. 책은 이야기를 안에 잡아두지 못했고, 내가 책을 읽는 동안, 그리고 다 읽고 나서도 여러 날이 지나는 동안 이야기는 책장에서 두둥실 떠올라 방안을 마음껏 돌아다니며 서까래를 댄 지붕 아래 떠 있는 듯했다. 여주인공의 음울한 병, 남주인공이 앉아 있는 감옥 주변에서 거칠게 나부끼는 야생 종려나무, 거센 바람, 남자의 감방 창문 밖으로 내다보이는 드넓은 강, 손이 덜덜 떨려 단단히 말지 못한 허술한 담배.

∫

  2월 전까지는 공허함과 황량함이 찾아오지 않았다고 생각했다. 그 이후에야 약하게 지나갔다고. 하지만 그 느낌은 12월에 내가 처음으로 동부로 가기 전부터 있었다. 사실 그 이전에도 이런 느낌이 들었고, 심지어 그를 처음 만날 즈음에도 느꼈었지만, 그때는 그렇다 한들 딱히 상관이 없었다. 12월에는 떠났다가 되돌아왔기 때문에 불안감을 잊을 수 있었다. 그가 그리웠고 그를 되찾았으니까. 그러나 2월에 그 느낌은 다시 찾아왔다. 이번에는 꽤 심각한 정도로 매일 계속되었다.

동부로는 두 번 여행을 갔었지만, 첫번째 여행을 첫번째로 두번째 여행을 두번째로 설명하는 게 좋을지 모르겠다. 시간 순서를 따르는 게 더 쉬울지는 몰라도 더 좋은 것은 아니라는 느낌이 오늘따라 든다. 순서는 해체해야 한다. 시간 순서대로 진행된다는 건 사건이 원인과 결과, 필요와 충족에 의해 나아가지 않고, 자신의 에너지로 앞으로 돌진하지도 않으며 단순히 시간의 흐름에 의해 앞으로 끌려가게 된다는 것 아닌가?

아니면 오늘 내가 유독 짜증이 나 있는 탓인가? 몹시 짜증이 나서 시간 순서를 흐트러뜨리는 데서 멈추지 않고 써놓은 글을 아예 뭉텅이로 삭제하고 싶은 날도 있기 때문에 조심해야 한다. 이 문장을 지워버리자, 그리고 이 문단도. 분노의 쾌감을 느끼며 이런 혼잣말을 한다. 애초에 좋아하지도 소중히 여기지도 않았던 문장들이잖아.

하지만 기분이 좋지 않을 때 치솟는 모든 충동에 굴복한다면 내게 남는 것은 아무것도 없을 것이다.

그럴 때 내가 글에 대해 느끼는 짜증은 사사로운 것이다. 빈센트의 아버지가 고집을 부리며 철벽 같은 거절로 날 막아버릴 때나, 빈센트가 내 말을 듣지 않고 눈을 굴리거나 감아버리거나 신문을 볼 때 느끼는 짜증만큼이나 사사롭다. 마치 이 소설에 자기만의 생명과 의지가 있어서 내 요구를 거부하고 있

131

는 것 같다는 생각마저 든다.

이전에 소설을 써본 경험이 없기 때문에 나 자신을 항상 믿지는 않는다. 처음에 나는 이 소설이 내가 동경하는 그런 종류의 소설처럼 되어야 한다고 생각했다. 당연한 얘기지만 나는 곧 내가 동경하는 소설이 한 종류가 아니라는 것을 깨달았다. 또 얼마간은 내 소설이 그가 나를 떠났을 당시 내가 번역하고 있던 소설처럼 되어야 한다고 생각했다. 마침 그때 그 소설을 번역하고 있었기 때문이 아니라 그 소설을 동경하기 때문이었다. 하지만 그 소설을 모델로 삼는다면 나는 이 소설에서 일어나는 대부분의 사건을 잘라내야 할 것이다. 그 소설의 등장인물들은 방을 드나들며 문간을 들여다보고, 아파트에 도착하고, 계단을 오르내리고, 안에서 창문 밖을 내다보고, 밖에서 창문 안을 들여다보고, 이해하기 어려운 짧은 말들로 서로에게 대꾸할 뿐이다.

그후 한동안은 내가 동경하는 다른 작가처럼 소설에 도덕적인 메시지를 담고 싶었지만, 그럴 수 없다는 걸 안다. 그 작가가 가진 뚜렷한 도덕적 원칙이 내게는 없기 때문이다.

12월에 찾아왔던 나의 불안감은 때때로 지루함이 되기도 했고, 더 심해지면 우리 사이 침묵 속 빈 공간에 갇히는 데서오는 공포나 서로 대화를 시도할 때의 어색함이 되기도 했다.

언젠가 그와 단둘이 레스토랑에 앉아 있을 때였다. 나는 그의 맞은편에서 그에게 말을 걸려고, 그가 나에게 말하게 하려고, 그리고 내가 말을 할 수도 그가 말을 하게 할 수도 없을 때

132

는 다른 생각을 하려고 애쓰느라 지쳐가고 있었다. 마치 몸에 무게추를 매달고 간신히 걸어나가는 기분으로 저녁식사 시간 1분 1분을 헤쳐나가는 중이었다. 내가 며칠 후에 떠난다는 사실이 상황을 더 어렵게 만드는 듯했다. 너무도 피곤했다. 우리 사이에서 활기는 조금도 찾아볼 수 없었고, 나는 깊디깊은 지루함에 못 이겨 게임을 하나 제안했다. 종이 한 장을 서로 주거니 받거니 하면서 각자 한 문장씩 써서 이야기 하나를 만들어보자.

우리는 그렇게 했다. 그 결과로 나온 이야기는 형편없었다. 아니, 처참했다. 문장이 이어지기는 했지만, 지루함과 분노에 차서 아무렇게나 썼다는 게 빤히 보였다. 얼마 지나지 않아 나는 아무렇게나 쓰는 행위가 두려워졌다. 서로 이어지는 모든 문장과 모든 이야기가 얼마나 아무렇게나 쓰였을지 생각하지 않을 수 없었기 때문이다. 우리가 이야기 쓰기를 그만두었을 즈음에는 그나마 있던 활기조차 사라져 있었다.

내가 두려워하던 우리 사이의 공허함이 사실은 그의 탓이 아니라 내 탓이었다는 걸 이제야 깨닫다니, 얼마나 이상한지. 나는 그가 날 위해 무엇을 내어줄지, 어떻게 날 즐겁게 해줄지를 고대하며 일부러 기다리고 있었다. 그러면서도 나는 그에게, 아니, 다른 누구에게도 온전한 관심을 쏟지 못했다. 당시에는 그가 미숙하고, 조심스럽고, 어리고, 아직 충분한 깊이를 갖추지 못했다고, 그렇기에 나를 즐겁게 해주지 못하는 것이며 잘못은 그에게 있다고 생각했다. 그때는 이게 자명해 보였건만, 사실은 내 생각과 정반대였던 것이다.

이제 와서 나를 더 괴롭히는 또다른 사실은 내가 그와 함께 있을 때면 나 자신도 알아보지 못하는 다른 누군가로 변하곤 했다는 것이다. 항상 똑같은 사람일 필요는 없다고 스스로에게 말하긴 했지만, 다른 여자들이나 남자 지인들에게는 꽤나 일관되게 행동했던 반면, 내게 그 자체로 특별한 존재였던 한 남자, 매 순간을 함께하는 동반자이자 가끔도 아니고 매일 밤 한 침대에서 자는 사람, 내가 떠났다가도 되돌아올 수 있는 곳이자 날 떠났다가도 되돌아오는 존재에게는 그러지 못했다. 그와 있을 때는 나 자신도 스스로를 알아볼 수 없었다. 평소에 좋아하지도 않았던 사람을 자주 연기하곤 했는데, 내 마음이 불편할수록 이 가상의 인물은 더욱 심술궂어졌다.

의도적인 건 아니었기 때문에 연기했다고는 할 수 없겠다. 정말 다른 사람이 되었던 것도 아니다. 이때 등장하는 건 다른 사람이 아니라 내가 혼자 있거나 다른 친구들과 있을 때는 좀처럼 나오지 않는, 건방지고 거들먹거리며 이기적이고 툭하면 빈정대고 못돼먹은 나의 일면이었다. 그런 행동을 나는 꽤 자연스럽게 할 수 있었다. 나도 그게 마음에 들지는 않았지만.

∫

내가 무료해하며 안절부절못하던 이 시기에 매들린은 자주 화를 냈는데, 이유는 알 수 없었다. 매들린의 분노는 아침 일찍부터 시작되곤 했다. 먼저 새벽이 구름 아래 유백색 띠를 두른 채 찾아왔다. 하늘은 시원하고 눈 내리는 듯한 푸른색으로 변했다. 첫번째로 들려오는 소리는 이웃집 사람이 대문을 닫고 차에 시동을 건 후 출발하는 소리였다. 그 소리에 새 한 마리가 철삿줄 팅기는 듯한 울음소리를 내고는 다시 잠이 들었다. 나는 하늘이 얼마나 밝아졌는지 확인했고, 고양이는 한번 야옹하고 울었다. 새는 깨어나고, 이번에는 귀뚜라미 소리를 내며 지저귀었다.

매들린은 쾅쾅거리는 소리를 내며 부엌을 돌아다니기 시작하면 나는 멍하니 생각에 잠겼다. 종려나무가 바람에 나부꼈다. 곧 매들린은 밖으로 나가 갈퀴질을 하고, 나는 집안에서 침대에 누운 채 갈퀴의 날이 진입로의 흙을 긁는 소리를 들었다. 매들린은 솔잎을 긁어모으며 고무 같은 송엽국으로 이루어진 길가의 작은 언덕과 삼나무 아래 플라스틱 통에 담긴 붉은 점토 자루를 피해 전진했다. 그렇게 바늘 같은 솔잎들을 모아서는 곳곳에 작은 더미를 만들어 태웠다. 매들린은 솔잎으로 불 지피는 걸 좋아했다.

그곳의 아침들은 따뜻하고 맑았다. 정오가 지나면 안개는 천천히 바다에서 언덕 위쪽으로 올라왔다. 안개를 뚫고 올라오는 차들은 하나같이 전조등을 켜고 있었지만 내가 있던 곳의 공기는 그때까지도 맑았다.

그러다 창문 근처의 공기가 서서히 하얗게 변하고, 멀리 있는 나무들은 희미해지며, 집 주변 덤불들은 하얀 안개를 배경으로 갑자기 아주 또렷해지곤 했다.

매년 이맘때면 산비탈 곳곳에 왕나비가 대여섯 마리씩 출몰했다. 크리스마스를 앞두고 언덕 아래 교회에서는 특별 예배가 거행되었고, 오르간 연주와 노랫소리가 내가 있는 곳을 향해 흘러왔다. 그 소리를 들으며 나는 욕실 창문 밖, 차들과 지붕들 너머로 보이는 언덕 아래를 내다보곤 했고, 한 벽돌 건물의 굴뚝에 매달린 산타가 전기로 천천히 회전하며 이쪽에서 저쪽으로 움직이는 모습을 지켜보았다.

매들린은 갈퀴질을 했고, 문이란 문은 죄다 쾅 소리가 나도록 닫았다. 내 방문 바로 앞에 있는 전화기를 집어들고 번호를 누른 다음 수화기를 쾅 내리치기도 했다. 아니면 작게 덜그럭거리는 소리를 내며 전화기를 통째로 들고 통화 소리가 내 귀에 들리지 않게 복도 반대편 끝이나 모퉁이를 돌아 부엌으로 가지고 갔다. 그러고는 고양이 울음소리가 연이어 들려오는 가운데 나직하고 화난 목소리로, 스페인어나 이탈리아어로 이야기하곤 했다. 내가 알기로 매들린은 자신과 친하게 지내던, 같은 언덕 꼭대기에 사는 부유한 스페인 여성에게 화가 난 적도 있었다. 매들린의 친구며 연인 관계가 하나같이 복잡하다는 건 확실했지만, 그들에 대해 매들린은 아무것도 말해주지 않았고 나도 결코 묻지 않았다.

매들린은 항상 포크보다 젓가락으로 먹는 것을 더 좋아했으며, 종종 기장과 마늘로 만든 요리를 먹었고 낮에는 차를 여러 잔 마셨다. 싱크대에는 언제나 젓가락과 찻숟가락, 흩어진 기장 낱알과 찻잎들이 어지럽게 널려 있었는데, 매들린이 화가 나 있는 그런 날들이면 연두색 싱크대에 널려 있는 젓가락과 고리가 달린 쇠숟가락까지도 화가 난 듯 보였다.

∫

그에게 실망하며 조바심을 내다가도 막상 동부로 갈 때가 되자 그를 떠나고 싶지 않아졌다. 우리 사이의 지루함과 사라져가는 감정에도 불구하고, 그때만큼은 그가 나의 것이고 나는 그의 것이라는 게 사실처럼 느껴졌다. 그러면서도 나는 여전히 어느 쪽을 믿어야 할지 알 수 없었다. 이따금 실감하듯 그에 대한 나의 감정이 조금밖에 남지 않다고 믿어야 할지, 아직 많이 남아 있다고 믿어야 할지를.

동부로 갔을 때 나는 갑자기 그와 무관한, 심지어 나 자신과도 무관한 수많은 어려움과 슬픔에 휩싸이게 되었고, 그의 존재감은 아주 작게 쪼그라들었다.

하지만 다른 것들에 신경쓰느라 마음의 여유가 전혀 없다고 생각하다가도, 기차역 플랫폼에 서 있을 때, 차 옆에서 기다릴 때, 집을 드나들 때, 마당의 진입로를 가로지를 때, 추운 바깥으로 나가거나 따뜻한 실내로 들어갈 때, 나는 문득 그의 피부에서 나던 달콤한 냄새를 떠올리고, 그가 나를 향해 벌리던 팔을 그리워하곤 했다. 그는 팔을 벌린 채 미동도 없이 가만히 서 있곤 했는데, 그럴 때면 그의 모든 관심이 나에게, 그리고 나를 두 팔로 안는 데 쏠려 있는 것 같았다. 그 이전에 만나던 남자와 그전에 만나던 남자에게는 날 위한 자리가 없었다. 그들의 표면은 빈틈없이 딱딱했고 항상 자신의 일에만 시선을 고정한 채 나에게서 멀리, 혹은 날 지나쳐 재빨리 이리저리 뛰어다니느라 여념이 없었다. 내가 자기 일의 일부가 되었을 때에야 비로소 그들은 날 향했다. 하지만 그는 내게 주의를 기울였고, 날 보고, 듣고, 함께 있지 않을 때에도 날 생각했으며, 나에 대한 모든 것을 눈치챘고, 그 무엇도 빠뜨리지 않았다. 심지어 자면서도 그는 내게 신경을 쏟았고, 날 사랑한다고 잠결에라도 말해주곤 했다. 반면 다른 남자들은 잠이라는 업무에 몰두한 나머지 날 거슬려하며 "그만 좀 움직여!" 하고 날카롭게 속삭이곤 했다.

∬

소설에서는 동부에 두 번에 걸쳐 다녀온 얘기를 하나로 묶어서 좀더 효율적으로 전달할까도 생각해보았다. 어차피 그는 멀리 떨어져 있었던 터라 이야기에 별로 등장하지도 않기 때문이다. 하지만 멀리서도 그에 대한 나의 감정은 하루하루 변했다. 비록 그와 직접적인 상관은 없을지라도, 내게 일어나는 모든 일, 심지어 밤에 꿈속에서 일어나는 일까지도 그에 대한 내 감정을 변화시켰기 때문이었다. 아니면 내 감정이 마치 하나의 생물처럼 매일매일 나이들고 성장하면서 강해지고,

약해지고, 상태가 나빠지고, 병들고, 치유되었기 때문일지도 모른다.

게다가 두 번의 여행은 각각 다른 경험이었다. 처음 동부에 갔을 때 나는 어머니의 집에 머물렀다. 내가 결코 편히 지낼 수 없는 곳이었다. 그동안 그와 나는 강렬하게 서로를 그리워했으며 이를 숨기지 않고 표현했다. 그는 나에게 적어도 네 통의 편지를 썼고, 몇 통인지는 모르겠지만 나도 그에게 답장을 썼다. 나는 그에게 적어도 두 번은 전화를 걸었다. 두번째로 동부에 갔을 때는 어머니의 여동생이 어머니와 함께 살고 있어 나는 도심의 임대 아파트에 머물러야 했다. 그리고 그와 함께하던 것들이 끝에 가까워졌음을 느꼈다.

내가 어떤 부분은 실수로, 어떤 부분은 의도적으로 진실을 조금씩 비틀고 있다는 걸 지금 깨달았다. 실제로 일어난 일을 덜 혼란스럽고, 더 믿기 쉬울 뿐 아니라 납득 가능하고 입맛에 맞게끔 재구성하고 있다. 지금의 내가 봤을 때 관계 초반에서부터 어떤 감정을 갖는 게 지나치게 이르다고 생각되면 그 감정이 생겨난 시점을 나중으로 옮긴다. 아예 그런 감정을 갖지 말았어야 한다고 생각되면 그 감정을 삭제한다. 만약 그가 차마 언급할 수 없을 정도로 끔찍한 일을 저질렀다면, 그 일에 대해서 아무 말도 하지 않거나 정확히 어떤 일인지는 밝히지 않고 그저 끔찍하다고만 묘사한다. 만약 내가 너무 끔찍한 일을 저질렀다면, 그 일을 좀더 순화해서 묘사하거나 언급하지 않는다.

기억하고 싶은 것과 기억하기 싫은 것이 있는 건 사실이다. 내가 점잖게 행동했던 순간은 기억하고 싶다. 재미있거나 흥미로웠던 사건들은 또 그 각각의 이유로 기억하고 싶다. 내가 나쁘게 행동하거나 재미없게 추했던 순간은 기억하기 싫지만, 나름 극적인 요소가 있는 추함이었다면 별로 개의치 않는다. 그와의 관계에서 느꼈던 지루함은 기억할 때마다 기분이 불쾌해진다. 다른 몇몇 사건들 역시 그러하다. 그와 더이상 사귀는 사이가 아니게 된 뒤, 그와 만나 우리의 지인 중 내가 별로 좋아하지도 않던 사람을 만나러 미적인 구석이라고는 전혀 없는 월세방으로 함께 찾아가야 했던 일이라든가. 그 만남을 돌이켜볼 때마다 왜 그렇게 불쾌했는지는 나 자신도 오랫동안 이해할 수 없었다.

∫

어느 날 밤, 나는 어머니 집 침대에 누워서 내가 읽고 있던 책의 주인공에 대해 문득 생각했다. 착하고, 순수하고, 잘생기고, 똑똑하고, 글을 읽을 줄 모르고, 음악에 재능이 있고, 좋은 집안 출신이면서도 출생의 비밀을 가진 인물이었다. 곧 그가 떠올랐는데, 그와 주인공 사이에 공통점이 많아서가 아니라 이야기에서 주인공이 차지하는 위치와 그를 대하는 다른 인물들의 태도 때문이었다.

자정이 다 되어갈 즈음 나는 그에게 전화하기 위해 침대에서 나왔다. 전화기를 부엌으로 들고 가서 양쪽 문을 닫았다. 잠귀가 밝은 어머니는 자주 깼고, 방에 갇혀 있는 느낌이 싫다며 밤에도 침실 문을 닫지 않았다. 아마 집에서 무슨 일이 일어나는지 가능한 한 많이 알고 싶어서이기도 할 것이다. 어머니는 모든 소리를 들었고, 매번 이상한 소리가 난다고 생각했으며, 침대에 누운 채 소리의 정체를 계속 궁금해하거나 무슨 소리인지 알아내기 위해 침대에서 나오곤 했다. 하지만 아무리 어머니라도 매일 밤을 걱정으로 지새지는 않는다. 몹시 깊이 잠들어 집에서 무슨 일이 일어나든 듣지 못하는 날도 있었는데, 그때쯤이면 자느라 내가 통화하는 말소리를 못 들을 가능성이 크다고 생각했다.

내 목소리를 들으면 놀라고 기뻐할 줄 알았는데, 그는 오히려 조용하고 다소 냉정한 목소리로 전화를 받았다. 기껏해야 공손하다고밖에 할 수 없는 정도의 반응이었다. 우리는 짧게 이야기를 나눈 뒤 전화를 끊었고, 나는 부엌의 높은 의자 위에 앉은 채 왜 그가 더 다정하지 않았을지 그 이유를 생각해내려 애쓰며 남아 있었다. 나는 실망감을 받아들이기 시작했다. 그때 전화벨이 울렸다. 그가 미안한 마음에 전화를 걸어온 것이었다. 이번에는 방금 전과 정반대로 열정적이고 말이 많았다. 그는 미안하다고 했고, 내가 곁에 없다는 사실을 받아들이려고 노력하고 있으며, 지금까지 꽤 잘해오고 있었는데 내 목소리를 전화기 너머로 듣고 대화하자니 그동안 해온 노력이 물거품이 될 것 같아 불안했다고 설명했다. 이어서 그는 나를 사랑한다고, 고통스러울 만큼 보고 싶다고 말했다.

　그때 그의 목소리 너머로 어머니의 발소리가 복도 쪽에서 들려왔다. 부엌문이 열리고 어머니가 안을 들여다보았다. 부엌의 환한 형광등 불빛에 비친 어머니의 얼굴은 잠으로 붓고 일그러져 있었고, 눈은 불빛 때문에 반쯤 감겨 있었으며 이목구비가 엉망으로 흐트러져 있었다. 소리가 들어가지 못하도록 내가 수화기를 막고 있는 동안에도 그의 작은 목소리는 아무것도 모르고 내 귀에서 멀찍이 떨어진 채 말을 계속했고, 어머니는 "이 밤중에 뭐냐? 누가 죽기라도 했다니?" 하고 물었다.

$\int$

　그때까지 그에게서 받은 편지는 두 통이었다. 편지의 열정적이면서도 우아한 문체가 뇌리에 강하게 남을 때까지 나는 그 편지들을 반복해서 읽었다. 오랜 친구에게 편지를 쓰다 문득 나는 내가 그의 문체로 글을 쓰고 있다는 사실을 깨달았고 그 순간 내가 배신자처럼 느껴졌지만 그를 배신한 건지 그 오랜 친구를 배신한 건지는 알 수 없었다.

　멀리 떨어져 있어서 그런지 그는 더 조용해진 것 같았다. 하지만 편지에서 그는 끊임없이 이야기했다. 내가 자주 읽으면 읽을수록, 심지어는 내가 아직 읽지 않은 채 침대 옆에 펴놓기만 해도 그랬다.

144

세번째 편지가 도착했다. 분명 며칠 전에 쓴 것이었지만, 날짜는 한 달 전으로 적혀 있었다. 마음이 떠돌아다니고 있을 때, 지금이 며칠이고 몇 시인지, 바깥세상이 어떻게 돌아가고 어떤 일정을 따르고 있는지 모를 때 그는 이런 실수를 했다. 이럴 때 그의 시선은 다른 어딘가를 향해 있는 것 같았고, 그의 시선이 다른 곳에 있을 때 나는 그가 시간과 장소를 충분히 의식하고 있을 때보다 더 가까이 다가갈 수 있었다. 그의 실수는 그가 진심이라는 증거처럼 보이기도 했다. 지금이 무슨 요일이고 무슨 달인지조차 모르는데 상황을 재가면서 행동할 수 있을 리가 없었다. 물론 재보고 한 행동도 아주 없진 않겠지만.

∬

그 여행에 대해 이야기할 만한 내용은 세 가지뿐이다. 그에게 건 전화, 그가 나에게 보낸 편지들, 그리고 새해 전야 파티에서 소개받은 어떤 남자. 이 낯선 남자가 적어준 전화번호를 나는 그대로 간직하고 있다가 두 달 후 다시 동부로 갔을 때 전화를 걸었다. 내가 그의 번호를 간직한 것은 가진 것에 만족하지 못해서가 아니라 그 정반대의 이유 때문이었다. 한 남자와 잠깐이라도 이토록 완벽한 조화를 이룰 수 있다면, 지금 어디를 가든 누군가를 만나 완벽한 조화를 이룰 수 있을지도 모른다는 생각을 하게 되었던 것이다. 그날 파티에는 내가 모르는 대학 강사들이 주로 참석했다. 도시로부터 160킬로미터도 넘게 떨어진 어느 마을에서, 부드럽게 이는 바람에도 얼굴이 화끈거릴 정도로 쓰라린 추위 속에 열린 파티였다.

∬

동부에서 돌아왔을 때 내 마음은 온통 일에 가 있었다. 그에 대해 생각하느라 정신을 어지럽히지 않고도 오랜 시간 일에 온 관심을 쏟을 수 있었다.

그 외에도 다른 변화들이 있었다. 매들린은 항상 변했다. 항상 자신의 새로운 점을 발견했고, 어떤 상태에 돌입하거나 벗어나거나, 어떤 학문을 공부하기 시작하거나 그만두거나, 전문가의 조언을 구하거나, 일할 새로운 매체, 새로운 과정, 새로운 직장, 때때로는 새로운 관계도 찾아냈다. 그 관계가 열정적이고 험난한 우정 그 이상이었는지 나로서는 결코 확신할 수 없었다.

이번에 매들린은 머리를 아주 짧게 잘랐다. 그러고 나니 매들린의 창백하고 주름진 얼굴이 무섭도록 엄격하게 보였다. 매들린은 자기가 만났던 한 침술사의 말에 따르면 자신의 몸에 있는 모든 것이 반대로 되어 있어서 음이어야 할 것들이 다 양이라고 했다. 그게 무슨 의미인지는 잘 이해하지 못했지만, 나는 매들린이 무슨 말을 했을 때 바로 알아들을 수 있는 게 아니라면 굳이 이해하려고 하지 않았다. 지금 와서 되돌아보면 매들린의 말을 더 잘 이해하고 싶다는 생각이 든다. 지금의 나라면 그 말이 무슨 의미인지 물어봤을 것이다.

그와는 또 말다툼을 했다. 매들린은 나에게서 얻은 감자를 구워 이틀 연속으로 저녁을 때웠다. 셋째 날 밤에 나는 스테이크를 요리했고 그는 곁들여 마실 와인 한 병을 가지고 왔는데, 그로서는 꽤 드문 일이었다. 매들린은 나에게 같이 식사해도 될지 물었다. 나는 거절할 수 없다고 생각했다. 평소 매들린은 검소하게 먹고 살았고, 돈이 거의 없었으며 애초에 필요한 것도 소비하는 것도 최소화한 삶의 방식을 선호하는 듯했다. 하지만 가끔은 나와 함께 각종 연회나 사치스러운 행사에도 참석하고, 마치 이전의 삶으로 돌아간 듯 쾌활하고 즐겁게 어울리곤 했다. 오늘 저녁 매들린은 큰 스테이크 한 조각을 먹고 와인 여러 잔을 마셨다. 나는 매들린이 같이 있어서 즐거웠지만, 그는 매들린과 함께 식사한다는 것에 화가 났다.

다음날 아침에는 나도 그에게 화가 났다. 다른 일, 그와 매들린이 저녁식사 때 한 어떤 행동을 두고 우리는 말다툼을 했다. 한편 매들린은 소화가 안 된다느니, 고기와 와인을 너무 많이 먹으면 자기 몸에 무리가 간다느니 하며 불평을 늘어놓았다. 그러고는 고기를 먹는 모든 인간에 반대하는 일장 연설을 시작하더니 나의 대답은 기대하지도 않는 듯 한동안 말을 쉼없이 이어갔다.

불과 며칠 후 그와 다시 말다툼을 했다. 그가 등장하는 이야기를 써서 읽어준 적이 있었는데, 그는 그걸 들으며 기뻐했지만 내가 다른 사람들에게 읽어줄 때는 그를 이야기에서 뺐다는 걸 알고 화를 냈다. 그는 내가 그를 부끄러워한다고 생각했다. 나는 그렇지 않다고 말했다. 말다툼을 하다보니 점점 더 화가 났다. 내가 그보다 더 화를 냈는데, 그전에는 알아차리지 못했지만 어쩌면 그의 말이 어떤 의미에서는 사실이고, 왜 그것이 사실인지 깨달았기 때문이었는지도 모른다. 나는 그것이 사실이 아니기를 바랐고, 그가 나에게 바로 그 점을 지적했다는 게 싫었다.

그는 집을 나갔다. 나는 침착하고 화가 난 상태로 침대로 가서 책을 읽었고, 몇 시간이 지나자 그가 돌아왔다. 나중에 그는 어차피 내가 너무 화가 나 있어서 그가 떠나든 말든 신경쓰지 않을 테니 자신이 떠나 있어봤자 내게 아무런 영향도 주지 못할 걸 깨닫고 돌아왔다고 인정했다. 몇 달 후 나는 그때의 일이 미안해져 이야기 속 그가 원래 등장하던 곳에 그를 도로 집어넣었다. 하지만 그는 이미 그러든 말든 신경쓰지 않게 된 후였다.

우리 사이가 조금씩 갈라지는 것을 느낀 건지, 이즈음 그는 결혼하자고도 했다. 그러나 내가 거절하리란 걸 그 역시 거의 확신하고 있어서 제안을 하면서도 진정성이 없어 보였다. 워낙 갑작스럽고 어쩌면 조금 절박해 보이기까지 했던 청혼이었기 때문에, 단지 그가 나를 붙잡아두려고, 날 계속 데리고 있으려 한다는 의미밖에 없는 것 같았다.

그때 나는 그 일을 가지고 그를 놀렸던 것 같다. 하지만 그가 떠난 뒤에는 내가 먼저 그만 좋다면 결혼하겠다고 했고, 그가 거부하자 심지어 한술 더 떠서 더 많은 것을 제안하기까지 했다. 그때 내가 무슨 말을 던졌어도 크게 곤란해지지는 않았을 거란 사실을, 나는 나중에서야 깨달았다. 어차피 아무 말도 통하지 않았을 테니. 그는 내 제안에 자존심이 상했거나 나 대신 수치스러워하는 듯했고, 그가 한때 느꼈던 감정들과 나 자신의 감정들까지도 가볍게 여기는 내가 답답하다는 눈치였다. 이전에는 그에게 줄 마음이 없었던 모든 것을 그에게 줄 수 있게 되었는데, 최소한 주겠다고 말할 수 있게 되었는데 이제는 그가 나에게 아무것도 바라지 않았다. 그가 내게 바라는 유일한 것은 그를 가만히 내버려두는 것이었고, 나는 그렇게 할 수 없었다.

∬

나는 온통 절벽, 바위, 모래로 둘러싸인 길을 걷고 있었다. 풀이라곤 한 포기도 보이지 않았다. 한 청년이 내 옆을 지나치다가 멈춰 서서 뒤를 돌아보더니, 혼란에 빠져 괴로워하며 자기 집이 자꾸만 변해서 도무지 알아볼 수 없다고 했다. 여기서 나는 반쯤 깨어났고, 꿈속이라는 것을 자각한 상태로 계속해서 꿈을 꾸었다. 나는 그와 함께 나무로 된 집으로 들어갔다. 그곳은 분명히 그의 집이었다. 그런데 우리가 집안에 서 있는 와중에도 집은 연극 무대가 되었고, 새로운 막이 시작할 때마다 바뀌었다. 이 연극에서 뭐가 나왔는지는 기억나지 않는. 뭐가 나오기나 했다면 말이다.

♩

우리는 또 싸웠다. 아마 다섯번째였지 싶다. 그날 밤 그는 화가 난 채 날 두고 갔다가 돌아왔다. 여전히 화가 나 있어서, 돌아오고 싶지 않았지만 억지로 돌아왔다는 티가 났다. 다음 날 밤과 이어진 며칠 동안 그는 단 한 번도 날 찾아오지 않았고, 그동안 그가 어디에 있는지는 전혀 알 수 없었다. 그는 내가 한 어떤 말에 충격을 받았다. 한동안 내가 생각해왔던 것이기에 내게는 놀랍지 않았고, 내가 뱉은 말이기에 아프지 않았다. 그 말이 내게도 충격적으로 느껴진 건 이후에 와서, 그 말을 다른 각도에서 보고 그가 왜 그 말을 듣고 싶지 않았을지 생각할 수 있게 된 후다. 당시에 나는 그를 더이상 별개의 사람이 아닌 나의 일부처럼 여겼고, 내가 좋아하는 것에 대해선 무엇이든 편하게 털어놓아도 그가 이해하고 공감해줄 것이며 내가 뭘 느끼든 함께 느끼고 내가 불편하지 않은 건 그도 불편해하지 않을 거라고 생각했다.

그는 내가 한 말에 충격을 받고 처음에는 침착을 유지했지만 곧 화가 나서 가버렸다. 그는 떠났다가 여전히 화가 난 상태로 돌아왔다. 그는 내가 지켜보는 가운데 건조기에서 시트를 꺼내 침대로 옮겼다. 그러고는 자리에 눕더니 아무 말도 하

148

지 않고 잠이 들었다.

다음날 저녁 그는 나타나지 않았고 전화도 하지 않았다. 그의 집에 전화를 걸었지만 받지 않았다. 나는 그에게 전화하려고 침대에서 일어났다가 다시 침대로 돌아가 책을 읽기를 반복했다. 곧 예전으로, 혼자 지내던 밤들로 되돌아간 듯한 기분이 들어 놀랐다. 만나기 시작한 뒤로 거의 매일 밤 그와 내 침대에서 잤는데도, 그를 한 번도 만난 적이 없는 것 같았다.

그러나 그러면서도 나는 끊임없이 그를 생각하고 있었다. 그가 나와 함께 있을 때보다 훨씬 더. 너무도 강렬히 그를 생각한 나머지 그의 존재가 방안에 확연히 느껴졌고, 다른 생각을 하려고 해도 그 존재가 끼어들었다. 내가 느낀 것과 내가 한 말로써 그를 배신했다는 걸 깨달았지만, 이 배신 덕에 그에 대한 어떤 충실함이 생겨났다는 생각도 들었다. 이 일이 내 안에 깊은 열정과 후회의 감정을 불러일으킨 덕분에 전에는 한 번도 도달하지 못했던 정열적인 충성심에 비로소 도달했기 때문이다. 그래서 나는 혼자 누워 있었다. 항상 혼자일 것처럼, 하지만 어떤 기묘한 방식으로는 여전히 그와 함께.

새벽 1시를 넘기고, 2시, 3시를 넘겨서도 불을 끄는 것이 두려웠다. 옆에서 촛불이 타오르고, 손에는 책을 들고 이따금 한 페이지씩 넘기는 한, 떠올리고 싶지 않은 생각을 피할 수 있었다. 나는 안전했다. 최악의 생각은 그가 복수심에 다른 사람에게 갔을지도 모른다는 것이었는데, 그 생각이 자꾸만 떠올라 그리 오래 떨쳐낼 수는 없었다. 그가 실제로 그렇게 했다는 걸 나는 나중에 알았다.

　나는 원하는 걸 하면서 그는 안 된다고, 내가 다른 남자에게 감정을 품으면서 그는 다른 여자에게 갈 수 없다고 믿는 게 불공평하다는 건 알고 있었다. 하지만 나는 그 어떤 것도 공평성에 따라 결정하지 않았다. 어쩌면 나는 애초에 아무것도 결정하지 않고, 다만 순간순간 내가 원하는 것을 따라 이리저리 이끌려다녔는지도 모른다.

　이른 아침, 잠깐 잠들었던 나는 꿈결에 바깥 테라스에서 들려오는 그의 발소리를 들었다. 꿈속에서 개가 낑낑거렸고 그는 개에게 부드럽게 말했다. "그 사람이 여기 있니?"

　하지만 일어나보니 그는 없었다. 그날 매들린과 나는 길 아래쪽 모퉁이에 있는 카페로 가서 밖에 있는 테이블에 앉아 함께 이탈리아어를 공부했다. 우리 둘 다 정신이 다른 데 쏠려 있었기 때문에 진도는 더뎠다. 나는 그가 올지 안 올지 신경을 곤두세우고 있었고, 매들린은 근처 모퉁이에 서 있는 두 사람이 자기 얘기를 하고 있다는 확신에 가득차 있었다. 매들린이 계속 어깨너머로 그 사람들을 흘끗대며 중얼거리는 바람에 내게 불러주는 이탈리아어가 잘 들리지 않아 제대로 받아쓸 수가 없었다. 결국 얼마 안 가 우리는 공부를 하다 말고 햇빛을 받으며 그냥 앉아 있었다.

　그날 밤도 기다림은 이어졌다. 오지 않는 그에 대한 기다림은 커다란 방 같은 어두운 공간을 만들어냈다. 내 방을 밤과 연결해 어두운 외풍으로 가득 채우는 그런 방이었다. 그가 어디에 있는지 몰랐기 때문에 도시는 더 크게 느껴졌고, 그 도시 전체가 내 방으로 들어오는 것 같았다. 그는 어딘가에 있었고, 비록 어딘지는 몰라도 그가 있는 곳은 내 마음속에 존재하는 크고 어두운 것이 되었다. 그가 있는 그 이상한 방, 그가 다른 사람과 함께 있을 거라고 내가 상상하는 그 방도 내가 상상하는 그의 일부가 되었고 그래서 그 역시 변했다. 그 안에 그 이상한 방이 있었으니 내 안에도 그 방이 있는 셈이었다. 그 방안에 있는 그가 내 안에 있었고 그 방은 그의 안에 있었으니까.

그의 빈자리가 확실했고 그라는 존재는 불확실했기에, 그가 말도 없이, 아무 기약도 없이, 나와 만날 날이나 시간도 정하지 않은 채 사라졌기에, 그를 내 곁에 둘 수 있는 유일한 방법은 의지의 힘으로 그의 전부를 내 곁에 불러들여 매 순간 그를 붙잡아두는 것뿐이었다. 그럼 그의 전부가 존재하는 것처럼 느껴졌다. 그렇게 하지 않을 때는 그의 일부만이 존재하게 되었다. 그가 나와 함께 있을 때 그의 향기가 내 코끝에 머무르던 것처럼, 이제 그의 본질이 나를 가득 채웠다. 그의 전부를 온전히 증류해낸, 그를 이루는 냄새나 맛 이상의 풍미가 내게 스며들고 내 안에서 부유했다.

날 이렇게 만든 사람은 그다. 내 의지와는 상관없이 그가 내게 뻗쳐오는 힘을 느꼈다. 하지만 바로 그 기운, 그 힘은 그가 나를 사랑하는 힘이기도 하고, 나도 그것을 느꼈기에, 그가 날 상처 입히는 극한의 힘에서 나는 그의 사랑 역시 느꼈다. 그리

고 그와 더 오래 떨어져 있을 수록 그가 나를 얼마나 사랑하는
지를 더 강하게 느꼈고, 내가 그를 사랑한다고 더 강하게 믿게
되었다.

　나도 모르게 차들이 지나다니는 소리에 자꾸만 귀를 기울
이며 그의 차 소리가 들려오길 기다렸다. 차 한 대 한 대가 내
는 소리가 마치 목소리라도 되는 양 집중했다.

　이렇게 이틀을 지내고 나니 그의 부재가 너무 오래 지속된
나머지 나는 혼미한 상태에 빠져들었고 긴장이 서서히 풀리
게 되었다. 더이상 그의 부재를 마음에 품거나 지탱할 필요가
없었다. 그의 빈자리는 이제 너무 커져서 오히려 그것이 나를
둘러싸고 나를 지탱했으며, 나는 그 안에서 편안히 쉴 수 있
었다.

　내 차를 운전하는 동안 내가 확실히 아는 것과 모르는 것을
구분해보았다. 나는 그가 어디에 있는지 모른다고, 소리 내어
혼잣말로 말했다. 하지만 그는 어딘가에 있다. 그는 살아 있
다. 그는 혼자이거나 다른 사람, 남자 또는 여자와 함께 있을
것이다. 만약 그가 여자와 함께 있다면, 계속 함께 있거나 떠
나거나 둘 중 하나일 것이다. 그 여자와 하룻밤을 보내는 것과
그다음날 아침까지, 그리고 다음날 밤까지도 머무는 건 완전
히 다른 이야기다.

　내가 아는 것과 모르는 것을 구분하다가 이런 생각에까지
이르렀다. 나는 내가 아는 최소한의 것, 그가 어딘가에 살아
있고, 자신의 몸으로 앉거나 눕거나 서거나 걷고 있다는 것만

을 되뇌었다. 나는 그가 색채를 가지고 있고, 따뜻하며, 미세하게라도 끊임없이 움직인다는 것을 알았지만, 그는 내가 볼 수 있는 범위 바깥에 있었다. 하지만 그에 대해 이 정도로 열심히 생각한다면 그가 어디에 있든 볼 수 있게 될 거라고 확신했다.

끝은 내가 상상했던 것과는 달랐다. 그의 차가 내는 끔찍하고 무시무시한 소리가 집 옆에 다다를 때까지 점점 더 커지는 걸 듣는 일은 없었으며, 그가 전화를 받을 때까지 내가 전화하는 일도 없었다. 그가 어떻게 돌아왔는지에 대해선 단 두 가지만 기억할 수 있다. 하나는 내가 차 소리를 들었건 못 들었건 아무튼 그는 차를 내가 사는 거리 아래쪽에 댔다는 것이고, 다른 하나는 우리가 얼굴을 다시 마주한 건 언덕 아래 술집의 뒤편 테라스에서였으며, 그가 올 때까지 옆자리에서 호주에 대해 이야기하는 걸 들으면서 오랫동안 기다렸다는 것이었다. 정말 조금도 궁금하지 않은 이야기였다. 그곳 사람들은 모두 영어를 사용하는지, 그곳에서는 무슨 술을 마시는지, 시드니 인구는 얼마나 되는지 등등.

분명 내가 사과를 하고, 둘이 합의를 하고, 함께 뭔가를 결정했을 텐데도 그날 술집 뒤편 테라스에서 무슨 이야기를 나눴는지 도무지 기억이 안 난다. 그날 밤늦게까지 깨어 있던 건 기억한다. 불을 켜둔 채 나는 그가 자는 모습을 지켜보았다.

그는 나에게 등을 돌린 채 잠들어 있었고 그의 넓은 하얀 어깨가 시트 밖으로 나와 있었다. 나는 그의 옆에 누워 한쪽 팔

153

꿈치를 세우고 몸을 반쯤 일으켜 기댄 채 눈에 담을 수 있는 그의 모든 것, 작고 세세한 모든 부분, 특히 그의 머리, 창백한 이마, 반대로 머리를 돌리고 있어 드러난 옆통수, 특히 스탠드 바로 아래, 빛에 가까이 있는 머리카락을 바라보았다. 바라보다가 만져보기도 했지만 그는 깨지 않았다. 그의 머리카락은 곧았고 길지 않았으며, 이마 위쪽은 숱이 적지만 뒤통수로 갈수록 많아졌다. 금발이 군데군데 섞인 밝은 적갈색이었다. 나는 그 색깔을 유심히 보다가 재차 만져보았다. 그의 머리 색깔이 무엇이든 중요하지 않다는 건 알고 있었지만 그날 밤에는 그에 대한 모든 것이 중요하게 느껴졌다. 나는 그의 머리카락과 그 색을 사랑한다고, 그의 모든 것이 이대로여야 하며 절대 달라져선 안 된다고 생각했다.

그 순간 그는 잠결에 무언가 중얼거렸다. 나는 몸을 숙이고 뭐라고 했는지 물었다. 아랑곳하지 않고 계속 잘 줄 알았는데, 그는 그 순수하게 부드럽고 사랑스러운 말을 또 했다.

결국 나는 새벽 2시에 일어나 우유를 데워 마시며 부엌에 앉아 담배를 피웠다. 나는 방금까지 그의 머리카락에 대해 내가 생각했던 것에 대해 생각했고, 그가 나와 함께 있다는 사실에 대해, 그는 잠들어 있고 나는 깨어 있으므로 더욱 그렇다는 사실에 대해, 하지만 만약 그가 다시 떠난다면, 아니면 내가 그를 떠난다면, 그리고 우리가 계속 이별한 상태로 지낸다면, 그는 여전히 금발이 군데군데 섞인 밝은 적갈색 머리를 가지고 있을 테고, 나는 그의 머리카락의 특별한 생김새를 정확히,

속속들이 알 것이며 언제나 알고 있을 테니 그의 일부는 여전히 내게 속해 있을 것이고 그도 그것만은 어찌할 수 없다는 사실에 대해 생각했다.

그가 그때 나를 떠났다가 되돌아왔다는 사실은 내가 무슨 말을 해도, 무슨 짓을 해도, 아무리 오래 떨어져 있어도 그가 언제나 되돌아올 거라고, 그리고 그가 나를 계속 사랑하게 하려고 내가 그를 아주 깊이, 그를 배려해가면서 사랑할 필요는 없다고 생각하게끔 했다.

∫

지나가는 차들의 소리가 점점 커지고, 젖은 노면에 타이어가 마찰하는 소음이 빗소리 위로 끊임없이 들려온다. 4시가 되었고 어쩌면 지났는지도 모른다. 이제 곧 일을 마칠 때라는 뜻이다.

차들은 내 창문 바로 밑을 지난다. 이곳으로 난 도로는 이쪽 강변을 따라 남북을 오가는 주요 길목 중 하나다. 매일같이 무거운 트럭 여러 대가 땅을 흔들며 지나다닌다. 그중에서도 유독 무거운 트럭이 지나갈 때는 의자에 앉아 있는 내 몸까지 흔들린다. 이따금 집 한 채가 통째로 지나가기도 한다.

바로 옆에 도로가 있는 걸 알면서도 빈센트와 나는 이곳을 샀다. 포도덩굴과 라즈베리가 자라는 작은 밭, 배나무와 라일락, 히커리와 다른 나무들과 꽃이 피는 관목들이 있는 뒷마당이 매우 마음에 들었기 때문이다. 교통 소음을 차단하려고 시도한 건 그 이후의 일이다. 창문에서 아래를 내려다보면 빈센트가 앞마당에 서 있곤 했는데, 그걸 볼 때마다 나는 그가 제일 심한 소음이 어디서 들어오는지 찾고 있다는 걸 알았다. 그럼 나는 내려가 그와 함께 서서 소음에 대해 이야기하곤 했다. 우리는 어떻게 단단한 표면에서 반사되고 어떻게 해야 가장 잘 흡수될지 등 많은 이야기를 나눴다. 빈센트는 집 앞을 쭉 따라가며 산울타리 안쪽에 담장을 쳤다. 그러고 나서 우리는 그 담장 안에 측백나무를 심었다. 약간의 소음이 담장 밑으로 비집고 들어오는 것 같아서 마당 다른 부분의 흙을 퍼다가 담장 밑동에 대고 쌓았다. 빈센트는 담장을 집 양쪽으로 확장했고, 측백나무 안쪽에 독미나리도 조금 심었다. 이웃사람이 자기 마당에 있던 어린 소나무 한 그루를 선뜻 내어주길래 비록 30센티밖에 안 되는 높이의 나무이긴 했지만 그것도 독미나리 사이에 심었다. 뒷마당으로 들어오는 소음도 막을 수 있게 집의 측면에다 적당한 각도로 방을 하나 더 지을까 생각중이다.

이따금 내가 지금 쓰고 있는 이 글에 대해 생각하면 긴장을 넘어 공포를 느끼고, 존재론적 차원에서의 위기라고 부를 만한 순간이 오는 듯싶다. 그러다가도 그 원인이 생각보다 별것 아니라는 사실을 깨닫는다. 아침을 안 먹은 상태로 커피를 지나치게 많이 마셔서 신경이 맨살 그대로 벗겨진 듯 예민해진 탓이다. 창밖으로 트럭이 차 한 대는 등에 싣고 다른 차 한 대는 꽁무니에 끌고 가는 모습을 보기만 해도 참을 수 없이 불안해질 정도로.

이런 깨달음을 얻을 때도 있지만 평소에는 그저 혼란스럽고 심기가 불편할 뿐이다. 예를 들어 소설에 추가할 내용 몇 장을 따로 분리할라치면, 그 내용을 모아서 한 상자에 넣었을 때 상자에 어떤 이름을 붙여야 할지 모르겠다. 추가할 준비가 된 자료라고 쓰고 싶지만, 그랬다간 괜히 부정 탈 것 같다. 막상 열어보면 정말 쓸 준비가 된 자료가 아닐 수도 있기 때문이다. 괄호를 추가해서 추가할 (준비가 된) 자료라고 써볼까도 생각했는데, 괄호를 넣어도 "준비"라는 단어가 여전히 너무 강했다. 추가할 (준비가 된?) 자료라고 물음표를 넣을 생각도 해보았지만, 그랬더니 물음표가 적나라하게 드러내는 과한 의심이 견디기 힘들었다. 가장 좋은 선택지는 자료—추가할 예정으로, 이는 준비되었다고 할 정도까지는 아니어도 나중에 어떤 식으로든 소설에 추가하게 될 것이며, 추가할 수 있을 정도로 준비되어 있기는 하지만 굳이 추가할 필요는 없다는 걸 의미한다.

잠시 떠나 있을 수만 있다면 머리가 더 맑아지고 일도 더 잘할 수 있지 않을까 하는 생각이 가끔 든다. 며칠 전 밤에 친구와 이야기를 나눴는데, 그 친구는 어떤 공동체가 운영하는 산골 마을에 들어가서 2주 동안 소설을 집필하고 방금 돌아왔다고 했다. 그 2주 동안 80페이지를 썼다고. 나는 2주 동안 80페이지를 써본 적이 없다. 그 친구는 하루종일 쓰고 저녁식사 후에도 썼다. 그곳에 머무는 사람들은 다들 하루에도 두세 번씩 방에서 나와 산책을 하러 간단다. 그곳은 꽤 조용한 편이라고 했다. 같은 복도에 있던 한 남자가 운동 녹화 영상을 틀고 운동을 했지만, 그다지 신경쓰이지 않았다고. 음식은 별로였다고 했다. 평범한 미국 음식. 처음에는 그럭저럭 맛있을 것 같지만, 얼마쯤 먹다보면 더이상 먹기가 힘들어진다고 했다. 햄도 2센티미터가 넘는 두께의 두꺼운 조각으로 나와 몇 번 베어물기만 해도 속이 메스꺼워졌다고. 결국 그 친구는 저녁에는 거의 먹지 않고 좀더 메뉴 구성이 괜찮은 아침과 점심식사 때 더 많이 먹는 법을 터득했다. 나도 소설을 쓰러 어디론가 떠나야겠다고 생각하고 있던 참이라 그 마을에 대해 많이 물어봤다. 전에도 한번 글을 쓰러 떠난 적이 있었지만 집에 있을 때와 별다른 차이를 느끼지 못했었다.

그때 나는 도시에 혼자 살고 있었다. 지원금을 받았고 그 돈의 일부로는 은행 대출을 갚았다. 여름에 살 별장을 빌리는 데에는 더 많은 돈을 썼다. 별장에 식량을 비축하고 내 차를 수리하고 나니, 지원금은 받은 지 겨우 2주 만에 거의 바닥이 났다.

그 별장은 메리라는 이름의 독일 여성과 그 남편이 약 60년 전에 지은 여러 채의 작은 여름용 단층집 중 하나였다. 별장의 방문들은 크기가 다 제각각이었고, 천장과 벽은 불룩했으며, 사방에 못 머리가 드러나 있었고, 바닥 리놀륨 장판은 가장자리가 죄다 위로 휘었으며, 나무 널빤지로 된 샤워실 옆 화장실

158

바닥에서는 버섯이 자랐다. 메리의 남편은 죽었고, 몇 년 후에 메리는 여름에 들어온 세입자 중 메리라는 이름을 가진 또다른 과부에게 이 부지와 건물들을 팔았다. 호수로 가는 오솔길 중간 지점에는 메리의 남편을 기리는 기념 벤치가 설치되었는데, 내가 별장을 빌리기 직전에 공개되었다.

매우 평화로운 곳이었다. 다른 세입자들은 대부분 나보다 서른 살 정도 나이가 많았기에 그곳에 있는 내내 나는 젊고 활력 넘치는 기분이 들었다. 한낮에 수영을 하러 잡초가 무성한 호수로 내려갈 때면 처음 마주치는 늙은 여자들이 힘있지만 느릿느릿한 발걸음으로 가파른 길을 오르내리거나, 길 중턱에 있는 벤치에서 쉬거나, 벌들이 맴도는 따뜻하고 뒤틀린 선착장 판자 위에 갑판 의자를 펼쳐놓는 모습을 항상 보게 되는 것 같았다. 내가 그곳에서 만난 거의 모든 여자의 이름은 루스였고, 루스가 아니라면 메리였다. 어떤 여자들은 루스나 메리라는 이름의 자매가 있거나 루스나 메리라는 여자의 시누이였다. 어떤 여자들은 남편과 함께 와 있었다. 별장에서 작업은 잘됐지만, 내가 생각했던 것만큼 많은 분량을 끝내지는 못했다.

1년이 흐르고 빈센트를 만난 뒤로 나는 빈센트를 보러 종종 도시를 떠났다. 도시를 떠나면 소설 작업에 필요한 평화와 고요를 얻을 수 있으리라는 생각이 다시금 들었다. 하다못해 버스도 작업하기 좋은 장소가 될 수 있을 것 같았다. 이른 저녁 시간대에 도시를 빠져나오는 승객 대부분은 하나같이 지치고 짜증이 나 있었고, 짜증이 난 승객들은 대부분 조용했다. 막 버스에 올라 다들 자리를 잡고 앉을 때면 여자가 젖은 우산을 남자의 짐 위에 올려놓는 등의 일로 갈등이 일어나기도 했지만 곧 조용해졌다. 나는 집중을 더 잘할 수 있도록 귀를 휴지로 틀어막고 머리에 스카프를 묶었다. 쓰고 있는 페이지를 내려다보면 내가 하고 있는 일만 생각할 수 있었다. 눈을 들어 올려다보면 일에 대한 생각을 멈추고 다른 승객들을 구경할 수 있었다. 하지만 버스에서 짧은 글을 몇 개 쓸 수는 있었어도, 긴 글을 쓰기에는 좋은 장소가 아니었다.

∫

그와 나의 다섯번째 말다툼을 이야기하면서 그의 자는 모습을 보고 있을 때 그가 잠결에 했던 말을 빠뜨렸다. 부드럽고 사랑스러운 말이었다고는 했지만, 실제로 무슨 말이었는지는 말하지 않았다. 그는 "당신은 정말 아름다워"라고 말했다. 하지만 지금은 그 말이 정말로 부드럽고 사랑스러운 말이었다고는 생각하지 않는다. 그저 답답함의 표출이었던 것 같다. 그는 자신이 원했던 것보다 훨씬 무력하다는 것을 알았던 것이다. 만약 내가 아름답지 않았다면 그는 나로부터 벗어나 자유로워질 수 있었을 것이고, 그는 자신이 당연히 그럴 수 있어야 한다고 생각했다. 결국 자유로워지기는 했지만 그러기까지 오랜 시간이 걸렸고, 그가 나의 아름다움이라고 여긴 것에 얽

매였기에 나는 필요 이상으로 자주 그를 다치게 해야 했다.

과거에 내가 적어둔 것을 보니 중간에 기록을 놓쳐서 며칠 분량을 하루로 뭉뚱그려버렸다는 것도 깨닫는다. 그가 내게 돌아왔던 날 밤에 불빛 아래에서 잠든 그와 그의 불그스름한 머리카락을 지켜보고 부엌으로 나가서 우유를 데우며 담배를 피웠다고 했는데, 사실 그를 지켜본 것은 며칠 뒤의 밤이었고, 그사이에도 다른 일들이 있었다.

그가 돌아왔을 때 나는 그가 떠나 있었던 1박 2일 동안 어디에 있었는지 물었고, 그는 대답해주었다. 그는 싸웠던 날 오후 키티를 보러 가서 일부러 나를 화나게 하려고 사랑을 나눴다고 했다. 저녁에는 자기 집으로 돌아갔지만 나에게서 걸려온 전화가 울리는 소리를 듣고 다시 나가 해변가에 있는 나이트클럽으로 가서 혼자 술을 마셨다. 다음날은 하루종일 그의 친구인 책벌레 노인과 함께 시간을 보냈다.

이제 그가 어디에 있었는지는 알았지만 그가 없는 동안 내가 상상했던 건 바뀌지 않았다. 그래서 실제와 나의 상상은 계속 나란히 존재하게 되었다. 사실 더 강하게 남은 건 나의 상상이었다. 내 안에서 천천히 생성되었고, 나와 훨씬 더 오래 지내왔기 때문이다.

그가 돌아왔다고 해서 끝나는 일도 아니었다. 그런 일을 저질러놓고 마치 아무 일도 없었다는 듯 잊어버릴 수는 없었다. 키티는 둘 사이에 있었던 일을 상기시킬 테고, 그는 뭐든 계속하거나 끝내야 할 것이다.

다음날 아침 우리는 함께 일어났지만 하루종일 떨어져 있었고, 집으로 돌아간 그에게 그날 밤 전화를 거니 그는 침대에 누워 있었고 나를 보고 싶어하지 않았다.

다음날 점심을 먹으러 온다기에 나는 그를 기다렸지만 그는 세 시간이나 늦었다. 기다리는 동안 나는 그가 내놓을 그 어떤 설명이나 사과도 내 초조함에 훨씬 못 미치리라는 사실을 알았다. 자신에게 조금이라도 잘못이 있을 때면 그는 항상 짤막하고 약간 화가 난 어조로 사과하고 설명했다. 마치 내가 그를 실망스러운 행동을 할 수밖에 없는 상황에 몰아넣어놓고 그에게 실망하다니 화가 난다는 투였다.

우리는 점심을 먹었고, 그는 키티를 보러 갔고, 그가 키티와 함께 있는 동안 나는 매들린과 함께 시내로 걸어내려갔다. 그는 저녁 늦게 돌아왔다.

다음날 그는 나를 냉정하게 대했고, 나와 함께 있어야 할지 키티에게 돌아가야 할지 모르겠다고 말했다. 내가 보기에 우리 사이는 다 끝난 것 같았다. 그는 오후 3시에 떠났다가 4시에 돌아오더니 나와 함께 있고 싶다고 했다. 그는 아예 함께 살기를 원했는데, 그렇게 하면 모든 게 더 명확해질 거라고 여기는 듯했다. 그는 우리집의 남는 방에 들어와 살면 될 거라며 매들린과 상의해보겠다고 했다. 나는 나서지 않았다. 그가 매들린과 상의해보도록 내버려두었고 매들린이 원하는 대로 답하도록 내버려두었다. 매들린은 그가 들어와 사는 게 싫다고 했고 고려해볼 생각도 없다고 했다. 매들린이 싫어할 거라고 예상은 했지만, 그 말을 듣고 내가 안심했는지 아닌지는 나 스스로도 알 수 없었다.

매들린이 그를 들일 거라고 생각하지는 않았지만, 가끔 자기 몫의 집세를 내기 힘들어했기 때문에 그에게 집세를 보태게 할지도 모른다고 혼자 간단히 납득했다. 하지만 나는 또다시 매들린을 잘못 본 셈이었다. 비록 수중에 있는 돈은 적어도, 매들린은 결코 돈을 우선순위에 두고 고려하지 않았으며 애초에 고려할 대상에 넣지도 않았다. 어쩌면 우리가 자신의 삶을 방해하는 대가로 돈을 주겠다고 제안한 것도 모욕적이라고 느꼈을지도 모르겠다.

우리 셋은 이에 대해 이야기를 나눈 후 차를 타고 생일 파티에 갔다. 가는 내내 차 안은 조용했다. 매들린은 우리 때문에 모욕감을 느끼며 뒷자리에 앉아 있었고, 우리는 매들린의 거절에 화가 난 채 앞자리에 앉아 이제 우리 사이를 어떻게 이어가야 할지 고심했다. 사실 매들린에 대한 나의 분노는 진심이 아니었던 것 같지만. 나는 화를 내면서도 매들린이 날 위해 내린 이 결정이 썩 싫지는 않은 사치스러운 상황을 누리고 있었다.

다음날 저녁, 그가 나를 떠날 뻔했던 상황이었음에도 나는 다른 남자와 저녁식사를 하러 나갔다. 예전에 세운 계획이었고 굳이 바꿀 생각은 없었다. 그는 탐탁해하지 않았다. 내가 외출해 있는 동안 그는 내 방에 혼자 남아 책을 읽고 나서 산책을 했고, 내가 돌아오자 거의 말을 하지 않고 계속 외면했으며, 그가 계속 외면하자 나는 겁이 나서 그가 잠이 든 후에도 잠을 잘 수가 없었다. 내가 불빛 아래서 잠시 그를 응시하다가 담배를 피우기 위해 일어나 부엌에서 책을 읽고, 쥐 한 마리가 음식을 찾아 가스레인지대에서 나와 버너 위를 지나가는 모습을 바라봤던 건 그날 밤의 일이다. 그가 마치 잠꼬대처럼 "당신은 정말 아름다워"라고 말했던 건 내가 잠자리로 돌아갔을 때였다.

그는 잠결에 그런 말을 해놓고 아침이 되자 내가 밤에 앉아 있던 바로 그 의자에서 아기 고양이를 무릎에 올려놓은 채 정수리를 문질러주고 있었다. 나는 그의 뒤에 서서 그의 어깨를 껴안았다. 그의 부드러운 머리에 뺨을 대었다. 나를 한번 겁주기는 했지만 이제 그가 나와 함께 있으니, 나도 그를 위해 무언가를 하고 싶었고, 뭐라도 주고 싶었지만, 그게 무엇이 될지는 몰랐다. 그러나 그 충동은 며칠이 지나자 점점 약해지더니 곧 지나갔다.

그가 화를 내며 집을 나서는 것으로 시작해서 밤늦게 내가 그의 하얀 어깨를 응시하는 것으로 끝난 그 싸움은 그렇게 일주일이 걸렸다.

그가 내게 아름답다고 했던 말을 앞에 적지 않았던 것은 지칫하면 허영심에 찬 듯 보일까 하는 우려 때문이었던 것 같다. 이 소설은 나에 대한 이야기가 아니라 허구이고, 그가 한 말도 의견일 뿐 꼭 사실이라는 건 아니지만. 사실 나는 그 말을 듣고 그가 내 눈에는 보이지 않는 무언가를 보았다고밖에 생각되지 않았는데, 내가 거울이나 사진 속에서 보는 얼굴은 항상 긴장한 채 굳어 있거나 이상한 자세로 얼어붙어 있어, 예쁘기보다는 평범하거나 기분 나빠 보일 때가 더 많았기 때문이다. 피곤할 때는 얼굴만 둥둥 떠다니거나 축 처진 표정이 되었고, 한쪽 뺨에는 네 개의 어두운 점이 별자리 같은 모양을 이루고 있으며, 칙칙한 갈색 머리카락은 큰 사각꼴의 머리에 착 가라앉은데다, 목은 너무 가늘어서 앙상해 보인다. 안경알 뒤에서 빤히 쳐다보는 눈동자는 거의 흰색으로 보일 정도로 창백한 파란색인데, 항상 놀라거나 걱정스러운 기색을 띠고 있다. 가끔 안경을 벗으면 사람들이 무서워한다고 친구로부터 꽤 솔직한 말을 들은 적도 최소 한 번은 있다.

이 글에서 언급하지 않은 또 한 가지 일이 있다. 매들린과 내가 카페의 테라스에서 함께 이탈리아어를 공부하다가 둘 다 정신이 다른 데 쏠려 있어서 포기했을 때, 결정적으로 공부를 멈추게 했던 건 이탈리아 문법책의 한 페이지에 떨어진 작은 녹색 똥이었다. 우리 머리 위쪽 나무에 참새가 앉아 있던 것이다. 그날에 대해 쓴 내용의 분위기와 맞지 않아 앞에서는 언급하지 않은 부분이다.

∫

마지막으로 글을 쓴 뒤로 시간이 그렇게 오래 지나지도 않았는데, 책상에 앉자마자 내 새로운 분류법에 혼란스러워졌다. 낱장의 글들이 들어 있는 상자 네 개가 있었다. 추가할 자료, 아직 추가하지 않은 자료, 추가했거나 추가하지 않을 자료 그리고 자료라고 써붙인 상자들이다. 마지막 상자 "자료"에 들어 있는 건 대부분 이 소설과 아무런 관련이 없는 것들뿐이다. "추가했거나 추가하지 않을 자료"는 그 말 그대로다. 이미 글에 넣었거나 앞으로 넣을 계획이 없는 자료. 오늘 나를 어리둥절하게 한 건 "추가할 자료"와 "아직 추가하지 않은 자료" 사이에 아무런 차이가 없다는 점이었다. 그러다 나는 "추가할 자료"는 완성된 형태로 언제든 소설에 넣을 준비가 된 글들이고, "아직 추가하지 않은 자료"는 덜 다듬어진 형태라는 사실을 기억해냈다. 내가 상자에 "준비가 된"이라는 말을 쓰기를 두려워하지만 않았더라면 훨씬 명료했을 터였다.

소설을 집필하러 떠날 참인 다른 친구와 방금 이야기를 나누었다. 멕시코에 있는 한 호텔로 갈 예정이라고 했다. 잠시 그 수를 세어보니 내 주변에 소설을 쓰는 친구가 놀라울 정도로 많았다. 그중 어떤 여자는 동네 커피숍에서 글을 쓰기 위해 매일 아침 집을 나선다. 한 번에 두 시간 정도만 글을 쓸 수 있지만, 다른 커피숍으로 옮기면 오전 작업 시간을 조금 더 늘릴 수 있다고 했다. 내가 아는 다른 남자는 아이들이 학교에 있는 동안 집 뒤에 있는 낡은 헛간에서 글을 쓴다. 또다른 사람은 예술가들의 공동체로 가서 글을 쓰고, 그곳에서 지내는 데 필요한 돈을 벌기 위해 잠시 집으로 돌아와 목수로 일한다. 또다른 사람은 밤에 룸메이트가 택시를 운전하러 나가 있는 동안에만 글을 쓴다. 그는 지금까지 700페이지를 썼는데, 웃긴 소설을 쓰고는 싶지만 그렇게 많은 페이지를 전부 웃기게 쓰는 것은 어렵다고 말한다.

♩

　일이 잘못 돌아가고 있었을 때는 정확히 언제부터 일이 잘못되기 시작했는지 알 수 없었다. 모든 게 잘못되어 다시는 제대로 돌려놓을 수 없게 된 그날이 언제인지 보이게 된 건 나중의 일이다. 그날 그는 집에서 일하는 중이라고 내게 전화로 말했었다. 매들린과 나는 시내를 산책하러 나갔다가 미술관에 들렀다. 생각에 잠겨 그림들을 바라보고 있는 몇 안 되는 사람들 사이로 그가 어깨에 군용 가방을 메고 서 있었다. 그는 우리를 보고 달갑기보다 당황한 듯했다. 그는 그날 밤늦게 들르겠다고 말했다. 나는 집에 쪽지를 남기고 친구 두 명과 함께 저녁을 먹으러 나갔지만, 내가 돌아왔을 때 그는 없었고 이후에도 오지 않았다.

　나는 그에게 전화를 걸어 통화음이 열다섯 번도 더 울릴 때까지 기다렸다. 그러고는 전화를 끊고 그가 사는 아파트로 차를 몰았다. 그의 차는 건물 밖에 있었지만 집안의 불은 꺼져 있었고, 나는 그가 혼자가 아니라고 확신했다. 나는 그의 집으로 가서 문을 두드렸다. 어둠 속에서 그는 내가 들어오도록 문을 열어주고 침대로 갔다. 내가 침대에 들어가 대화하려고 해도 그는 전혀 미동도 없이 누워 있었다. 나는 침대에서 일어 났다. 내가 떠난다고 하자 그는 아무 말도 하지 않았다. "잘 가 요"와 "원하는 대로 해요"를 빼고는.

집에 돌아와 나는 침대에 누워 빵과 치즈 한 조각씩을 먹었 다. 일어나서 빵과 치즈를 한 조각씩 더 침대로 가져왔고, 한 번 더 가져왔다. 먹으면서 최근 우편으로 받은 친구의 시집을 읽었는데, 그래서 입을 음식으로 채우는 동안 눈은 인쇄된 페 이지들로 채우고 귀는 친구의 목소리로 채우는 형국이 되었 다. 이 모든 채우는 행위, 각기 다른 감각기관에 자극을 욱여 넣는 행위로 마침내 상태가 좀 나아졌는데, 과연 그것이 정말 무언가를 채워준 건지 아니면 단지 무언가를 진정시킨 건지 는 알 수가 없었다.

♩

사흘 밤이 지나고 나는 그의 방으로 갔다. 이번에는 그와 함 께였지만, 지금 시점에서 그와 함께라는 느낌은 그리 강하지 않았다. 함께 있어도 그저 허울뿐이었다. 허울에 서로에 대한 익숙함이 어느 정도 더해진 정도였을까. 아무리 서로 익숙하 다고 해도 우리 사이의 어색함이 사라질 수는 없었겠지만. 가 는 길에 우리는 카드 한 팩, 맥주 몇 병, 그리고 옥수수 칩 한 봉지를 사러 가게에 들렀다. 지금에 와서는 확실히 알 수 있 고, 그때도 무시하려고 노력해봤자 여실히 느껴졌던 사실이지만, 나는 그와 있는 시간이 지루했고, 카드와 맥주와 과자 칩이 없으면 그와 뭘 해야 할지 몰랐다. 그것들은 우리 사이의 공허함으로부터 주의를 돌리기 위한, 내가 최소한 그와 함께 있기 위해, 집에서 혼자 먹거나 읽는 데 몰두하는 걸 포기해가면서 그와 함께 있기 위해, 그에게 몰두하기 위해 필요한 것들이었다.

　나는 당시 우리 사이에 무언가 다른 것을 느꼈기 때문에 그와 함께 방에서 시간을 보내기로 했을 것이다. 만약 그가 여전히 그곳에 나와 함께 있고, 같은 사람이고, 나도 여전히 그곳에 있고, 우리 사이에 한때 무언가, 확실히 황홀하다고 할 수 있을 무언가가 있었다면, 그 황홀함은 아직 손닿을 곳에 있다고 믿지 않을 수 없었다. 하지만 이제 우리는 함께 있어도 살아 있는 무언가가 아니라, 한때 살아 있던 것, 그뒤에 남은 흔적밖에는 만들어내지 못했다.

　그날 우리가 그의 집에 사간 것들을 생각하면 미지근한 맥주와 오래된 칩의 맛과 함께 메스꺼움이 속에 차올라 따뜻한 기름기가 묻은 카드처럼 미끄러지듯 돌아다닌다. 그 시도가 얼마나 비참했는지. 그와 정말로 하고 싶은 일이란 없고, 함께 할일은 더이상 남아 있지 않으며, 이제 남은 거라곤 그에게 느끼는 진심 어린 애정을 온전히 담아 작별하는 것뿐이라는 걸 깔끔하게 인정할 수 없었던 나의 나약함을 어찌나 여실히 보여주었는지. 그렇게 하는 대신에 나는 그와 함께 크고 번쩍번쩍한, 몹시 커서 절망감마저 들게 하는 마트에 갔고, 함께 즐거운 시간을 보내려는 사람들이 주로 사는 물건들을 샀다. 그렇게 하면 우리도 즐거운 시간을 보낼 수 있을 것처럼. 하지만 내가 즐거운 시간을 보낼 수 있으리라는 환상은 품지 않았다. 다만 일련의 행위를 차례로 하다보면 적어도 잠깐은 즐겁다고 느낄 수 있을 거라고, 그리고 그렇게 계속한다면, 내 기분이 갑자기 바뀌어 즐겁지 않았던 것들이 즐거워질 거라고 생각했는지도 모른다.

지금은 그날 밤 그 방에 다시 있고 싶다. 그가 말하던 방식이 어땠는지, 그리고 그가 말했을 법한 것들이 무엇이었는지 거의 다 잊어버렸기 때문에, 그가 뭐라고 말하고 내가 뭐라고 대답할지 궁금하다. 지금의 나라면 충분한 관심을 가지고 그와 만날 테고, 우리 사이에는 당시 존재하지 않았던, 살아 있는 무언가가 가득할 것이다.

카드놀이를 할 수 있는 탁자가 없어서 우리는 그의 침대 옆에 있는 카펫에 앉았다. 맥주를 마시고, 옥수수 칩을 먹고, 진러미 게임을 했다. 카드놀이는 별로 재미가 없었다. 당시의 내가 조금만 생각해보고자 했다면 게임은 아무 효과도 없으리란 걸 금방 알았을 것이다. 우리 사이의 지루함 때문에 게임에도 긴장감이 생기지 않았다.

우리는 약간의 흥미라도 짜내려는 듯 게임을 계속했다. 원하는 양보다, 적어도 나는 내가 원했던 양보다 더 많은 맥주를 마셨는데도 취하지 않았다. 게임이 나를 재미있게 해주지 못한 만큼 술 역시도 나를 취하게 하지 못하는 것 같았다. 술이 들어가면 보통 분위기가 조금이라도 달라진다는 걸 알고 있었고 이번에도 그렇게 해주길 바랐건만 분위기는 조금도 달라지지 않았다. 옥수수 칩을 먹어서일지도 모르고, 칩을 먹기 전에 다른 걸 먹어서일지도, 아니면 저녁을 잘못 먹었거나 과식을 해서인지도 모르지만, 마침내 잠자리에 들었을 때 즈음 속이 안 좋아지기 시작해서 속이 안 좋은 상태로 깨어 누워 있었고, 메스꺼움이 심해져서 계속 화장실 변기 옆으로 가 팔은 변기에, 머리는 팔에 기댄 채 바닥에 앉아 있다가 변기 위에 앉았다가 다시 변기 옆 바닥에 앉았다가 하는 걸 거의 밤새도록 반복했다. 그는 한번 살짝 깼지만, 내가 그렇게 자주 왔다갔다하며 새벽 내내 깨어 있었다는 건 알아채지 못한 것 같았다.

다음날은 그의 생일이었다. 우리는 영화를 보러 갔다. 영화가 끝난 후에는 우리집으로 가서 두껍고 달콤한 케이크와 아이스크림을 먹었다. 방의 드넓고 어두운 타일 바닥은 몹시 크고 텅 비어 한쪽 끝의 침대와 다른 쪽 끝의 피아노, 카드 테이블, 못생긴 철제 의자들이 작게 보일 정도였는데, 우리가 침대 발치에 걸터앉아 있는 동안 매들린은 그 건너편의 딱딱한 의자 중 하나에 앉아 하얀 석고벽에 붙어 있는 알전구의 불빛 아래서 잡지에 실린 길고 복잡한 별점을 큰 소리로 읽어주었다. 다시 찾아오는 불안을 느끼며 나는 음식과 매들린이 없었다면 그와 나 사이에는 공허함과 지루함뿐이었을 거란 사실을 깨달았다. 우리와는 한참 동떨어져 있는 매들린의 존재가 우리를 조금이나마 가까이 만들어주었고, 읽어주는 별점도 재미있는데다가 그 내용을 읽는 매들린의 반응도 두드러졌다. 나는 너무 많이 먹고 너무 많이 웃었다. 음식이 남아 있는 동안에는 내 흥미와 관심이 전부 그쪽으로 쏠려 있었고, 음식이 사라지자마자 나는 안절부절못하게 되었다.

지루하다는 것은 무슨 의미였을까? 그와는 더이상 아무 일도 없을 거라는 의미이다. 그가 재미없었던 것이 아니라, 내가 그와 함께하는 데 더이상 아무 기대도 하지 않게 된 것이다. 기대가 있었으나, 그 기대는 죽었다.

그 지루함은 왜 나를 그렇게 불편하게 했을까? 그것이 주는 공허함 때문이었다. 그와 나 사이, 우리 주변에 빈 공간들이 생겨났다. 나는 이 사람과 이 감정과 함께 갇혀 있었다. 공허함은 실망이기도 했다. 한때 그렇게 완전했던 것이 이제는 이다지 불완전하다는 것에 대한.

∫

마지막 여행을 떠나기 전날 저녁과 관련된 아픈 기억도 있다. 그에 대한 안 좋은 감정 때문에 아픈 게 아니라, 다른 것들이 복합적으로 작용한 까닭이다. 행사장으로 쓰인 헛간 비스름한 건물의 어색한 공간과 흉한 콘크리트 벽, 값싼 백포도주의 메스꺼운 달콤함, 이후에 내린 비, 나무 한 그루조차 없는 바깥의 황량한 마당, 그리고 내가 싫어하는 '행사'라는 단어.

나는 그 달콤한 와인 한잔을 손에 들고 이 사람 저 사람 옮겨가며 대화하고 있었고, 때때로 사람들 틈을 건너다보았는데, 그가 자신의 어린 친구 몇 명과 함께 서 있는 모습이 갑자기 눈에 들어왔다. 거기서 그를 만날 거라곤 예상하지 못했지만, 지금 생각해보면 왜 그날 있을 행사에 대해 그에게 미리 말해주지 않았는지 모르겠다. 이런 질문이 나를 가장 괴롭게 한다. 결코 답을 알 수 없을 질문들. 내가 그 없이 그리고 그에게 별다른 언질도 없이 혼자 뭔가를 할 계획을 세웠다면, 그 시점에서 우리 관계는 과연 무엇이었을까, 하는. 어쩌면 우리에게는 자연스러운 일이었을지도 모르지만, 이 경우에는 내가 다음날 아침 떠날 예정이었던지라 특히 더 이상하게 느껴진다.

그가 어떤 친구들과 있었는지, 내가 아는 얼굴이었는지도 기억나지 않는다. 관심 밖이었기 때문이다. 내가 그를 보자마자 그에게 다가갔는지 아니면 몇 미터 떨어진 곳에 머무르며 그의 시선을 끌기 위해 손을 흔들어주고는 다른 사람들과 이야기를 계속했는지도 기억나지 않는다. 아니면 그의 시선을 끌려고 하지도 않고 그저 그를 지켜보고 그가 방 어디쯤에 있는지 눈으로만 좇았을지도 모른다. 지난 몇 년간 줄곧 그렇게 믿고 있었기 때문에, 아마 눈으로만 좇았을 가능성이 가장 높을 것이다. 그를 발견했을 때의 느낌, 내가 분명히 기억하는 그 느낌을 고려해봐도 그렇게 행동했을 가능성이 제일 높다. 그 느낌은 그를 거기서 만났다는 절대적인 불쾌감이었다. 마치 그가 있어서는 안 되는 곳에 침입해 들어온, 적대적인 요소라도 된다는 듯이. 그래서 움직이는 사람들 사이로, 그 붐비는 곳에서 다른 사람들의 어깨 너머로 보이는 그의 모습이 그때만큼은 혐오스럽고 무뚝뚝하고 치명적이며 원시적이고 악랄한데다 지성도 인간성도 없어 보였다. 진흙으로 빚어진 날것 그대로의 인간, 점토의 색이었다. 얼마 전까지만 해도 내게 호감을 불러일으키는 매력을 가졌고, 잠시 뒤면 또다시 매혹적인 힘을 발휘할, 평소와 다름없는 그의 모습이었는데도 말이다.

비가 세차게 내리고 있었고 열린 문 옆에 사람 몇몇이 모여 차로 달려갈 준비를 하고 있었다. 내가 어떻게 그와 함께 문 옆에 서게 되었는지는 모르지만, 우리는 내 우산이었는지 우비였는지를 뒤집어쓰고 축축한 잔디밭을 가로질러 내 차로 달려갔고, 나는 그를 태우고 그의 차가 있는 곳까지 짧은 거리를 운전해서 갔다. 그때 내가 그에게 했던 말이나 그가 나에게 했던 말보다 스펀지 같던 발밑의 풀이 더 기억에 남는다. 나는 그길로 저녁을 먹으러 갈 예정이었고, 그는 친구들이 그를 위해 열어주는 생일 파티에 가는 길이었다. 저녁 느지막이 우리 집에 온다고 했다.

그가 왔을 때 나는 아침에 떠나기 전까지 마쳐야 할 일을 몇 시간째 붙잡고 있었고, 이미 늦은 시간이었는데도 좀처럼 끝내지 못하는 중이었다. 그는 방 저쪽 끝에 가서 잠이 들었다. 일은 생각했던 것보다도 훨씬 더 지루했고, 나는 빨리 끝내버리려고 안달이 나서 일을 계속했다. 친구의 번역을 확인하는 일이었는데, 부탁을 받아 보수도 없이 그냥 해주는 일이었다. 그 친구는 나중에라도 나에게 진심으로 고맙다고 한 적이 없었고, 내가 한 일의 양이나 일해야 했던 그 상황의 애매함에 상응하는 어떠한 식의 보답도 하지 않았다. 물론 그 상황이 얼마나 애매했는지 그 친구가 헤아려줄 거라 기대하는 것도 공평치 않은 일이다. 심지어 나조차도 그날이 그와 함께 보내는 마지막 밤이라는 것을 몰랐기 때문이다.

나는 일을 마치고 잠자리에 들었다. 그가 잠에서 깨어났고, 우리는 마치 여태까지 항상 그래왔다는 듯 거의 한 시간 동안 다정하고 느긋하게 이야기를 나눴다. 마지막으로 한번 더 기회를 잡으려는 듯이.

아침이 되자 우리는 그의 차에 탔고 그는 나를 공항까지 태워다주었다. 4주 넘게 떠나 있는 동안 나는 그를 보지 못했고, 돌아왔을 때는 같은 공항에서 그를 만나 같은 차에 탔다. 그는 고속도로를 탈 때까지 기다렸다가 모든 것이 변했다는 이야기를 시작했다. 공항의 통로나 수하물을 찾는 곳에서도 그는 아무 말도 하지 않았지만, 그에게서 느껴지는 거리감만으로 나는 이미 무슨 일이 일어났다는 것을 충분히 알 수 있었다. 나를 대하는 그의 태도는 달라진 반면, 나는 그를 여전히 예전처럼 대하는 데서 생겨난 거리감이었다.

$\int$

빈센트와 함께 그의 아버지를 지역 축제에 데려가느라 어제도 거의 아무 일도 못하고 날렸다. 더위가 맹렬한 날이라 그의 아버지에게 모자를 씌웠고, 우리가 휠체어를 미는 동안 그는 모자챙 아래로 모든 것을 주의 깊게 내다보았다. 소, 양, 토끼, 가금류 등의 가축들이 있는 우리로 그를 데려갔고, 휠체어의 고무 타이어는 신선한 톱밥 위로 기분 좋게 굴러갔다. 거위 한 마리가 새장의 철망에 부리를 대고 그에게 꽥꽥거리자, 그는 거위를 향해 손 키스를 날렸다. 그가 대체 무슨 생각으로 그런 건지는 모르겠다.

빈센트의 아버지에게 텔레비전 프로그램이나, 그가 항상 앉아 있는 뒷마당의 똑같은 풍경과는 다른 새로운 구경거리를 보여줘서 즐겁게 해주고 싶었던 것 같다. 바람에 흔들리는 나무들, 다람쥐들이 앞뒤로 뛰어다닐 때마다 바스락거리는 소리를 내며 까딱대는 나뭇가지들, 잔디밭에 떨어지는 녹색 히커리 열매들 같은. 동물들이 있는 곳에서 야외 행사장과 경마장, 대관람차가 있는 쪽으로 이동해감에 따라 밀려오는 강렬한 열기, 찬란한 태양, 끊임없이 움직이는 사람들, 솜사탕과 퍼지의 달콤한 냄새가 그에게서 어느 정도의 반응을 끌어내긴 했다. 그의 뺨에 혈색이 작은 점들처럼 올라왔고, 눈은 밝아졌으며, 모자챙 아래에서 올려다보는 시선은 강렬하다 못해 가금류 우리에 있던 수탉의 눈빛처럼 화가 나 보였다. 다른 사람 중에도 빈센트의 아버지처럼 휠체어에 이리저리 실려다니거나 팔꿈치나 손을 누군가에게 붙잡힌 채 끌려다니는, 말이 없는 남자와 여자, 노인, 중년, 어린아이 들이 있었는데, 다들 주변의 상황을 받아들이느라 애쓰고 있다는 게 확연히 보였다. 그들 역시 이런 소란스러운 현장에 충격을 받으면 어떤 식으로든 활발한 반응을 보이지 않을까 하는 주변인들의 기대에 등떠밀려 나온 듯했다. 달걀 같은 머리를 모자 아래 감추고 몸은 헐렁한 옷에 파묻혀 보이지도 않는 작은 노인과, 그를 밀고 다니는 땀투성이 셔츠 차림의 두 중년인 우리도 결국은 또하나의 작은 무리, 이 들끓는 덩어리의 또다른 부분일 뿐이었다.

오늘 노인은 신경질적이다. 주근깨가 있는 그의 팔뚝과 뼈가 도드라진 손등이 햇볕에 약간 탔다. 간병인은 그와 같이 있은 지 몇 분도 채 안 되어 그가 이상 행동을 보인다고 말했다. 나는 그냥 피곤해서 그런 것뿐이라고 간병인을 안심시켰다.

∫

어젯밤에는 그가 잘 나온 사진을 찾아보다가 결국 한 장을 찾는 꿈을 꾸었다. 이상한 것은 이 사진속 그의 얼굴이 내가 깨어 있을 때 떠올릴 수 있는 그 어떤 기억보다도 더 선명하고 완벽했고, 꿈에서 깬 뒤로도 비록 그 사진의 형상은 희미해졌지만 그의 모습만은 여전히 또렷하게 보였다는 것이다. 나의 뇌 어딘가에 그의 얼굴에 대한 명확한 기억이 숨겨져 있다가 꿈속에서 사진으로 드러난 것임에 분명했다.

요즘 들어서는 내가 더 체계적으로 일하고 더 통제력을 갖추고 있다고 느낀다. 하지만 이렇게 생각할 때마다 기억이 전혀 나지 않는 무언가를 발견하는 일이 생겨 당황하곤 한다. 우연이 아니면 절대 찾을 수 없을 곳에 연필로 아무렇게나 적어둔 소설의 초기 구상 메모라든가. 하지만 이야기의 상당 부분이 빠져 있는 걸로 보아 소설 전체를 위한 계획은 아닐 수도 있다.

이런 걸 찾으면 다음에는 또 뭘 찾게 될지 모른다는 생각이 든다. 그러면 나는 마치 내가 아니라 다른 사람이 메모들을 아무데나 대충 휘갈겨놓고, 이게 다 무엇을 위한 것이고 무엇을 의미하는지는 알아서 찾아내라고 한 것처럼 나 자신에게 짜증이 난다.

동부에 두번째로 머무는 동안 내가 그에게 걸었던 여러 통의 전화 내용을 정리해본다. 당시 나는 마침 서부에 가 있던 오랜 친구로부터 빌린 아파트에 머물고 있었다. 그곳에 왔던 낯선 남자가 돌아간 후 야심한 시각에 그에게 전화를 건 적도 있었다. 목소리 뒤로 이어지는 타이핑 소리를 들으며 통화한 적도 있었다. 전화로 그가 다른 여자를 만나고 있다는 것을 알게 된 적도 있었다. 그의 친구 중 한 명이자 내가 떠나기 전날 밤 그에게 생일 케이크를 준 사람이자 그가 실제로 나중에 결혼한 사람이다. 그가 나에게 전화를 걸어와 그건 아무 의미도 없다고, 그 여자는 나만큼 중요한 사람이 아니고, 아무것도 변하지 않을 거라고 한 적도 있었다. 하지만 이게 전부 각기 다른 통화에서 말한 내용이었는지는 모르겠다.

이 중 한 통의 전화와 그 앞뒤로 있었던 일들에 대해서는 두 편의 글로 남겨둔 것 같다. 그중 더 먼저 쓴 것을 발견했는데, 덜 정확하고 더 감상적인 듯하다. 예를 들자면 그가 다른 여자를 만난다고 했을 때 나는 그가 여전히 내 마음의 작은 한구석을 차지하고 있기 때문에 괴로워졌다고 썼다. 지금은 내 마음에 구석이라는 게 존재한다는 발상 때문에 괴롭다. 이 문장의 나머지 부분 역시 봐주기가 괴롭다. 그가 웃는 것을 보고 듣는 게 얼마나 행복했는지 기억한다고도 적었는데, 그건 확실히 사실이 아니다.

이전에 썼던 글에는 나중에 생략한 내용이 포함되어 있다. 당시의 내 삶과는 관련있어도 이야기와는 관련이 없어서 덜어낸 부분들이다. 대학 강연을 들으러 갔던 일과 강연을 앞두고 참석한 저녁식사, 그리고 그 자리에 합석했던, 매우 창백한 얼굴색을 한 대학교수들, 강연이 끝나고 그 교수들의 질문을 이해하지 못했던 일. 도시의 가난하고 위험한 지역의 불빛이 한참 아래에 점점이 내려다보이는 고층 회의실. 빈 건물의 넓은 복도. 건물을 나서며 지나친 복도 끝마다, 심지어 엘리베이터에도 가득차 있던 쓰레기봉투들. 몇몇 남자에 대한 꿈을 여러 번 꿨는데 꿈속에서는 깨어 있을 때보다 훨씬 더 큰 분노를 느꼈다는 것. 당시 내가 머물던 아파트는 그 도시에서 노인 인구가 밀집한 지역에 있었고, 그래서 보도에는 지팡이와 보행 보조기가 가득했으며 노인들이 그 사이에서 비틀거리며 다니곤 했다는 것. 내가 어떤 질문들에 대한 답을 찾고 있고, 그 답은 오랜 시행착오를 통해서만 찾을 수 있음을 알게 되었다는 것.

생각해보면 내가 실제로 이해했던 건 얼마 되지 않는 것 같다. 나는 그에 대한 나의 애착이 무엇을 의미하는지, 한 남자를 사랑하고 존중한다는 것이 무엇을 의미하는지, 그가 전화로 무슨 말을 했는지도 이해하지 못했다. 대답을 얻기 위해 고군분투하는 동안 나는 어떤 생각이 다른 생각보다 더 옳다고 확신하고 있었다. 다른 생각들은 빈약하고 잠정적으로 보였다. 아니면 그 생각들을 하는 데 쓰는 나의 근육이 빈약한 것일지도 몰랐다. 그러나 그 생각들이야말로 옳아야 마땅한 생각들이었으며, 옳았다면 내게 도움이 되었을 생각들이었다. 답은 질문 바로 옆에 떡하니 주어져 있었고, 그것이 분명 틀린 답이라고 해도 나는 다른 답을 찾을 수가 없었다. 한 남자를 사랑하는 것이 무엇을 의미하느냐는 질문에 답하려면 많은 시간과 생각이 필요하지만 그의 드럼 연주를 듣는 것이 왜 민망한가라는 질문은 이보다 쉬운 질문이었고 내가 쉽게 대답할 수 있어야 하는 질문이었지만 대답할 수 없었다.

두 편의 글 중 어디에도 문학 행사에서 만난 어떤 작가가 했던 이 말은 쓰여 있지 않다. "누구든 기꺼이 믿을 거짓말, 그게 바로 접니다."

최근 그 당시의 전화 요금 청구서를 찾았는데, 12일 동안 그의 번호로 다섯 통의 전화를 걸었다고 나와 있다. 그중 한 통화는 37분 동안 이어졌다. 그들이 빵을 만들던 날이 그날 밤이었을지도 모른다. 아니면 그보다 이전, 내가 그와 14분밖에 통화하지 않았던 날 밤이었을지도.

∬

나는 그에게 쓴 편지가 책상 위에 놓여 있는 것을 보며 만약 편지를 써두었지만 시간이 늦어서 보낼 수 없다면, 아니면 보낼 수 있더라도 보내지 않았다면 그것도 일종의 의사소통이라고 할 수 있을지 궁금해졌다. 그가 편지를 읽기 전까지는 그렇다고 할 수 있지 않을까?

이전에 쓴 글에서는 내가 찬찬히 뜯어보고 있는 이 편지가 이후 우체국을 통해 내게 반송된 편지와 같은 것이라고 확신하고 있고, 나중에 쓴 글에서는 아마 같은 편지일지도 모른다고 할 뿐이다. 내가 왜 하루는 확신하고 다른 날은 확신할 수 없었는지 도무지 알 수가 없다.

그에게 가닿지 않은 편지에는 당시 그가 살고 있었고 내가 돌아왔을 때도 여전히 살고 있던 곳의 주소가 정확하게 적혀 있지만, 개봉되지 않은 채로 우체국을 통해 내게 반송되었다. 반송된 덕분에 나는 그 편지를 여전히 가지고 있고 지금도 읽을 수 있으며, 방금도 그렇게 했다. 내가 편지로부터 받은 인상이 그가 받았을 인상과 같은지 아니면 거의 같은지 모르겠다. 편지는 명랑하고 이렇다 할 불만도 없으며, 아주 어린 느낌이다. 어린 느낌이 드는 건 그 편지가 숨김없이 대화할 양으로 열려 있고, 솔직하며, 내용에 속임수도, 경계심도, 비꼬는 말도, 은근슬쩍 암시하는 듯한 말도 없기 때문이다. 신년맞이 파티에서 만났던 남자에게 전화를 걸어 내가 머무르는 아파트로 초대했었다는 것도 편지에 쓰여 있다. 이 낯선 남자와의 만남이 잘 풀렸던 것도 아니고 이걸 쓴다고 해서 내가 더 좋게 보일 일도 아니었기 때문에, 왜 그에게 굳이 말했는지 모르겠다.

오랜 친구와 저녁식사를 하러 나갔다가 그 친구가 집에 가서 개를 산책시켜야 한다며 일찍 자리를 뜨기에 돌아왔던 날이었다. 나는 아파트로 돌아와 혼자 있었고, 왠지 안절부절못하는 기분이었다. 이 낯선 남자가 잘 기억나는 건 아니었지만, 그래도 전화를 걸어 내가 있는 아파트로 오지 않겠느냐고 했다. 나중에 되돌아보고서야 비로소 이상하다고 느낀 어떤 생각 하나가 떠올랐기 때문이었다. 나는 예전에 할 줄 몰랐던 걸 할 줄 알게 되었다고, 그러니 이제 항상 즐겁기만 하고, 다시는 무미건조하거나, 긴장하거나, 성급하거나, 어색할 일이 없을 거라고 생각했다. 그러려면 내가 매력적이라고 생각한 남자를 내게 오라고 초대하기만 하면 된다고, 그럼 즐거울 것이라고.

하지만 막상 이 남자가 나타나서 가파른 계단의 마지막 층계를 올라와 나를 올려다보고 나는 그를 내려다보았을 때 나는 그의 얼굴이 기억과 다르다는 걸 깨달았다. 집에 들어와서 그는 종교에 대해 이야기하기 시작했고, 이후로도 계속해서 자신의 종교에 대해 이야기했다. 처음 만났을 때와 지금의 그는 확연히 달라져 있었다. 신년맞이 파티를 할 때는 매력적이고 활기찬 사람이었는데, 몇 주가 지난 지금 좁다란 적갈색 벽돌 건물의 꼭대기 층에서 만난 그는 그다지 매력적이지 않았다. 마치 그동안 이목구비는 조금씩 원래 자리에서 틀어지거나 두꺼워지고, 사고는 급격히 느려진데다 하나의 생각에만 집착하게 된 것처럼. 남자가 이야기하는 동안 나는 자리에 가만히 앉아서 그저 시간이 흘러가도록 내버려두었다. 비록 없던 일로 하기에는 늦었지만, 가능한 한 피곤하고 조금은 취한 상태로 할 수도 있겠다고 생각했기 때문이다.

침대에서도 남자는 계속 자신의 종교에 대해 이야기했다. 그가 끝낸 후에 나는 등을 돌리고 누워 그가 말을 걸어도 나직한 소리만 내어 애매하게 대답했기 때문에 그도 내가 자신이 떠나기를 원한다는 걸 눈치챘을 것이고, 결국 그렇게 했다. 그가 드디어 문밖으로 완전히 사라지자 나는 일어나서 목욕 가운을 입고 거실로 갔다. 나는 거칠게 떨고 있었고, 이따금 몸이 크게 들썩이고 계속해서 잘게 떨렸다. 나는 전화기가 있는 곳으로 갔다.

그곳 시간은 세 시간 느렸다. 그는 친구와 함께 빵을 만들고 있다고 했다. 그가 빵 만드는 법에 대해 물었고 나는 반죽이 너무 오래 부풀게 두지 말라고 했다. 나는 그가 그 여자와 같이 빵을 만들고 있다면 분명 그들 사이에 뭔가가 있을 것이라고 짐작했고, 내가 떠나기 직전까지 상황이 얼마나 안 좋았는지 돌이켜보면 그와 나의 관계는 이제 다 끝난 거나 다름없다고 생각했다. 그에게 이런 말을 좀 했더니, 그는 갑자기 짜증 섞인 목소리로 걱정하지 않아도 된다고 대답했다. 그 짜증을 들으니 그의 말이 사실이라고 믿게 되었다. 나는 그가 보고 싶다고 했다. 그 시각 지하철을 타고 집으로 돌아가고 있던 그 남자에 대해서는 말하지 않았다. 남자는 자신이 떠난 후에 발견할 수 있도록 그가 소장하고 있던 책 세 권을 선물로 남기고 갔다. 나는 그 책들을 보긴 했지만 읽지도 소장하지도 않고 다른 사람에게 주지도 않았다. 길 아래쪽에 있는 서점에 가져갈까 하는 생각도 했지만, 그러지 않고 그냥 쓰레기통에 버렸다. 책에게 그런 짓을 한 건 그때가 처음이었다.

그 낯선 남자의 방문에 대해 쓴 편지에 날짜가 적혀 있어서 내가 그 낯선 남자를 만나고 그에게 전화를 걸어 한심한 질문이나 해댔던 날짜도 알아낼 수 있었다. 내가 처음에 추측했던 게 옳았다. 37분 동안 통화했던 날이 바로 그날이었다. 하지만 내가 이 편지를 읽고 알게 된 건 이전에 나눈 대화에서도 그가 그 여자를 만나고 있다고 한 적이 있다는 것이다. 이 사실을 알게 되었기에 나는 한층 더 열정적이고, 더 절박해졌던 것이었다.

그때쯤 나는 그 여자가 그와 한집에 살면서 매일 밤을 함께 보낸다는 것을 알고 있었다. 단순한 학교 친구 이상이라는 것도 알았다. 내가 걱정했던 것, 그에게서 알고 싶었던 것, 그리고 그가 솔직하게 말해주지 않았던 것은 그들 사이의 일이 지속될지 아니면 내가 집에 돌아가면 끝날지 하는 것이었다. 내가 다른 남자를 만나더라도 그가 다른 여자를 만나는 건 원치 않았다. 다른 남자를 만난다고 해서 내가 아플 일은 없었으니까. 나는 아픔은 피하고 즐거움을 좇고 있었다.

하지만 그가 다른 여자를 만나지 않기를 바라는 마음은 질투 그 이상이었다. 그가 다른 사람과 함께 있으면 갑자기 내게서 멀어지는 느낌이었다. 멀리서도 나만을 향하던 그의 관심은 이제 다른 이에게 쏠릴 것이다. 한줄기 빛 같던 그의 관심은 이제 날 비껴갈 것이다.

우리가 정확히 37분 동안 이야기를 나눴다는 사실은 나에게 그다지 중요하지 않지만 통신사에게는 중요했고, 내가 빌린 집에 혼자 틀어박혀 그와의 대화를 우울하게 곱씹고 있는 동안, 그곳에서 멀리 떨어진 어딘가에서, 얼마나 오래 그렇게 해왔는지는 몰라도, 이 큰 회사, 이 통신사는 우리의 대화가 정확히 얼마나 오랫동안 이어졌는지를, 내가 같은 전화기로 걸었던 다른 장거리 통화 내역들과 함께, 이 전화 요금 청구서에 기록하고 있었고 나중에 이런 정보를 내게 보낸 것이다. 사실 나는 요금이 제대로 지불되기만 하면 그 정보로 뭘 할 수 있을지는 전혀 궁금하지도 않았지만.

내가 왜 이 모든 것을 재구성하고 있는지는 모르겠다. 아직 내가 알지 못하는 어떤 이유 때문에 이 일이 중요하기 때문인 건지, 아니면 내가 답을 아는 질문에는 꼭 대답을 하고야 마는 성미인 건지.

♪

　내가 집에 돌아오던 날 밤, 그는 약속했던 대로 차를 가져와 나를 공항에서 만났지만 다소 데면데면했고 해안도로를 따라 올라가면서는 나쁜 소식이 있다고 말했다.

　나는 나쁜 소식이 무엇인지 이미 알았지만, 술집에 앉아 손에 맥주 한잔을 들고 있을 때까지 그가 말하지 않기를 바랐다. 이윽고 그는 모든 것이 변했다고 말했다. 그에게는 다 끝난 거나 다름없다고, 우리 사이는 잘되지 않았고 더이상 이 관계를 지속하고 싶지 않다고 말했다. 우리는 둘 다 많은 양의 식사를 주문했다. 그에게서 이 말을 들은 뒤로 나는 아무것도 먹을 수가 없어서, 그는 자기 음식을 다 먹고 내 것도 대부분을 먹었다. 그는 돈이 없었기 때문에 음식값은 내가 냈다. 나는 화를 내지도, 울지도 않았다. 그와 함께 앉아 있는 동안만큼은 더 시도해볼 여지가 있는 것 같았기 때문에 친절하게 대하려고 노력했다. 밥을 다 먹은 그는 맥주 때문에 마음이 느긋해진 건지 아니면 내 시도들에 감동을 받은 건지 내게 키스를 했고, 지낼 곳이 없으니 다시 나를 만나러 와야 할 것 같다고 말했다.

　나중에 그는 자신이 이런 말을 한 적이 없다고 부인했다. 그

186

가 한 말은 내가 듣기에도 말이 되지 않았다. 그에게는 지낼 곳이 있었다. 여전히 원래 살던 아파트에서 지내고 있었으니까. 그곳에서 그는 자기 또래의 여자와 지내고 있었다. 체구가 작고, 어두운 피부색에 탄탄한 근육을 가진 여자라고 매들린은 말했다. 마트에서 그들이 함께 있는 모습을 본 적이 있다고 내가 그를 수많은 곤경에서 꺼내주었는데도 내가 없는 사이 떠났다며 매들린은 화를 냈다.

그날 저녁 늦게 혼자 있게 되자, 나는 그에게 밝게 굴었던 게 미안해졌다. 그후로 며칠, 몇 주 동안 나는 그와 통화하면서 가끔 울거나 화를 냈다. 하지만 그와 함께 있을 때면 아직 기회가 있다고 느꼈고, 그래서 다시 밝아졌다.

그날 밤에는 잠을 잘 자지 못했다. 새벽 2시에야 잠이 들었고, 그에 대한 꿈을 꾸다가 6시에 날이 밝아올 때쯤 일어나 그때부터는 줄곧 깨어 있었다. 몹시 즉각적이고 명확하게 그려져서 꼭 진짜일 것만 같은 암울한 환영이 보였다. 몇 년 뒤 마흔이 되어 내가 '텅 비었다'고 부르는 삶을 살아가는 나 자신을, 지루한 일을 형편없이 해내고, 어떤 남자도, 적어도 나를 사랑하는 남자는 아무도 사랑하지 않는 나 자신을 보았다.

이중 몇 가지만이 내가 예상했던 대로 이루어졌다. 마흔이 되었을 때 내 인생은 텅 비어 있지 않았다. 내가 하는 일 중 일부는 지루했고, 부끄럽게도 그중 형편없이 한 것도 있었지만, 웬만한 일은 잘 해내는 편이었고, 맡은 일들은 대부분 재미있었다. 나는 나를 사랑하지 않는 두 남자를, 아니, 내가 사랑할 때와 같은 시기에 날 사랑하지 않은 남자들을 사랑했지만, 나를 사랑하는 한 남자도 사랑했다. 내가 그를 사랑하던 때에 마침 그 역시 날 사랑한다는 것은 보기 드문 행운이다.

그가 떠난 뒤로도 다른 남자들을 만났다. 그중에는 별로 중요하지 않았던 이들도, 다른 이들보다 중요했던 이들도 있었지만, 그에 대한 감정들은 예상만큼 빠르게 변하지 않았다. 몇 년의 시간이 흐르는 동안 나는 그 감정들을 어디에 보관했던 걸까? 그 감정들끼리 똘똘 뭉친 채 내 뇌의 한 구석에 앉아 있던 걸까? 뇌의 그 작은 영역으로 통하는 문을 열기만 하면 그 감정들을 다시 경험할 수 있을까?

∫

다음날, 시간은 천천히 흘러갔다. 매시간이 평소보다 훨씬 길게, 한 시간이 하루처럼 느껴졌다. 그런데도 나는 새로운 상황에 좀처럼 적응할 수 없었다. 아직도 그의 이별 통보를 방금 들은 기분이었다.

그것 말고도 다른 작은 변화들이 있었다. 건조기가 고장났다. 매들린은 내 옷을 입고 지내고 있었는데, 건조기 대신 오븐에 내 셔츠 한 벌을 말리려다가 태워먹었다. 내가 없는 동안 자신의 경찰관 친구가 내 방에서 자도록 했고, 그가 남긴 냄새 때문에 내 방을 환기하지 않으면 안 되었다고 했다. 차에 이상이 생겼다. 처음에는 시동이 걸리지 않더니 막상 시동이 걸리자 엄청난 굉음을 냈다. 그는 자기 차를 수리했지만 내 돈은 갚지 않았다. 이제 그의 차는 조용했고 내 차는 굉음을 냈다. 내가 거의 알지도 못하는 그 남자에게 전화를 걸었던 날 어쩌면 그는 내 돈으로 자기 차를 고치고 있었는지도 모른다.

건조기가 고장났으니 젖은 옷은 안 쓰는 방의 서까래에다 널어야 했고, 그 방은 창문을 통해 불어오는 바람에 흔들리는 하얀 옷들로 가득찼다.

그가 계속 생각나서 힘들었지만 나는 내가 해야 할 일을 했다. 저녁이 되고 밤이 오면 무슨 일이 일어날지 두려웠다. 목 주변을 팽팽하게 조이는 느낌 때문에 뭔가를 삼키기조차 어려웠고, 나도 모르게 자꾸 스웨터의 목 부분을 잡아당기게 되었다. 내 목을 조르는 것은 스웨터가 아니라 내 안에 있는 무언가였다.

음식을 조금이라도 몸에 넣고 싶었지만 거의 먹을 수가 없었다. 음식의 냄새와 첫 한입만으로도 속이 메스꺼웠다. 약간의 과일, 마른 빵, 야채 몇 종류, 물, 그리고 주스만 먹을 수 있었다.

마치 어느 곳에도 고정되어 있지 않은 것처럼 부유하고 있는 느낌이었다. 그 무엇도 진짜가 아니거나, 무엇이 진짜이고 무엇이 가짜인지 구별하기 어렵거나 둘 중 하나였다. 방안에 실제로 존재하는 물건들은 얇고 투명해 보였고, 방을 빙 둘러 색과 무늬를 이루며 늘어선 평평한 벽면의 일부일 뿐이었다.

그날 밤 마침내 잠자리에 들었을 때는 기침이 계속 나와서 어둠 속에 누워 가만히 있으려고 애썼다. 이제 소음기를 고쳤으니 더이상 그의 차 소리를 들을 수 없겠지만, 나는 습관처럼 그 소리에 귀를 기울였고, 그의 차가 내던 소리와 비슷한 소리를 들었다.

기침을 하며 잠을 자지 않고 누워 있자니 더욱더 화가 났다. 늦은 시간이었지만 일어나서 그에게 전화를 걸었다. 아무도 전화를 받지 않았다. 이제 더 화가 났다. 만약 그가 다른 곳에 있다면 틀림없이 혼자가 아닐 테고, 혼자가 아니라면 나에 대해선 아예 생각도 안 하고 있다는 뜻일 테니까. 이게 나를 가장 불안하게 했다. 그가 나를 생각하지 않고 있다는 것. 만약 그가 나를 잊었다면, 나는 과연 어디에 있는 것이며, 과연 누구라고 할 수 있을까? 비록 내가 여전히 같은 자리에 있으며 여전히 같은 사람이라고 말할 수는 있겠지만, 도무지 그런 느낌이 들지 않았다.

침대로 돌아가 책을 읽으려고 시도했고, 책을 읽는 데 실패하고, 불을 끄고, 나 자신에게 화를 내고, 그러고는 내가 아는 모든 사람에게 화를 냈다. 잠이 들기 시작했고, 잠이 들었다는 사실에 놀라 잠이 깼고, 또 기침을 하기 시작했다. 잠시 후 잠이 들었고, 또 기침을 하며 깨어났다. 이런 일이 반복되었고, 마침내 덧베개 위에 쌓아올린 베개 두 개에 기대어 젖은 휴지 조각을 이마에 얹고 나서야 날이 밝아올 때까지 눈을 붙일 수 있었다.

아침이 되자 매들린은 정비사로 일하는 친구에게 전화를

걸었다. 그는 처음에는 집밖에서 비를 맞으며 차를 살펴보았고, 시동을 걸고 나서부터는 차고로 옮겨 마저 작업했다. 내가 창밖의 정비사를 보고 있는 동안 전화벨이 울렸다.

∬

이야기의 이 시점에서 또다른 괴로운 기억을 꺼내야겠다. 그는 우리의 이별 소식을 듣지 못한 한 남녀의 집에 초대받았다고 알려주기 위해 전화했다. 그 집에 방문하긴 했기 때문에 이야기에 써야 하겠지만 짜증이 나는 건 어쩔 수 없다. 우리 넷은 작은 거실에 앉아 있었고 내 시선은 계속해서 카펫을 가로질러 그를 향했고 속이 메스꺼워졌다. 나는 기절하지 않으려고 내 목을 꼬집으며 그를 피해 판유리 창문 밖으로 시선을 돌리거나 우리를 초대한 남자와 여자를 애써 응시해야 했다. 남자는 예전에 함께 고래를 보려고 배를 타고 나갔을 때 나를 완전히 무시했던 사람이었다. 우리는 한 시간 정도 머물다 나왔고 그는 나를 집까지 태워다주었다.

이 방문이 왜 나를 이렇게까지 거슬리게 하는지 모르겠다. 그들의 임대 아파트 통유리창으로 내가 내다보고 있던 것은 네모난 잔디밭과 그 너머의 좁은 개울과 경계선을 이루는 키 큰 풀밭 혹은 갈대밭이었다. 그 개울은 그와 내가 여러 달 전, 작은 식료품점에서 맥주를 사기 위해 해안도로를 걸어나왔을 때 반대편에서 보았던 개울이었다. 그때는 이 개울의 다른 지점에 서 있었고, 훨씬 더 멀리 떨어져 있었지만.

우리를 초대했던 그 두 사람을 내가 잘 알지도, 별로 좋아하지도 않아서 거슬리는 걸까? 아니면 갈색 가구, 갈색 벽, 금빛이 도는 노란 커튼을 달아둔, 가구가 딸린 임대 아파트가 좁고 보기 흉했기 때문에 그런 걸까? 아니면 그 사람들과 그곳에 있는 동안 그와 나 사이는 아무것도 변하지 않았다는 척을 해야 했어서? 그들은 곧 이곳에서의 체류를 끝낼 참이었고, 우리를 초대한 것도 떠나기 위한 준비의 일환이었다. 그들은 마지막으로 우리와 이 어색한 사교적 만남을 가진 뒤, 며칠 있다가 그에게 전화를 걸어 공항까지 태워다줄 수 있는지 물어볼 참이었다.

∫

그가 갑작스레 모든 것이 끝났다고 한 뒤로 나는 다른 모든 것에 흥미를 잃었다. 그가 지금 나에게 저지르고 있는 행위, 나와 함께 있지 않고 다른 사람과 함께 있다는 그 사실은 내 뇌를 투과해 스며들고, 서서히 사그라들다가 재차 솟아오르고, 느껴지다가 홀연 사라지는 냄새나 맛 같은 물질이 되었다. 이 물질이 잠시 사라지면 나는 이제 내 안에 그게 없다는 사실을 인식했다. 그러다가 갑자기, 아무 이유 없이, 이 물질은 재차 솟아올랐고 그로부터 퍼지는 쓰라림이 사방으로 스며들곤 했다.

192

그가 한때 나를 사랑했기 때문에, 그리고 나를 사랑하지 않는 그의 모습을 알지 못했기 때문에 나는 그가 돌아올지도 모른다는 생각을 여전히 버릴 수 없었다. 처음 며칠 동안 나는 포기하지 않고 그를 설득해 대화하려 했다. 그가 다른 여자와 함께 있어도 개의치 않았다. 나는 전화를 사용했다. 다른 사람이 건 전화일 수도 있으니 그는 전화가 울릴 때마다 받아야 했다. 그럼 예의상 최대한 짧게라도 나와 대화하는 수밖에 없었다.

　그가 더이상 관계를 지속하고 싶지 않다는데 내가 뭐라고 할 수는 없었지만, 그래도 왜 그런 건지 조금이라도 말해달라고 하지 않을 수 없었다. 그는 내가 만족할 만한 방식으로는 아무것도 말해주지 않았다. 나는 그가 한때 나를 깊이 사랑했고, 자신이 여전히 같은 사람이지만 설명 가능한 어떤 이유로 감정이 변했다고 말해주어야 한다고 생각했다. 그런 다음 자신의 감정이 무엇이었으며 왜 변했는지 설명해야 했다. 그리고 자신이 아무 예고 없이 나를 갑자기 떠났음을, 장거리 전화로 우리 사이에 아무 문제도 없다고 말했던 건 거짓말이었음을 인정해야 했다.

　내가 그와 함께 있을 수 없고 그가 내게 말하고 싶지도 않다면, 적어도 그가 어디에 있는지라도 알고 싶었다. 나는 그를 종종 찾아다녔지만 찾지 못할 때가 더 많았다. 하지만 찾지 못하더라도 집에 가만히 앉아 있는 것보다야 그를 찾아다니는 것이 더 좋았다.

어느 날 저녁 나는 미첼과 저녁식사를 하러 몇 개의 마을을 지나 북쪽으로 향했다. 미첼과는 거의 아무 말도 할 수 없었다. 햄을 작은 덩어리로 말아 만든 요리와 버터가 테이블 위에 차려진 걸 보고 구역질이 날 뿐이었다. 미첼은 항상 식사에 신경을 많이 썼기 때문에, 빵도 좋은 걸 썼을 테고 특제 피클에 특제 머스타드도 올라와 있었을 것이다. 그가 식사 순서와 음식을 내오는 데 집중하는 동안 나는 감각을 통제하려고 애를 썼다. 마침내 미첼은 그때의 내가 듣기 힘들어하던 주제를 언급했고 그뒤로는 더이상 먹을 수 없었다.

저녁식사가 끝난 직후 나는 미첼의 집을 떠나 우리집을 향해 해안도로를 따라 운전했다. 비가 심하게 내리고 있었지만, 그 도로는 그가 사는 동네를 지나 그의 아파트에서 한 블록도 채 안 되는 곳을 지났기에 그쪽으로는 차마 가지 못하고 분수가 있는 작은 광장을 지나 바다를 향해 한 블록 더 가까운 쪽으로 돌아가야 했다. 광장을 벗어난 뒤 나는 다시 오른쪽으로 돌아 그의 집 발코니와 불 켜진 창문을 옥상 하나 건너에서 바라볼 수 있는 길 가장자리에 차를 세웠다. 창문의 커튼은 걷혀 있었지만 그의 집이 멀고 높은데다 비도 세차게 내리고 있어서 안은 잘 보이지 않았다.

나는 차의 창문을 내렸다. 그의 부엌 창문 쪽을 왔다갔다하는 형체가 보였다. 그의 평소 움직임보다 더 빨리 움직였고, 머리카락은 그의 것보다 더 어두운색이었다. 나는 발코니로 올라가서 그게 누구인지 정확히 보기로 결심했다. 차에 시동을 걸고 그의 건물 뒤에 있는 주차장으로 갔다. 내가 계단을 소리죽여 올라가는 동안 콘크리트 발코니를 두드리는 빗줄기가 발소리를 덮어주었다. 발코니를 따라 걸어가는 내 아래로 선인장 묘목장의 지붕이 있었고, 그 주위로 묘목들이 심어진 곳에는 한데 엉겨붙은 선인장들의 흐릿한 윤곽이 보였다. 나는 짙은 색의 우비와 부츠 차림이었다. 내가 있는 밖은 어두웠고, 그의 방안은 밝았다.

창문을 재빨리 들여다보니 짧은 갈색 머리의 여자가 그의 침대에 누워 책을 읽고 있었다. 발목을 엇갈리게 포개어 두 다리를 꼰 채였다. 젖은 창문을 통해 넓은 방 건너편 멀리서 보이는 여자의 얼굴은 오만하고 기분 나쁜 인상이었다. 오른쪽으로 시선을 돌리니 그가 작은 부엌에서 조용히 돌아다니는 것이 보였다. 침대 위에 있는 여자를 보려고 고개를 돌리던 그때, 갑자기 그가 방의 문간에 나타났다. 비록 유리창 너머였지만 놀랄 만큼 가까웠다. 그가 뭐라고 하는지는 들리지 않고 입이 움직이는 것만 볼 수 있었지만, 그는 여자에게 무어라고 말을 건넸다. 나는 창문에서 물러났다.

발코니를 나와 주차해둔 곳으로 내려가 차를 몰고 자리를 떠났다. 볼이 뜨거웠다. 라디오를 켰다. 나중에서야 내가 그런 행동을 어렵지 않게 할 수 있었던 건 비가 내리고 있었기 때문이기도 하다는 걸 깨달았다. 비는 내가 차 밖에서 본 것뿐만 아니라 나 자신과도 나를 분리했고, 빗소리는 나 자신과 당시 내가 하고 있었을 생각을 분리했기 때문이다.

집에 도착해서 우비와 부츠를 벗자마자 나는 낮에 빨아둔 커튼에 고리를 꽂고 커튼 봉에 거는 작업을 시작했다. 떠오를지 모를 생각들을 피하기 위해 나는 빠르게 움직였다. 그리고 이번만큼은 그가 어디에 있는지 아는 상태로, 커튼 더미를 뒤에 내버려둔 채 그에게 전화를 걸었다. 그는 불친절하지 않았고, 다음날 만나자는 내 제안을 받아들였다. 나는 커튼을 마저 달고 잠자리에 들기 위해 옷을 갈아입었지만, 늦은 시간이었음에도 카드 테이블에 앉아서 번역 작업을 시작했다.

마치 큰 충격을 받은 사람처럼 내 눈은 크게 뜨여 있었다. 피곤함은 느껴지지 않았다. 저녁을 먹으러 나갔다가 빗속을 뚫고 집에 돌아왔다는 사실도, 미첼과 함께 마신 브랜디도, 팽팽 돌아가는 두뇌로 테이블에 앉아 일하는 나를 졸리게 하지 못했다. 위장이 텅 빈 것은 느껴졌지만 배가 고프지는 않았다. 먹을 만한 음식이 있나 살펴보긴 했지만, 그 무엇도 넘길 수 없었다.

나는 열심히 작업했고 꽤 잘 되어가는 것 같았다. 작업을 이어가면서 나는 알 수 없는 무언가를 기다리고 있었다. 그러다 나는 내가 그들이 사랑을 나누는 걸 멈추고 잠들었다는 게 확실해질 때까지 기다리고 있다는 것을 깨달았다. 그들이 잠들어야 나도 잠을 잘 수 있었다.

다음날 아침 나는 테이블에 앉아 번역을 계속했다. 오전중으로 오겠다고 한 그는 오지도 않았고 전화도 없었다. 일하다가도 시선이 계속 창밖을 향했다. 고개를 들 때마다 보이는 건 같았다. 길 건너편의 울타리, 그뒤로 솟아 있는 집의 꼭대기, 그리고 나무 몇 그루. 이따금 나와 그 풍경 사이에 무언가가 지나갔고, 그럼 나는 그게 무엇이건 사라질 때까지 지켜보았다.

테니스 라켓을 손에 들고 스웨터를 팔에 걸친 채 길 건너편 집으로 들어가는 여자아이.

종종거리는 작은 걸음으로 언덕을 천천히 내려가는 노인. 그 노인이 교회 옆 자기 집 앞마당에 핀 꽃들 사이로 무릎을 꿇고 있는 모습을 자주 보았다.

실바람이 불어오자 붉은 꽃 한 송이가 부드러운 먼지 속을 데굴데굴 굴러갔다.

개 두 마리가 창문 가까이로 다가왔다. 그중 큰 녀석이 코와 목을 쭉 뻗어 덤불 주변을 킁킁거렸다. 그뒤 작은 개는 큰 개의 꼬리 밑 냄새를 맡기 위해 코와 목을 위로 뻗었다.

몇 번인가 나는 복도를 지나 화장실로 가서 거울에 비친 내 모습을 보며 머리를 빗고 입을 헹구고 테이블로 돌아왔다. 마침내 나는 장을 보러 갔고, 돌아와서는 그에게 전화했다. 그는 받지 않았다. 두 번, 세 번 전화를 걸었다. 세번째에야 전화를 받은 그는 내게 전화했었다고 말했지만, 나는 그가 전화하지 않았다는 것을 알고 있었다. 내가 나가 있는 동안에는 매들린이 집에 있었으니까 말해줬을 것이다. 그는 나에게 우리가 대화해봤자 무슨 소용이 있느냐고 물었다.

또다른 어느 날 나는 그를 설득해서 퇴근 후에 만나자고 했다. 그가 퇴근하는 저녁때까지 시간을 때우며 나는 시내에 있는 악기 상점에 갔다가 엘리의 집으로 갔다. 에블린과 아이들이 와서 바닥과 소파에 앉아 있었다. 다 같이 비가 오는 바깥으로 나가, 방파제까지 반 블록을 내려가서 높은 회색 물결을 본 다음 저녁을 먹으러 에블린의 차를 타고 식당으로 갔다. 너무 많은 인원이 탄 탓에 차 안은 축축한 옷에서 모락모락 피어오른 습기로 가득했다.

내가 제시간에 딱 맞추어 집에 도착했는데도 그는 오지 않았다. 대신 그는 전화로 다음날 아침 일찍 일어나야 해서 올 수 없다고 했다. 그러고는 내 차를 빌릴 수 있는지 물었다. 전에 우리를 초대했던 그 부부를 공항까지 태워다주어야 한다고. 내 차가 자기 차보다 더 적합하다고 생각한 모양이었다. 나는 그에게 차는 차고에 있고, 열쇠는 차 안에 두겠다고 했다.

늦은 아침, 그가 공항에서 돌아와 내 차를 차고에 세워놓은 뒤 우리는 해안가에 있는 레스토랑에서 아침식사를 했다. 어설프게 음식을 입에서 떨어뜨리거나 포크를 떨어뜨렸다가 모든 것이 엉망이 될까봐 두려웠다. 그런 일이 없을 거란 건 알고 있었지만.

우리는 머리 위로 식물이 주렁주렁 걸려 있는 나무 벤치에 나란히 앉았다. 그는 벤치 등받이에 어깨를 기대고 나를 마주

보았다. 그는 자신과 자신의 계획에 대해 많은 이야기를 했고, 나는 귀를 기울였다. 내 앞에 놓인 접시는 가득 채워져 있었지만 토스트 몇 입 외에는 먹을 수 없었다. 담배를 피우고 싶었다. 돈을 내고 가게를 나선 뒤 햇빛이 잘 드는 테라스에 서 있을 때 그는 나를 오랫동안 끌어안았다.

혼자 남쪽으로 차를 몰고 가는 동안 내 머릿속에는 그가 말한 여러 가지 것들밖에 없었다. 내가 그의 말을 이해한 게 맞는지 머릿속으로 확인한 다음 그것들이 과연 내가 생각하는 그런 의미일지 따져보았다.

그 식사에 대한 기억도 꺼내기 괴로운 기억 중 하나다. 가느다란 희망의 끈을 붙들고 여기저기 힘없이 끌려다니며 몇 시간을 허비한 끝에 그를 간신히 만나고도 아무것도 달라지지 않아서일까? 하지만 그것만이 아니라 기억 속의 장면과 그것을 둘러싼 모든 정황이 마치 나의 적처럼 느껴진다. 창문 밖으로 보이던, 갈색 진흙이 널린 재미없는 풍경, 흙을 옮기는 장비와 새 목조 건축물 여러 채가 근처에 서 있던 모습, 실내로 비쳐들던 밋밋한 햇빛, 머리 위에 바보같이 걸려 있던 식물들, 잔인하게도 상냥하던 그의 미소, 잔인하게도 솔직했던 그의 말, 혐오스러운 밝은색 나무 패널을 붙인 벽과 아침식사로 나온 버거운 음식.

∫

그날 그를 만나고 온 뒤 엘리에게서 우리의 지인 중 하나가 파티를 연다는 소식을 들었다. 그에게 전화해서 파티에 함께 가고 싶은지 물어봐야겠다고 생각했지만, 전화하니 답이 없었다. 나는 주유소로, 그리고 그의 집으로 차를 몰았다. 그러고 나서는 내가 사는 동네의 거리를 왔다갔다했다. 그의 친구들이 바닷가 근처에 산다는 말을 들은 적은 있지만, 정확히 어디에 사는지는 몰랐다. 따지고 보면 해안도로 아래쪽에 있는 모든 거리가 바닷가에 가까웠기 때문에 나는 그의 차를 찾아 그 부근의 모든 거리를 기웃거리며 다녔다. 그와 만나려면 알지도 못하는 사람의 초인종을 다짜고짜 눌러야 했기 때문에 이제 대화하려던 계획은 포기한 상태였다. 하지만 그를 찾기 시작한 이상 내가 할 수 있는 모든 일을 해야만 했다. 이번에는 그를 찾을 수 없었다. 마침내 밤늦게서야 전화로 연락이 닿았다. 전화를 받은 그는 갑자기 나에게 무엇을 원하는지 물었다. 그는 그 파티에 갈 수 없을 것 같다고 했다. 이어지는 대화에서 그는 조금도 뒤로 물러서지 않았다. 딱 한 번 웃었을 뿐이었는데 그것마저도 예의상 그랬을지 모른다. 아침에 그토록 다정했던 그가 어떻게 지금은 이렇게 냉정할 수 있는지 이해할 수 없었다.

작업을 하려고 테이블에 앉았는데 고개를 들 때마다 그의 얼굴이 눈앞에 나타났다.

희망이 별로 없다는 건 나도 이미 알고 있었던 것 같다. 하지만 여행에서 돌아온 뒤로 나흘이라는 시간 동안, 나는 줄곧 그가 되돌아올지도 모르니 희망을 갖자고 스스로 되뇌어오던 참이었다. 비록 그는 이렇다 할 기미를 전혀 보이지 않았지만. 나를 한 번 껴안고, 한 번 키스하고, 나를 포함할지도 모를 미래의 계획을 두세 번 언급한 게 다였다.

닷새째 되는 날 오후 늦게, 그가 가고 싶어하지 않았던 파티에서 혼자 나와 집으로 돌아가는 길에 나는 약간 취한 상태로 주유소에 들렀다. 나는 농담을 던지듯 그에게 마음이 변했는지 물었다.

우리가 무언가를 기다리듯 머쓱하게 주유기 근처에 서 있는 동안 길 건너편에서는 화물열차 하나가 천천히 굴러갔다. 그 너머로 얼마쯤 떨어진 곳에는 꼭대기에 종려나무가 일직선으로 늘어선 또다른 언덕이 솟아 있었다. 우리 뒤로는 낮은 건물들에 가려진 태양이 바다 위에 걸려 있었고, 따스한 오렌지빛이 언덕 위의 종려나무들과 더 키가 작고 촘촘한, 마을 중앙의 분수대 옆 종려나무들을 비추었다. 바다가 저멀리 아래로 펼쳐져 있다는 걸 의식하면 우리가 서 있는 주유소의 아스팔트 바닥이 높은 고원 같다는 기분이 들었다. 서느런 봄날 초저녁이었지만 공기는 부드럽고 향기로웠다. 주유기 앞에 캠핑카 한 대가 멈춰서더니 가는 체형에 엉덩이가 큰 여자가 밖으로 나와 부탄이나 프로판가스를 어디서 살 수 있는지 소심하게 물었다. 내가 떠나기 전, 그는 내가 한 말에 역시 농담조로 답하며 아직 결정하지 않았다고 말했고, 들려주어서 고맙다고 덧붙였다.

그와 함께 서 있는 동안에는 지금 벌어지고 있는 상황을 견딜 수 있었지만 다시 혼자가 되니 더이상은 무리였다. 내 주의를 돌려줄 만한 것도 없었고 날 제지할 매들린도 없었으므로 나는 주유소에 있는 그에게 전화했다. 우리는 30분 동안 이야기했다. 그는 손님을 받느라 계속 전화기를 내려두고 다녀와야 했다. 마치 제대로 된 말을 하면 그가 내게 돌아오기라도 할 것처럼, 그가 손님에게 가 있을 때마다 나는 그에게 할말을 미리 생각했다. 그가 전화기를 집어들 때마다 나는 내가 하려고 했던 말을 했다. 결국 그에게 보고 싶다고 말했고, 그는 내게 주유소로 오지 말라고 했다. 퇴근 후에 그가 나를 보러 오는 일도 없을 거라고. 우리는 전화를 끊었고, 나는 내 차를 타고 주유소로 향했다.

어둠 속에서 형광색으로 빛나는 사무실에 앉아 있는 그가 도로에서도 보였다. 마치 그가 빛으로 가득찬 상점의 진열대에 놓여 있는 것 같았다. 그는 책상에 앉아서 책을 읽고 있었다. 내가 들어가자 그는 자리에서 일어나 책상을 빙 둘러 내쪽으로 왔다. 마치 모습을 드러낸 상대에게 맞서려는 듯, 자신의 넓은 어깨에 불필요하리만치 힘을 넣은 상태였다.

그는 우리 사이에 대해 말하고 싶지 않은 게 분명했다. 대신 자신이 읽고 있던 책에 대해 말해주었다. 그는 이 사무실의 책상에 앉아 포크너의 소설을 읽고 있었다. 몇 달 전 예이츠의 작품을 모조리 찾아 읽었던 것처럼 지금은 포크너의 작품을 모조리 완독하는 중이었다. 그는 포크너에 대해 이야기하고 싶어했지만, 나는 그러고 싶지 않았고, 대화는 아무 소용이 없게 되었다. 나는 지금의 상황을 받아들일 수 없었고 그는 내가 원하는 걸 해주지 않았기 때문이었다.

나는 울기 시작했고 그는 내 어깨에 손을 얹고 "집에 가요"라고 말했다. 그는 주유소 문을 닫아야 한다고 말했다. 그는 나를 차까지 바래다주었다. 그러곤 사무실 쪽으로 멀어져갔다. 나는 차에 타서도 운전대에 이마를 대고 계속 울었다. 그는 나와서 내 이름을 부르더니 잠시 아무 말도 하지 않았다. 이런 식으로 나오면 결국 아무것도 되지 않는다고 했다. 나는 내가 무엇을 되지 못하게 한다는 건지 이해하지 못했다. 그는 손님을 받으러 나갔다가 손에 기름투성이 걸레를 든 채 화가 난 상태로 돌아왔다. 그는 이제 화장실에 가서 청소를 해야 하는데 벌써 거의 9시고, 일이 이렇게 되었으니 9시 30분은 되어야 퇴근할 것이고, 9시 이후로는 수당이 지급되지 않는다고 말했다. 그의 목소리에는 이 보잘것없는 노동에 대한 모든 분노가 실려 있었다. 그가 나보다 시급 4달러를 더 소중히 여기는 모습에 이번엔 나도 화가 났고, 마침내 차를 몰고 떠났다. 그의 친절보다 그의 분노에 기분이 더 나아졌다. 그가 홧김에 나까지 화나게 하지 않았다면 떠날 수 없었을 것이다. 이제 내 삶은 내 손에 달려 있었고, 나는 비로소 다시 행동할 수 있었다.

  그렇게 5일이 지나간 뒤로 나는 포기했다. 적어도 그를 붙잡으려던 노력을 그만두었다. 그러자 이전과는 다른 새로운 황량함이 사방에서 나를 압박해왔다. 화가 치밀다못해 누군가를 해치고 싶을 지경이었다. 그는 부주의하고, 허영심에 찌들어 있고, 천박하고, 얕고, 상스럽다고, 심술궂고 냉혈한인데다 무책임하고, 기만적인 인간이라고 스스로 되뇌었다. 양심도 없고, 친구도 배신하고, 여자를 모욕하고, 연인도 헌신짝처럼 내다버리는 인간이라고. 뼛속까지 이기적이어서 제일 가까운 친구들조차도 그저 짜증스러운 존재들로 여겼고, 그들이 내미는 도움의 손길조차 짜증스러워했다고 나 자신에게 말했다.

  단 몇 분 동안에도 나는 여러 감정선을 오갔다. 처음에는 분노, 그다음에는 안도, 그다음에는 희망, 그다음에는 애정, 그다음에는 절망, 그다음에는 다시 분노로 돌아왔고, 매 순간 내가 지금 어느 상태에 있는지 파악하기 위해 애써야 했다.

  그에 대한 생각이 내 마음에 계속해서 차올랐고, 그때마다 고통스러웠다. 우리 사이가 끝난 데에는 나 자신이 거기서 만족을 얻지 못했다는 이유도 있다는 건 알고 있었다. 그 관계 속에 있는 동안에는 안정을 찾을 수 없었던 것이다. 하지만 막상 그로부터 벗어난 지금은 여전히 그 관계에 매달려 있었다. 벗어나기 위해 그와의 관계를 망쳐놓았건만, 벗어나니 이번엔 내가 놓을 수가 없는 것이다. 마치 내가 있어야 할 곳은 바로 그 끄트머리뿐이라는 듯이.

　나는 그를 사랑하는 법을 알지 못했다. 그와 함께 게으름을 피웠고 하기 어려운 일은 단 하나도 하지 않았다. 그를 위해 그 어떤 것도 포기할 마음이 없었다. 내가 원하는 걸 전부 가질 수 없더라도 나는 계속 원했고 계속 시도했다.

　그가 나를 떠났기 때문에 그에게 더 많은 애정과 걱정을 느꼈다. 그가 돌아오면 이런 감정이 약해지리란 건 알았지만. 그를 되찾기 위해서라면 무엇이든 할 준비가 되어 있었고, 그건 그를 어차피 되찾을 수 없다는 사실을 알았기 때문일 테다. 예전의 나는 그에게 까다롭게 굴었고, 때로는 매몰차기도 했다. 그가 떠난 후 나는 유하고 부드러워졌지만, 그래봤자 나 혼자 방안에 있을 때가 대부분이었으니 그는 내 부드러움을 느끼지 못했다. 예전의 나는 그의 감정 따위 고려하지 않고 그의 어떤 점이 잘못되었는지를 말해주곤 했다. 다시 그렇게 하려면 내 마음이 아팠을 것이다. 예전에 그가 내 말에 아파했던 만큼은 아니겠지만. 예전의 나는 나 자신이 말하는 걸 듣고 싶어했던 반면 그가 말하는 것에는 별 관심이 없었다. 뒤늦게, 그가 나와 말하고 싶어하지 않게 되고 나서야, 나는 그의 말을 듣고 싶었다.

　이런 생각들을 하고 나자 그와 처음부터 다시 시작할 의욕이 생겼다. 나는 넘치는 열정에 차올라 그가 그러자고만 한다면 이번에는 아주 다르게 할 수 있을 거라고 생각했다. 그러나 이 결심은 그가 돌아오기를 바라는 희망만큼이나 공허했다.

그가 같은 마음이 아닌 이상 아무 의미가 없었다.

처음 며칠간 나는 세상 모든 것이 내게 등을 돌리기라도 했다는 듯 참을성을 상실했다. 이제 그뿐만 아니라 나 자신, 다른 몇몇 사람, 내 방에 있는 물건들에도 화가 났다. 책들에도 화가 났다. 그가 생각나지 않게 할 만큼 내 관심을 끌지 못했기 때문이다. 이제 책들은 살아 있는 존재도, 어떤 발상도 아니었다. 단지 종이일 뿐이었다. 침대에도 화가 나서 잠자리에 들기 싫어졌다. 베개와 시트는 날 포근하게 대해주지 않았고, 반대 방향으로 비뚤어진 듯 보였다. 옷에도 화가 났다. 옷을 보면 내 몸이 보였고 나는 내 몸에 화가 나 있었기 때문이다. 하지만 타자기에만큼은 화가 나지 않았다. 타자기는 내게 협조적이었고 그가 생각나지 않게끔 도와주었다. 사전들에도 화가 나지 않았다. 피아노에도 화가 나지 않았다. 나는 피아노를 아주 열심히, 하루에도 예닐곱 시간씩 연습하기 시작했다. 음계와 손가락 운동으로 시작해서 두 곡을 연주하며 끝냈는데, 실력은 꾸준히 늘었다.

내 안에는 증오심이 가득했다. 신경쓰이는 거라면 뭐든 없애고 싶은 심정이었다. 9월에 갈색이던 언덕들이 어느새 초록색이었다. 하지만 이런 풍경이 싫었다. 나는 추하고 슬픈 것을 봐야 했다. 아름다운 것 안에는 내가 속할 수 없을 것 같았다. 모든 것의 가장자리가 거무튀튀해지고 갈색으로 변해버리기를, 모든 표면에 점이 생기거나, 얇은 막 같은 것이 덮여서 잘 보이지 않게 되기를, 색깔이 본래의 선명함과 뚜렷함을 잃기를 바랐다. 꽃들이 조금은 시들기를, 빨간색과 보라색을 띤 꽃들이 주름부터 썩어들어가기를 바랐다. 물을 가득 머금은 송엽국의 통통한 잎이 수분을 잃고 날카롭고 딱딱한 창처럼 말라가기를 바랐다. 언덕 아래에 있는 유칼립투스나무에서 냄새가 빠져버리고, 바다에서도 냄새가 빠져버리기를 바랐다. 파도가 힘을 잃고, 그 소리가 작아지기를 바랐다.

그와 함께 갔던 모든 곳이 싫었지만 그때는 이미 내가 가는 거의 모든 곳이 그와 함께 갔던 곳이 되어 있었다. 나보다 열살 어린 여자를 보면 그 여자가 싫어졌다. 내가 모르는 모든 젊은 여자가 싫었다. 문제는 내가 사는 동네의 거리에는 젊은 여성들이 아주 많이 지나다니고 있었다는 것이다. 그들 대부분이 키가 크고, 보드라운 금발에 달콤한 미소를 짓고 있기는 했지만. 반면 내가 봤던 그 여자는 키가 작고, 어두운 머리색에 다소 시큰둥한 표정을 짓고 있었다.

나는 더이상 그의 이름을 입 밖으로 내고 싶지 않아졌다. 이름을 부르면 나의 방에 그가 너무 깊숙이 들어왔다. 매들린이 그의 이름을 말하는 건 내버려두었지만, 대답할 때 나는 항상 그라고 했다.

∫

이어지는 몇 주 동안, 시간은 힘겨운 아침들, 오후들, 저녁들, 그리고 밤들의 끝없는 연속 같았다. 아침에 침대에서 일어나기 힘들 때도 많았다. 누워 있다가 문득 창밖에서 흙을 밟는 발소리를 들었다고 생각하기도 했지만, 알고 보면 귓속에서 모래알처럼 튀는 내 맥박이었다. 앞으로 무엇이 기다리고 있을지 두려웠다. 때로는 한 시간도 눈을 감은 채 꿈을 꾸고 걱정을 하다가 계획을 세우곤 했다. 그때 나는 모든 걸 가장 명확한 눈으로 바라볼 수 있었지만, 보이는 건 대개 일어날 수 있는 최악의 상황이었다. 걱정되지 않을 만큼 계획을 충분히 세운 뒤에야 비로소 눈을 뜰 엄두를 낼 수 있었다. 눈을 뜬 채로 있는 게 가능해지면 방을 둘러보았다. 그를 생각했다가, 애써 다른 것을 생각하려고 했다. 하지만 몸이 내 의지에 저항한다고 느껴질 만큼 도무지 그렇게 할 수가 없었다. 마치 내 살과 피부가 그라는 존재에 푹 절여져 있어, 그 존재가 뇌까지 올라와 그곳의 모든 세포를 채우고, 굴복할 수밖에 없는 그 힘에 결국 나도 모르게 도로 그를 생각하게 되는 것 같았다. 그러다 결국 나는 침대에서 일어났다. 잠옷과 목욕 가운 차림으로 몇 시간을 더 일했고, 그제서야 옷을 갈아입긴 했지만 그것도 잠옷과 다를 바 없는 부드럽고 헐렁한 옷이었다.

보통은 아침나절이 끝날 때까지 작업을 이어갈 수 있었다. 하지만 오후는 길고 느렸고, 느리다못해 도중에 멈춰 서서 그대로 죽어버리는 듯했다. 나는 밖에 햇빛이 있고, 어둠은 앞과 뒤로 몇 시간을 두고 멀찍이 떨어져 있는 때가 좋았다. 그렇다고 햇빛 속으로 나가고 싶지는 않았고, 커튼도 닫아두었다. 커튼의 갈라진 틈으로 햇빛을 보는 게, 밖에 햇빛이 있다는 것을 아는 게 좋았다. 그러다 저녁이 되고 밖에 어둠이 깔리면 안에는 계속 불을 켜두었다.

다른 것에 집중하기 위해 할 수 있는 최선을 다했다. 계속 움직였다. 집안에서 무언가를 닦거나 밖에서 걷거나, 친구들과 대화하며 이야기를 듣거나, 지루할 틈이 없는 내용의 책을 읽거나, 테이블에 앉아서 딴생각을 하려야 할 수 없는 일을 하려고 했다. 이따금은 내 눈앞에 있는 테이블만이 유일하게 평평한 곳이고, 그 밖의 모든 것은 테이블에서 떨어져나가거나 그 위로 가파르게 솟아오르는 느낌이 들기도 했다.

번역은 이럴 때 하기 딱 좋은 일이었고, 마침 번역하기로 한 단편소설도 있었다. 나는 카드 테이블 앞 철제 의자에 앉아 일했다. 보통은 아침에만 번역을 했지만 다른 때, 가끔은 저녁 늦은 시간에도 작업을 마저 이어가기도 했다. 번역은 거의 항상 할 수 있는 일이었고, 오히려 불행할 때 작업이 더 잘되었다. 행복하거나 흥분했을 때는 작업을 시작하기 무섭게 정신이 다른 곳으로 샜다. 불행할수록 눈앞의 페이지에 있는, 희한한 구조의 외국어 단어들에 더 열심히 집중할 수 있었다. 문장은 풀어야 할 하나의 문제였고, 딱 내 마음을 분주하게 할 정도로만 어려웠으며, 해결될 때마다 내 마음을 완전히 사로잡았다. 이따금 문제가 어려워 해결하지 못할 때에도 내 마음은 계속 그 문제와 씨름했으며 그러다보면 자유롭게 떠다니다가 어디론가로 흘러가곤 했다.

번역할 양이 길지는 않았지만 어려웠고, 집중력이 흐트러

진 상태라 나름 날카로운 정신으로 열심히 했다고 느꼈는데
도 결과물은 매끄럽지 못했다. 나중에 읽어보니 내가 영어로
옮겨놓은 문장들은 어색하기만 했다.

번역할 문장을 읽거나, 번역문을 적거나, 사전의 단어 설명
을 읽는 동안만큼은 다른 사람의 말에 완전히 몰입할 수 있었
다. 이 단편소설에서 인물들이 말을 하는 경우는 드물었으니
그들의 목소리는 아니었다. 소설 속 작가의 목소리, 그리고 내
가 찾은 단어의 정의를 설명하는 사전 편집자의 무미건조하
고 정확한 목소리와 사전에 인용된 다양한 작가들의 좀더 활
기찬 목소리였다. 하지만 타자 치던 걸 멈추고 사전을 집어드
는 그 찰나의 순간, 어떤 단어도 응시하지 않고 창밖만 바라보
는 그 5초도 안 되는 사이에 이 목소리들은 사라졌고 그의 모
습이 나와 작품 사이로 헤엄쳐올라왔다. 그리고 그를 몇 분 동
안 잊고 있었다는 이유만으로, 혹은 단어들을 하나하나 들여
다보며 그를 의식의 저 뒤편에 밀어넣었다는 이유만으로 새
로운 고통을 주곤 했다.

써야 할 편지들도 있었다. 내가 번역하는 책의 저자에게 한
통을 썼는데, 편지를 쓰면서 나는 속으로 나 자신을 두고 이
여자 좀 봐라, 남자에게 편지를 쓰면서도 길 위쪽의 주유소 아
르바이트생 생각을 멈출 수가 없는 모양이야, 하고 생각했다.
하지만 편지를 받을 저자는 아마 내 사정을 이해할 것이다. 그
가 작품에서 이야기하는 내용도 대체로 이와 비슷했기 때문
이다.

나는 테이블에서 작업하다가도 종종 내 몸이나 집안의 무언가를 씻거나 옷을 빨거나 부엌의 무언가를 닦으러 가곤 했다. 나는 샤워를 하고 또 했다. 몸을 지워버릴 듯한 기세로 문질러 닦으며 때는 물론 피부와 살, 뼈까지 닦아냈다. 방의 창문도 닦았다. 유리가 아예 없는 것처럼 밖이 투명하게 내다보일 때까지 칸칸이 나누어진 창유리의 모든 양면을 닦았다. 밖의 식물들과 빨간 테라스, 비가 오면 젖은 테라스에서 반사된 빛으로 분홍색을 띠는 회랑 아치 지붕의 하얀 밑면이 보일 때까지.

그달에는 비가 많이 왔다. 어둠이 몰려들고 구름이 한데 뭉치고 빗줄기가 곧은 직선을 그으며 세차게 내리다가 얼마 안 있어 그치곤 했다. 해는 밖으로 나와 맑게 갠 하늘에서 빛났다. 집밖의 웅덩이에서 반사된 빛이 부엌의 어두운 나무 찬장 위로 뱀처럼 움직였다. 햇빛이 젖은 지붕을 금방 달구어서 검은 지붕널마다 김이 모락모락 피어올랐고 바람이 그것을 처마 끝으로 연기처럼 날려버렸다. 해가 잠시 비춘 후에는 어둠이 갑작스레 다시 찾아들었고, 나는 방을 가로질러 그 건너편에 있는 침대를 바라보며, 마치 어둠이 그쪽 구석, 침대 위 담요의 어두운 형체로부터 퍼져나오듯 방안을 서서히 물들여가는 걸 지켜보곤 했다.

해야 할 일을 항상 해낼 순 없었다. 예를 들자면 아무리 사소한 청소라고 해도 항상 할 수 있는 건 아니었고 내가 어지른 걸 제때 못 치워 내가 밟는 일도 허다했다. 한번은 그게 부엌

바닥에 내버려둔, 넓게 퍼질러진 토마토 과육이었다. 나는 양말을 신고 돌아다니며 그에게 큰 소리로 말하고 있었다. 그러다 토마토 과육을 밟았고, 양말을 갈아신는 대신 그대로 침대에 누워서 잔잔하고 잘 쓴 글이지만 지루한 사슴 사냥 이야기를 읽었다. 그동안 침대 가장자리 바깥으로 내놓고 있던 축축한 발은 점점 더 차가워졌다.

명확하게 생각하고, 현명한 결정을 내리고, 계획을 세워야 했지만 그럴 수 없었다. 나는 언제나 상황을 제대로 이해하기 어려운 위치에 있었다. 상황 속에 지나치게 파묻혀 있거나 상황을 너무 먼발치에서 지켜보거나 둘 중 하나였다. 어떤 것이 옳다고 믿으면서도, 얼마 안 가 내가 그 반대의 것을 믿게 되지는 않을지 의심했다. 무엇을 해야 하는지는 알지만 실천할 의지가 없을 때도 있었다. 아니면 의지는 있지만 실천으로 옮기지 않기도 했다. 이런 식으로 내가 나 자신과 부딪치기 일쑤였기 때문에, 나와 싸우고 나를 패배시키는 상대가 더이상 내가 되지 않도록 스스로를 바꿀 수 있는 방법을 궁리하기에 이르렀다.

이런 고민을 다 멈추고 고집을 부리는 순간들도 있었다. 그럴 때면 안으로 침잠해 고개를 숙인 채 누군가가 나에게 무슨 짓을 하든 내가 누구에게 무슨 짓을 하든 상관하지 않았다.

또 어떤 날에는 몸이 한시도 가만히 있질 않았고, 뇌는 작동을 멈추지 않았다. 시선이 향하는 곳마다 새로운 발상이 가득했다. 나를 둘러싸고 밀집해 있던 고독은 몹시 두꺼워서, 그

발상들을 내 안으로 밀어넣으며 끊임없이 먹여주는 것 같았다. 만약 이 고독이라는 풍선에 구멍이 난다면, 내가 했을 생각들이 그 구멍으로 새어나갈 것이었다. 그러니 떠오르는 모든 발상은 장보기 목록, 수표책, 읽고 있던 책의 여백이나 빈 페이지 할 것 없이 어느 종이에든 빠짐없이 적어두어야 했다. 적어둔 생각 중 몇몇은 나중에 다시 보면 굳이 기억할 필요가 있었나 싶겠지만, 그래도 잊지 않도록 적어야 했다. 생각이 사라지기 전에 매번 종이에 재빠르게 적어두지는 못했다. 한번 놓친 생각은 잃어버린 것이나 마찬가지이며 복구 불가능하다는 것을 알았기에 페이지의 빈 공간처럼 그 생각을 계속 의식하게 되었다. 어차피 우연히 떠오른 생각일 뿐이라는 걸 알고 있지 않았다면 더욱 안타까웠을 것이다.

이런 상태일 때면 나는 전화기에 대고 빠르게 이야기했고, 내 삶을 지탱해주는 것들조차 답답해했고, 밥을 먹는 것도 귀찮아서 허기가 계속 방해해 더이상 생각을 이어갈 수 없을 때까지 먹지 않았고, 먹는 동안에도 방바닥 한쪽 끝에서 반대편 끝까지 쉼없이 왔다갔다했다. 어차피 음식이 잘 넘어가지도 않았다. 너무 열심히 일하다보니 내 안에는 지나치게 많은 것들이 차 있어 음식이 들어갈 공간은 거의 없었다. 나는 마치 다른 사람을 보듯이 내가 토스트 조각을 천천히 깨물고 씹어 한 번에 조금씩 삼키려고 할 때마다 내 위장이 어떻게 뒤틀리는지 바라보았다. 사과의 경우도 마찬가지였다. 약간의 수프나 생채소만을 삼킬 수 있을 때도 있었다. 어느 날은 그 정도가 심했고, 어느 날은 나아졌다.

나는 열심히 몸을 움직이며 걷고 뛰고 빠르게 움직였고, 가끔이나마 엘리의 헬스클럽에도 가기 시작했다. 건강을 위해서가 아니라, 몸을 단련하면 날 불편하게 했던 그 파들거리고 물렁한 감정들을 물리칠 수 있을 것 같아서였다. 나는 날씬해졌고, 근육은 뼈만큼 단단해졌고, 팔과 다리는 마디마디가 연결된 금속 조각들처럼 느껴졌다. 바지는 헐렁하게 늘어졌고, 가운뎃손가락에 낀 반지는 헐겁게 빠졌다.

나는 점점 더 많은 담배를 피웠다. 몇 분마다 한 대씩, 침대에서, 차 안에서, 가게로 걸어가면서 담배를 피웠다. 폐가 꽉 막혀서 하루종일 마른기침을 했다. 동부에서 돌아온 이후로 줄곧 기침이 멈추지 않았다. 기침 때문에 몇 시간 동안 잠을 못 이루는 일도 허다했는데, 그럴 때면 일어나서 꿀 한 숟갈을 먹거나 물을 마신 다음 침을 연신 삼키며 자려고 했다.

밤은 항상 최악이었다. 적어도 책은 많이 읽을 수 있을 거라고 생각했는데 집중하기가 힘들었다. 쉬는 것조차 힘들었다. 나는 일찍 잠자리에 들지 못했다. 침대에 들어가 움직임을 멈추는 것도 힘들었지만 무엇보다 불을 끄고 가만히 누워 있는 것이 가장 힘들었다. 눈을 가리고 귀에 귀마개를 꽂아볼 수도 있었겠지만, 그래봤자 소용없었을 것이다. 콧구멍과 목구멍, 질까지 막아버리고 싶다는 충동이 들기도 했다. 나쁜 생각들이 침대로 들어와 나를 빽빽이 에워쌌고, 나쁜 감정들이 찾아와 숨을 쉴 수 없도록 가슴에 걸터앉았다. 나는 오른쪽을 보고 누워서 오른쪽 무릎이 왼쪽 무릎 아래에 오도록 두고 뼈가 툭 튀어나온 양 무릎이 멍들 정도로 서로 꽉 다물리도록 누르고 있다가, 반대로 돌아누워 이번에는 왼쪽 무릎이 오른쪽 아래에 오도록 했다. 등을 대고 누웠다가, 그다음에는 배를 대고 누워 베개에 머리를 얹고 있다가, 베개를 옆으로 빼고 반듯이 엎드려 있다가, 오른쪽으로 돌아누워 무릎과 팔 사이에 베개를 끼우고 있다가, 등을 대고 누워 머리 밑에 베개 세 개를 받치고 잠들기 시작하다가 내가 잠들고 있다는 사실에 깜짝 놀라 깨어났다.

나는 멀리서 이 모든 상황을 지켜보듯이, 만약 내가 더 적게 먹고 더 날씬해진다면, 만약 내가 그의 생각에 더 골몰해서 그가 나에게 말하게끔 하는 데에, 그리고 그를 찾는 데에 더 극단적인 방법을 쓴다면 어떻게 될까 생각했다.

∫

나는 팀이라는 이름의 영국인에게 전화를 걸었고, 내 귀에 들려온 그의 목소리는 부드럽고 높았다. 그에게 함께 점심을 먹지 않겠느냐고 했다. 하지만 전화를 끊고 나서도 전혀 힘이 나지 않았다. 이제 나는 홀로 남겨졌구나, 하고 생각했다. 그는 나를 두고 떠났으며, 나는 매너 있고 섬세한 영국인들뿐인 세상에 홀로 남겨진 것이다.

나는 집에서 언덕 아래로 내려가면 나오는 모퉁이 카페로 가서 해안도로 옆에 있는 야외 테이블에 앉을 계획을 세웠다. 도로를 마주보는 자리에 앉아 지나다니는 차들을 지켜볼 것이다. 모든 게 내가 계획한 대로 흘러갔다. 팀은 지적인 사람이었고, 좋은 대화 상대가 되기에 부족함이 없었지만, 사실 이 점심식사에서 내가 관심 있던 건 도로를 지나다니던 차들밖에는 없었다.

나는 팀과 이야기를 나누는 한편으로 차들의 행렬을 지켜보면서 음식을 앞에 두고 한참을 앉아 있었다. 그리고 마침내, 내가 계획했던 것보다 더 기막힌 순간에, 빨간불이 켜진 그 찰나의 순간에, 그의 차가 우리와 같은 눈높이에 이르렀고, 그는 멈춰서 내 쪽을 바라보았다. 빨간불이 켜져 있는 내내 그의 얼굴은 날 향하고 있었다. 눈언저리로밖에는 보지 못했지만 그 정도는 알 수 있었다. 팀같이 점잖은 남자를 데려다 앉혀놓고 내가 다른 남자와 점심을 먹는 모습을 그에게 보여주는 목적으로 이용하다니, 나 스스로도 마음이 불편했을지 모른다. 하지만 마음이 불편하다고 해서 안 할 수는 없었을 것이다.

그날 오후, 매들린은 그가 일하는 곳에 찾아가지 말라고 나를 설득해야 했다. 그의 일터에서 소란을 피워서는 안 된다고, 나는 그보다 나이도 많으니 상황을 충분히 더 잘 넘길 수 있을 거라고 매들린은 내 곁에 앉아서 조곤조곤 말했다. 매들린이 말한 것과 똑같은 이유를 나 역시 생각해낼 수 있었지만 그럼에도 자제할 수 없었다. 만약 매들린이 그때 외출이라도 했다면 나는 바로 그에게 전화했을 것이다. 매들린은 같이 영화를 보러 가거나 카드놀이를 하자고 제안했다. 그러고는 저녁을 차렸다. "그래도 저녁은 먹었잖아. 이 정도면 꽤 대단한 거지." 매들린이 말했다.

♪♪

　매들린은 그가 통화하고 싶어하지 않을 때는 주유소에 찾아가지 말라고 했다. 내가 자존심을 좀더 지킬 줄 알아야 한다고 매들린은 생각했다. 자기라면 그랬을 거라고. 하지만 매들린이 같이 있어서 나를 막을 때만 아니라면 나는 주유소로 갔다. 가야 하는 핑계를 댈 때도 있었다. 핑계라는 게 뻔히 보인다는 건 알았지만, 없는 것보다는 나았다.

　예를 들어 나는 그를 파티에 적어도 세 번은 초대했다. 그가 가고 싶어할 만한 파티이고 내가 아니면 그를 초대할 사람이 없다는 것도 알고 있었다. 그는 거절하기 전에 매번 망설이기는 했지만, 결국 그중 어디에도 가지 않았다. 첫번째로 거절할 때는 몇 분, 두번째는 반나절, 세번째는 일주일 동안 망설였다.

　두번째로 그를 초대하러 갔을 때 그는 아파트 근처 해변가 주차장에서 농구를 하는 중이었다. 갈매기들은 머리 위를 빙빙 돌면서 소나무 위에서 울고 있었다. 나는 차에 앉아 그를 지켜보았다. 연거푸 담배에 불을 붙여댄 탓에 담배 연기가 차 안에 자욱했다. 나는 예닐곱 대의 차 지붕 너머로 그를 지켜보

217

고 있었고 그는 농구장 반대편 끄트머리에서 경기를 하고 있었지만 모습을 자세히 뜯어볼 수 있을 정도의 거리였다. 짧고 듬성듬성한 붉은 수염, 목 뒤쪽은 곱슬곱슬하고 위쪽은 곧은 그의 붉은 머리, 하얀 피부, 붉게 달아오른 얼굴, 햇볕 때문에 가슴 아래를 향해 V자 모양을 그리며 분홍빛으로 변한 그의 피부, 그의 몸이 내뿜는 활기. 그가 얼마나 재빠르게 움직이고, 갑자기 뛰어오르고, 갑자기 홱 돌고, 그러면서도 항상 긴장을 유지하고, 항상 균형을 유지하고 있는지. 그는 아주 잘하고 있었다.

만족스러웠다. 드디어 그가 내 눈앞에 있었고, 그가 어디에 있는지, 무엇을 하고 있는지, 내가 원하는 만큼 오래, 안전한 거리에서 그를 지켜볼 수 있었다. 그는 날 해칠 만한 그 어떤 행동도 할 수 없었고, 나는 내가 어떻게 보일지, 무엇을 하거나 말할지 걱정할 필요가 없었다.

그와 만나고 있을 때 나는 그가 어디에 있는지 알고 있었고, 혹여 모르더라도 딱히 개의치 않았다. 어차피 오래 떨어져 있지 않을 테고, 떨어져 있고 싶지도 않았기 때문이다. 그가 항상 내게서 떨어져 있는 지금은 그가 자발적인 선택으로 떠났다는 것을 알고 있었고, 싸워서라도 그를 내 눈앞에 데려다놓고 붙잡아놓지 않는 이상 그는 내 앞에 나타나지 않을 수도 있었다. 최악의 경우 그가 온데간데없이 사라져 다시는 찾을 수 없게 될지도 모른다.

그의 일부가 성장해서 내 안의 일부가 된 것처럼 나의 일부

역시 성장해서 그 안의 일부가 되었다. 지금도 나의 그 일부는 그의 안에 있었다. 그를 보고 있으면 그뿐만 아니라 나 자신도 보였고, 이제 나의 일부가 있을 곳이 없어졌다는 사실을 깨닫게 되었다. 그것만이 아니었다. 그가 나를 바라보고 나를 사랑할 때 그의 눈에 비치던 나도 있을 곳이 없어졌다. 내 안의 일부가 된 그도 마찬가지다. 내 안의 그를 앞으로 어떻게 해야 할지 나로서는 알 수가 없었다. 두 개의 상처가 남았다. 아직 내 안에 있는 그의 상처와, 그 안에 있는 나의 일부가 내게서 떨어져나가며 입은 상처였다.

나는 한 시간 가까이 그를 지켜보며 담배를 피웠다. 그때 나는 지루했던가? 잠시나마 그를 그저 멀리 있는 아이, 농구를 하는 대학생 아이로 보고 있었던가? 아니면 그런 식으로 바라보니 그가 유순해 보여서 기뻤던가? 아니면 지금에서야 내가 지루했을 거라는 생각이 드는 것뿐, 당시에는 그가 어디에 있는지 알고 싶은 욕구가 강했던 나머지 그것을 만족시킨 것으로 충분하다고 느끼고 지루하다는 생각은 조금도 하지 않았던가?

아파트로 돌아오려면 지나칠 수밖에 없는 길목에 차를 주차해두었다. 그는 농구장에서 나와 내 차를 향해 걸어왔고, 열려 있는 조수석 창문 쪽으로 몸을 내밀어 부르면 들을 수 있을 정도로 가까워졌다. 두번째로 그를 부르자 그는 놀라 주위를 두리번대다가, 다가와서 나를 알아보고 웃더니 옆좌석에 올라탔다. 그의 몸에서 뿜어져나오는 열기로 창문이 점점 뿌

옇게 흐려져갔다. 그는 나에게 미소를 지으며 내 목 뒤에 손을 얹었다. 그와 이야기하며 그가 사는 아파트까지 몇백 미터가량 운전하는 동안, 나는 그가 정확히 무슨 이유로 내 목에 손을 얹었을지 생각했다. 이윽고 그는 내 목에서 손을 뗐다. 나는 그와 함께 그의 집으로 올라갔다. 나는 침대 가장자리에 걸터앉았고 그는 바닥에 앉아 벽에 기댔다. 나와 함께 파티에 갈지 고민하는 듯했다. 그의 온몸이 축축했고 여전히 잔뜩 상기되어 있었다. 땀이 몸의 표면에서 말라가고 있어 추울 것 같았다. 그가 샤워를 하기 위해 내가 떠나기를 기다리고 있다는 생각이 들었고, 잠시 후 나는 떠났다.

∫

　빈센트는 우리 거실에 있는 꽃무늬 안락의자에 앉아 내가 감상적이거나 낭만적인 것을 소설에 넣을지도 모른다는 생각에 몸을 움찔한다. 그리고 만약 그 소설이 내가 말한 것과 같은 내용이라면, 그 어떤 애정 행각도 나와서는 안 된다고 말한다. 그 말이 이해된다. 나도 여태까지 이 글에 등장했던 애정 행각 장면들이 하나같이 마음에 들지 않지만, 왜 그런지 이유는 잘 모르겠다. 그 장면들을 삭제하기에 앞서 이유를 알아내는 게 맞겠지만, 나는 먼저 장면들을 삭제하고 왜 마음에 안 드는지는 나중에 이해해보자고 생각한다. 예를 들어, 농구 경기가 끝나고 그의 집에 갔던 걸 묘사하는 부분은 단 한 번도 내 마음에 들지 않았고, 결국 점점 더 짧게 줄여나가게 되었다. 하지만 차 안에서 담배를 피우며 앉아 있는 동안 내가 했던 생각들을 묘사한 부분은 싫지 않았다.

빈센트는 내게 빼라고 한 것과 비슷한 내용이 들어간 소설을 읽고 있다. 그는 그런 내용이 그 소설과도 어울리지 않는다고 생각한다. 그는 어떻게 해서 여주인공이 더이상 견딜 수 없을 때까지 남주인공을 갈망하고, 어떻게 남주인공이 여주인공을 만족시켜주겠다고 응하게 되는지 나에게 설명한다. 비록 몇 시간 후에 여주인공을 다시 버리지만. 빈센트는 그 책을 끝까지 읽을 만큼 좋아하지는 않는 것 같다.

그가 나의 감정 전부를, 혹은 대부분을 소설에서 배제해야 한다고 생각하는 건가 싶기도 하다. 비록 그는 감정을 그 자체로 중요시하고 그 자신도 다양한 감정을 강하게 느끼지만, 그에 대해 길게 논의할 필요까지는 없다고 여기며, 특히나 바람직하지 않은 행위를 정당화하는 근거가 되어서는 안 된다고 생각한다. 물론 내가 빈센트를 만족시키기 위해 책을 쓰는 건 아니지만, 그의 생각을 존중하기는 한다. 그가 타협을 모른다는 점이 이따금 문제가 되긴 하지만. 빈센트의 기준은 매우 높다.

지금 생각해보니 당시 나는 파티에 자주 갔었는데 소설에는 그중 두 번의 파티만 묘사하고, 심지어 두번째 파티에 대해선 그곳에 없었던 것만 이야기한다는 걸 깨닫는다. 지금으로서는 '파티'라는 단어조차도 다른 시대, 더 젊은 여성의 삶에 속하는 것처럼 느껴진다.

내가 파티에 안 가는 건 아니다. 그저 스스로를 파티에 다니는 사람으로 여길 정도로 자주 가지는 않을 뿐이다. 하지만 며칠 전에도 빈센트와 행사에 다녀왔다. 가까운 대학에서 신임 학과장을 위해 연 환영회였다. 공식 초대장만 봐도 벌써부터 재미없어 보였지만, 빈센트는 내게 굳이 설명하지 않은 어떤 이유로 우리가 참석해야 한다고 생각한 모양이었다. 참석 의사도 정식으로 답장해서 알리고 간병인에게도 늦게까지 근무를 부탁해야겠다고 했다.

밤이 되자 빈센트가 몇 번이나 예고했듯이 비가 내렸다. 그는 날씨가 더 추워질 것이라며 무슨 일이 생길 경우, 예를 들어 우리가 행사장에서 나왔는데 도로가 빙판이 되어버릴 경우 어떻게 해야 할지 내게 물었다. 그는 행사에 우리가 아는 사람이 아무도 없을 거라고 하면서도 올 수 있는 두 사람의 이름을 댔다. 그는 더 두꺼운 옷으로 갈아입어야 할 것 같다고 했지만, 그렇게 해서라도 가야 한다고 여전히 생각했고, 우리는 옷을 갈아입었다. 나는 모직 양복을 입고 그는 깨끗한 셔츠와 넥타이, 낡은 스포츠 재킷을 입은 채 비를 뚫고 출발했다. 출발했어야 하는 시간보다 훨씬 늦은 시간이었다.

하지만 환영회는 그제서야 한창 흥이 무르익은 모양이었다. 짙은 양복을 입은 나이든 남자들과 진지한 표정의 젊은 남자들, 칵테일 드레스 차림의 여자들이 빽빽이 모여 있었다. 유일하게 남는 공간이라곤 재즈 연주자들 바로 옆밖에 없었다. 빈센트가 아는 사람은 아무도 없는 것 같았고, 내가 그에게서 떨어져 구석에 있는 탁자에 준비된 음료나 치즈와 포도를 살펴보려고 가면, 고개를 들 때마다 빈센트가 손에 사과주가 담긴 플라스틱 잔을 들고 대화할 준비가 된 유쾌한 표정으로 날 따라다니는 게 보였다. 우리는 잠시 그곳을 서성이다가 행사장 로비에서, 그다음에는 건물 뒤쪽에 있는 독서실에서 타오르는 벽난로 불을 지켜보았다. 행사장 중앙으로 돌아왔을 때, 재잘거리는 목소리의 소음은 여전했지만 아는 사람은 아무도 나타나지 않아 우리는 홀에서 외투를 찾아서 현관을 향했다. 떠나기 직전, 드레스에 이름표를 붙인 친절한 젊은 여자가 다가와 말을 걸더니 몇 분 정도 짧게 와준 것에 감사를 표했다.

나는 그날 아무것도 마시지 않았고 포도 몇 알 정도를 집어먹은 게 다였다. 집으로 돌아오는 길에 빈센트는 행사장에서 한 남자를 알아보고 말을 걸었는데 상대는 자신을 기억하지 못하는 눈치였다고 했다. 그리고 우리가 아는 사람들은 더 일찍 그곳에 가 있다가 먼저 떠난 것 같다고 덧붙였다.

이상한 점은, 오래된 대학 건물의 방들이 넓고 멋져서, 음식과 음료와 음악이 있어서, 이름표를 단 젊은 여자가 기분 좋게 작별 인사를 해줘서, 그리고 다른 무엇보다도 그곳에 있던 많은 사람이 우리를 향해서는 아니더라도 다들 미소를 지어주고 이야기를 나누어서, 빈센트와 나는 아무도 모르게 다녀갔을 뿐인데도 불구하고 그곳에서 받은 환영과 축제의 느낌은 오늘까지도 여전히 남아 있다는 점이다.

매들린은 종종 내가 하면 안 되는 짓을 저지르려 한다는 걸 벽들 너머로 감지했다. 그럼 매들린은 자기 방에 있다가도 내 옆으로 와서 함께 있어주며 말 상대가 되어주고 이야기를 들려주거나 함께 산책을 하러 갔다. 영화관에도 두 번 이상 다녀 왔다.

매들린은 이탈리아에서 만난 한 남자와 동거하게 된 이야기도 들려주었다. 그 남자를 처음 만났을 당시 매들린은 선원 이었던 다른 남자와 사귀고 있었다. 연인이 타히티섬에 타고 갈 배의 옆면을 닦고 있을 때 매들린의 빗자루가 바다에 빠졌다. 마침 멀지 않은 곳에 있던 그 이탈리아 남자는 노를 저어 가서 빗자루를 물에서 건져내 매들린에게 돌려주었다. 며칠 후 매들린은 갑판에서 울고 있었다. 연인이 얼굴을 때린 것이다. 그때 매들린을 다시 만난 이탈리아 남자는 매들린을 가엾게 여겼다. 이후 그들은 얼마간 쿠바에서 함께 살다가 이탈리아로 건너가 그의 가족과 함께 살았는데, 그곳에는 모든 것을 대신 해주고 옷도 다려주는 하인들이 있었다. 매들린은 그게 불편했다고 말했다.

우리가 살던 곳 근처 도시에는 배들이 정박하는 항구가 있었고, 이후에 그가 그곳에서 성게를 포장하게 되었던 걸로 기억하지만, 아닐 수도 있다.

다른 친구들도 나에게 여러 이야기를 들려주었다. 엘리는 남편과 살던 시절에 대해 이야기했다. 이전에는 그를 좋아했었지만 막상 결혼하기로 한 뒤로는 더이상 마음에 들지 않았다. 대서양 연안의 한 휴양지 마을로 여행을 갔는데, 그곳에서 보니 그의 키는 전보다 작아 보였다. 결혼하자마자 그들은 말다툼을 했다. 엘리는 언성을 높이며 화를 냈는데, 그는 그저 말없이 서둘러 다툼을 끝내고 싶어하기만 했다. 이게 엘리의 화를 돋웠다. 친구들이 저녁을 먹으러 놀러오기 전까지 말다툼을 하다가 친구들이 도착하면 멈추는 일도 있었다. 방금 전만 해도 방에서 치즈와 크래커를 던져대며 싸우던 두 사람은 그들 사이에 아무 문제도 없다는 듯 태연한 척을 하곤 했다. 친구들이 떠날 때쯤이면 남편은 말다툼이 끝났다고 생각했지만, 친구들이 집을 나서는 순간 엘리는 다시 싸움을 시작했다.

　다른 사람과 살기란 쉽지 않다. 적어도 나에게는 쉽지 않다. 함께 지내다보면 내가 얼마나 이기적인지 깨닫게 되기 때문이다. 다른 사람을 사랑하는 것 역시 쉽지는 않았지만, 점점 능숙해지고 있다. 이제 연애를 한 번 할 때마다 한 달 정도는 부드럽게 행동할 수 있다. 그뒤로는 이기적인 모습으로 되돌아가지만. 누군가를 사랑하는 것이 무엇을 의미하는지 공부해보려고도 했었다. 이폴리트 텐이나 알프레드 드 뮈세 같은 유명한 작가들, 하지만 평소에는 눈길조차 주지 않았을 작가들의 작품에서 나오는 인용구를 적기도 했다. 예를 들어 텐은 사랑하는 것은 다른 사람의 행복을 자신의 목표로 삼는 것이라고 말했다. 나는 이 말을 내 상황에 적용하려고 해보았다.

하지만 누군가를 사랑하는 것이 나보다 그를 우선으로 한다는 것이라면, 내가 어떻게 그럴 수 있을까? 나에게는 세 가지 선택이 있는 것 같았다. 누군가를 사랑하기를 포기하기, 이기심을 버리기, 계속 이기적으로 살면서 다른 사람을 사랑하는 법을 배우기. 처음 두 개는 도무지 해낼 수 없을 것 같았지만, 적어도 내게 주어진 시간의 일부는 누군가를 사랑하며 보낼 수 있을 정도로 이기심을 버리는 법은 배울 수 있으리라고 생각했다.

∫

결국 엘리가 보내준 봉투를 열어 사진들을 보았다. 그 충격이 싫어서 조만간 또 보지는 않을 참이다. 사진 속 얼굴들은 내가 모르는 얼굴들이었고, 나는 그들을 알아보지 못했다. 이런 두드러진 광대뼈를 가진 사람을 나는 알지 못했다. 사진 속 무리에 속한 그 남자를 나는 알지 못했다. 그 얼굴들에 익숙해질 만큼 사진을 오랫동안 보는 건 차마 할 수 없었다.

사진들을 보다보니 나 역시도 그가 어떤 사람인지 잘 모르고 있다는 생각이 들었다. 그를 바깥에서 바라본 적은 없기 때문이다. 서로를 처음 알게 된지 반나절 만에 그를 바깥에서 바라보기에는 너무 가까워져버렸고, 이후로는 그를 바깥에서 볼 기회가 영원히 사라져버리고 말았다. 지금의 나라면 그를 어떻게 생각할지 알고 싶다.

내 기억 속에는 그의 모습, 그가 한 말 중 짤막한 부분들, 내가 받았던 인상들이 있는데, 그중 일부는 모순된다. 그가 일관성이 없었거나 현재 내 기분의 영향 때문일 것이다. 내가 화가 난 상태라면 기억 속 그는 경박하고 잔인하고 오만해 보인다. 내가 부드럽고 여린 상태라면 그는 충실하고 정직하고 섬세해 보인다. 중심은 존재하지 않고, 원본은 사라졌기에 내가 아무리 기억을 바탕으로 재구현하려고 한들 원본과는 꽤 다를 것이다. 자연 속에서 찾을 수 있는 몇 가지 예시를 생각해보려 한다. 생물이 죽고 나서 남는 껍질, 외피, 등딱지, 조가비나 바위 조각에 찍힌 형상 등, 생물로부터 떨어져나와 그것이 사라진 뒤에도 오래도록 남아 있는 것들을. 지금은 그를 알지 못하기에, 그의 의도와 감정을 꽤 다르게 상상하고 있는지도 모른다. 아니면 항상 빈센트와 함께 있다보니 빈센트의 의도를 그에게 갖다붙인 것인지도 모른다. 그의 의도를 알아내려고 해봐도 빈센트의 것 외에는 찾을 수가 없다.

∫

　처음으로 매들린과 영화를 보러 갔을 때, 우리는 북쪽으로 몇 개의 마을을 지나 친근한 분위기를 풍기며 주변의 어둠 속에서 홀로 따뜻하게 불을 밝히고 있는 작은 영화관으로 갔다. 위험한 정치적 상황을 다룬 영화였는데, 그걸 보고 우리 둘 다 겁에 질리고 말았다.

두번째로 영화를 보기로 했을 때도 같은 영화관으로 갔다. 너무 일찍 도착해버려서 앞서 상영되고 있던 영화가 끝날 때까지 앉아서 그 뒷부분을 보고, 본 영화가 시작되기 전에 나오는 단편영화도 보아야 했다. 이 영화관이 있는 마을을 촬영한, 흐릿하고 어둡게 나온 스틸컷에 부적절한 음악을 넣은 따분한 영상이었다. 마침내 영화가 시작되었을 때는 첫 장면부터 토가를 입은 하얀 얼굴의 인물들이 나오는 바람에 매들린이나 나나 둘 다 충격을 받아서 자리를 떠야 했다.

영화관에 있는 동안 나는 그를 잊고 있었지만, 차로 해안을 따라 내려가면서는 그가 사는 동네를 지나야 했고, 집에 도착한 이후로는 책을 읽으려 해도 그의 모습들이 나와 책 사이에서 자꾸만 시야를 가리며 둥둥 떠다녔다.

틀림없이 모든 잡념을 잊게 할 만한 책을 읽자고 다짐했을 터였다. 그래놓고 그날 밤 내가 읽던 책은 헨리 제임스의 책이었다. 내가 왜 그런 때에 헨리 제임스를 골랐는지 이해할 수가 없다. 아마도 그 당시의 나는 더 야심 찼던 모양이다. 지금은 줄거리만 괜찮으면 뭐든지 읽는다. 대도시 병원에서 일하는 간호사가 겪는 시련, 산 너머 황하강으로 중국 아이들을 데려가는 영국 선교사 이야기, 멕시코의 한 병원에서 암을 치료한 어떤 여성의 이야기, 뉴질랜드에서 마오리족 어린이들을 가르치는 선생님의 자서전, 트랩 가족 합창단원들의 삶 등등. 아픈 생각을 몰아내려 할 때 지금의 나라면 이런 책들을 고를 것이다. 하지만 그때의 나는 관심을 잡아끌 만한 책은 고르지 않고, 읽다가 마음이 정처 없이 다른 길로 새서, 오래된 뼈다귀처럼 익숙하게 곱씹을 수 있는 생각거리를 계속 찾아다니게 할 책만 골랐다.

책이 눈앞에 펼쳐져 있었지만 무슨 말인지 이해할 수 없었다. 한 번에 여러 정보를 전달하는 긴 문장들이라 열심히 집중해서 읽어야 이해할 수 있었고, 간신히 이해했을 때는 방금 읽은 내용을 잊어버리고 말았다. 마음은 끊임없이 책의 내용에서 벗어났고, 나는 그걸 끊임없이 붙잡아 끌고 왔으며, 이러한 싸움 끝에 마침내 지쳐 나가떨어지더라도 정작 내가 읽은 몇 페이지에서 기억하는 건 아무것도 없었다.

나는 다른 생각을 하느라 멈췄다. 다른 곳에서 만났던, 나를 아프게 한 사람들을 생각했다. 그는 나에게 돈을 빚진 유일한 사람이 아니었다. 작은 지역신문의 사장이 조판 작업비로 내게 부도수표를 준 적도 있고, 애리조나주 유마에서 온 남녀가 주립공원에서 후진하다가 내 차를 덮친 일도 있었다. 시간이 지나면 빚이야 잊히게 마련이고, 언젠가는 잃은 돈의 가치를 추모할 필요도 없어진다고 생각하는 사람들도 있지만, 나는 도무지 그 금액을 잊을 수가 없었다.

내가 더이상 살고 있지도 않았던 집의 임대료를 내게 청구한 집주인도 있었다. 당시 살던 도시의 한 지역에 수많은 부동산을 소유하고 있던, 무자비하고 비정한 여자였다. 그 여자에게서 빌린 초라한 아파트, 그곳의 크고 텅 빈 방들, 커튼이 없는 창문으로 들어오던 가로등 불빛, 이른 아침의 고요함 속에서 모퉁이의 신호등이 바뀌며 내던 찰칵하는 소리, 낮동안 무거운 트럭과 승합차들이 내 창문 아래 거리의 움푹 팬 곳들을 지나가면서 내던 덜컹거리는 소리, 그 여자가 집을 보수하는 데는 땡전 한푼 쓰지 않았다는 것과 나중에 자신의 차고에서 살해당했다는 것을 생각했다. 그 시절, 아침 일찍 출근하며 걸어가던 거리, 텅 빈 신문사 건물을 내 열쇠로 열던 날들과 1층의 창문 없는 작은 방에 혼자 앉아 광고와 기삿거리를 조판하던 나의 모습 등을 생각했다.

그때 받은 수표들은 계속 부도 처리되었지만 나는 그걸 내 계좌에 계속 입금했고, 그중 몇 개는 끝내 결제되지 않았다. 그래도 그 시기에는 다가올 날들보다 더 많은 고정소득과 더 안정적인 생활을 유지하고 있었다. 갖고 있던 돈을 다 써버려 수중에 돈은 한푼도 없고, 다른 어디서도 돈을 구할 수 없었던 적이 내가 기억하기로는 두 번 있었다. 그중 한번은 그나마 한 친구가 내게 13달러를 빚지고 있었다. 그 친구는 돈을 갚았고 때마침 어떤 두 여자에게 개인 언어 과외를 해주면서 돈을 벌 기회가 생겼다. 그게 아니었다면 내가 당시 뭘 할 수 있었을지 모르겠다. 그들은 집으로 오겠다고 했지만, 내가 사는 곳을 보여주고 싶지 않아서 첫 수업은 조금 떨어진 곳에 있는 식당에서 하기로 했다. 그날따라 나는 이상한 실수를 했다. 1시에 만나려면 집을 1시에 나가면 된다고 생각한 것이다. 내가 도착했을 때 그들은 기다리는 걸 포기하고 한창 샌드위치를 먹느라 손가락이 마요네즈 범벅이었다. 종이나 연필을 쥐는 건 고

사하고 말도 잘하지 못했다.

　나는 왜 늦었는지 그럴듯한 핑계를 대는 대신 사실을 있는 그대로 털어놓았는데, 그게 오히려 그들을 더 어리둥절하게 했다. 점심을 다 먹은 뒤에는 시간이 없어 따로 수업을 할 수 없었는데도 그들은 수업료를 주겠다고 정중하게 제안했다. 부끄러웠지만 나는 돈을 받았다. 내가 원했던 바는 전혀 아니었지만 그 돈이 아니면 내게는 한푼도 없었다. 두 여자 중 한 명은 얼마 안 가 수업을 그만두었지만, 더 부유했던 다른 한 명은 몇 달 동안 계속 수업을 받았다.

　나는 다시 책을 집어들고 눈을 애서 페이지에 고정한 채 계속 읽었다. 무거운 짐이 나를 짓누르고, 어둠이 사방에서 나를 조여오고 있었지만 이를 보지도, 생각하지도 않았고, 몇 미터 떨어진 곳에서 더이상 다가오지 못하게 했다. 나는 눈에 힘을 주어 한 줄 한 줄 읽어내려갔고, 엄청난 집중 끝에 마침내는 무슨 이야기인지 이해하기 시작했다. 단어로 이루어진 이 두꺼운 겹을 다듬기 위해 온 힘과 모든 집중력을 끌어모아야 하긴 했지만.

　조금씩, 마치 내가 넘기는 책장이 나와 고통 사이의 방패라도 되는 것처럼, 혹은 책 한 장 한 장의 네 모서리가 이야기 속에서 쉬어갈 방공호의 벽이라도 되는 것처럼, 이야기가 아픔보다 더 현실로 느껴지기 시작하자 나는 별다른 노력 없이도 그 안에 머무를 수 있게 되었다. 내가 겪은 아픔이 아직 찌뿌둥하고 무겁게 남아 있었지만 계속 읽어나갔고, 결국 내 불행과 이야기의 즐거움 사이에서 균형을 잡을 수 있었다. 그 균형이 안정되자 나는 불을 끄고 어렵지 않게 잠들었다.

날이 밝기 전에 나는 잠에서 조금 깨어났다. 사실은 아직 잠들어 있었지만, 눈을 뜨고는 깼다고 생각했다. 나는 옆으로 누워 있었다. 침대 반대편 벽 가까이에, 시트를 가로질러 바로 내 앞에 있는 그의 얼굴을 보았다. 오른팔을 최대한 뻗어 그의 얼굴을 만지기 위해 손을 들었다. 그러자 그의 얼굴은 사라지고 벽 외에는 아무것도 보이지 않게 되었다. 그러자 내가 억지로 참고 있던 아픔이 예상치 못했을 정도로 격렬하게 밀려들었고, 눈물이 너무도 난데없이 솟구쳐나온 나머지 그 눈물은 아픔과도, 나 자신과도 전혀 관계없는 듯 느껴졌다. 눈물은 내 눈을 가득 채웠고, 눈을 깜박이기도 전에 넘쳐흐르더니 이내 유리구슬처럼 굴러내렸고, 내가 놀라서 움직이지도 못하고 굳어버린 채 가만히 누워 있는 사이 얼굴의 움푹한 곳마다 모였다.

∫∫

당시 그 몇 주 동안에는 하루하루가 똑같은 질문을 중심으로 돌아갔다. 과연 오늘은 그를, 혹은 그의 차를 보게 될 것인가. 어느 날 아침에는 대학 주차장에 들어섰는데 그의 차가 바로 뒤따라 들어오고 있었다. 나를 본 그가 내 옆에 차를 댔고, 우리는 차에서 내려 이야기를 나누었다. 그가 주차 미터기에 돈을 넣는 것을 보고서야 나도 그렇게 해야 한다는 것을 기억했다. 대화는 덜컹이는 발작적인 리듬으로 이어졌다. 나는 정신이 산만한 나머지 그가 무언가에 대해 말하면 그 말의 표면적인 의미만을 이해한 채 아무 생각 없이 대답했다. 잠시 시간이 흐른 뒤에야 한번 더 신중히 대답할 수 있었다. 그 역시 나와 똑같은 식으로 반응했다. 우리는 함께 주차장에서 대학 건물 쪽으로 걸어갔다.

몇 시간 후 주차장으로 돌아오면서 나는 그의 차가 이제 그곳에 없을 거라고 확신했고, 실제로 그랬다. 크고, 하얗고, 오래된 차 대신 작고 어둡고 최신형인, 처음 보는 차가 생뚱맞게 서 있었는데, 전혀 관심 가는 차가 아니었을 뿐더러 내 눈에는 못생기게만 보였다. 나와는 상관도 없고, 그 차처럼 작고 단정한 다른 누군가의 삶에 속해 있을 게 뻔하기에 못돼 보이기까지 했다.

그는 한마디도 없이 메모조차 남기지 않은 채로 차를 몰고 떠났다. 그가 나와 함께 있었고, 우리 차들은 한 시간 넘게 나란히 서 있었는데도, 이제 그는 떠났고 나는 그가 어디에 있는지 알 방도가 없었다. 남은 것이라곤 내가 소중히 여기는 단하나의 정보, 그가 매주 수요일 아침마다 학교에 온다는 사실뿐이었다.

실제로 만나지는 않더라도 멀리서 그를 언뜻 볼 수는 있을 것이다. 그가 건물 옆 그늘에 차를 세워두고 주유소 밖에 서 있거나 주유소에서 나와서 걸어가고 있는 모습이라든가, 혼자서 혹은 여자친구를 옆에 태우고 운전석에 등을 꼿꼿이 펴고 앉아 커브를 도는 모습이라든가. 아니면 그의 것처럼 생긴 차를 발견하고 그 차를 따라 시내나 캠퍼스를 돌아다닐 수도 있는데, 그건 그의 차일 수도 있고 아닐 수도 있을 테다. 한번은 슈퍼마켓 앞에서 같은 모델의 낡은 흰색 차를 보았는데 그의 것과 번호판은 달랐다. 쇼핑을 하면서 그 번호를 외우려고 했다. 동네에 있는 같은 모델의 모든 오래된 흰색 차의 번호를 외워볼까 생각했다. 하지만 나와보니 그 차는 사라지고 없었다. 내가 아는 것은 동네에 그의 차와 비슷한 차가 세 대 있다는 것, 그중 하나의 번호판은 C로, 다른 하나는 E로, 또하나는 T로 시작한다는 것뿐이었다.

그날 밤 친구들과 저녁을 먹으러 나가는 길에 그를 멀리서 보았다. 그는 가늘게 내리는 빗속에서 파란 청재킷을 입고 주유소 사무실로 걸어가고 있었다. 중식점에 도착하자마자 나는 화장실 옆에 있는 공중전화 부스로 들어가 주유소에 전화를 걸었다. 한 남자가 쾌활한 목소리로 전화를 받더니 그가 일을 마치고 나간 지 5분도 안 된 참이라고 했다. 나는 한동안 전화기 옆에 있었다. 크고 공적인 공간 속에 자리잡은 작고 사적인 공간인 전화 부스는 그 순간 식당의 다른 어떤 곳보다도 그에게 더 가까웠다. 공공장소인데다 그에게서 멀리 떨어져 있긴 하지만, 운이 좋으면, 그의 목소리가 내 귀에 들어올 만큼 수화기 너머로 그를 가까이 데려와, 그의 가느다란 목소리가 전화선을 타고, 내 머리 속에 박혀 있는 그의 얼굴처럼 내 귀로 들어오도록 할 수 있었으니까.

집으로 돌아오는 길에 보니 차창 밖으로 주유소는 문이 닫혀 있었고, 지붕 아래 늘어선 주유기들은 어두웠으며, 환하게 불이 켜진 텅 빈 사무실과 커다란 휴지통의 쓰레기들은 형광색 불빛에 잠겨 있었다. 나는 그가 사는 동네의 거리를 몇 개 지나 해안을 따라 내가 사는 동네로 향했다. 그를 찾으러 가지 않겠다고 다짐한 참이었지만, 동네에 들어선 나는 왼쪽 대신 오른쪽으로 돌아서 기차역 옆으로 가 거리를 아주 천천히 지나갔다. 전날에도 그의 것과 같은 오래된 흰색 차를 그곳에서 보았지만 그때는 멈출 수 있는 상황이 아니었고, 지금 보니 그 차는 여전히 같은 장소에 있었다. 나는 길 건너편에 있는 그 차를 조금 지나쳐 유턴한 후에 조금씩 그 옆으로 다가갔다. 번호판이 다르다고 생각했지만 그래도 확실히 해두고 싶어서, 마치 더 자세히 들여다보면 결국 그의 차라는 것을 알게 될 것처럼, 나는 다른 집의 진입로에서 한번 더 방향을 돌린 후 역주행하여 그 차를 향해 헤드라이트를 들이대고 다가갔다. 같은 차가 아니었다.

동네를 한 바퀴 빙 돌고도 그를 찾을 수 없자 나는 낙담했고, 무기력해진 채 집집의 창문을 지나쳐가며 그 안을 들여다보았고, 거의 모든 창문에서 텔레비전 화면 특유의 하얀 점이 찍힌 파란 깜박임을 보았다.

집으로 돌아오자 벽돌길 바닥 사이사이로 튀어나온 엽자의 단단한 가지들이 지나쳐가는 나를 가볍게 때렸다. 두툼하고 고무 같은 그 잎들은 물로 가득차 있어서 어둠 속에서는 살집 있고 공격적인 동물처럼 느껴졌다. 검은 하늘에 흰 달이 걸려 있었고, 그 근처에는 밝은 별 세 개와 흰구름 한 조각이 걸려 있었고, 잠시 가만히 서서 바라보는 사이 달빛은 테라스를 가득 메웠으며 회랑 처마 밑의 그림자는 아주 검게 드리워졌다.

안으로 들어가자 매들린은 대뜸 방금 무슨 일이 있었는지 알아맞혀보라고 했다. 나는 기다렸다. 매들린은 그가 집에 들렀다고 말했다. 개가 짖어 밖으로 나갔더니 그곳에 그가 있었다는 것이다. 그는 걸어서 언덕을 올라왔다. 매들린과는 5분 정도 이야기를 나누었다고 했다. 나중에 매들린은 근처 편의점 앞에 주차된 그의 차를 보았다. 차가 고장나서 도움을 구하러 온 게 아닐까 하고 매들린은 생각했다. "아마 네 차를 빌리려고 했던 걸 거야." 매들린이 말했다.

나는 그가 이런 식으로 찾아오는 것을 수없이 상상했었다. 개가 짖는 것까지도. 이제 그 일이 현실이 되었다. 하지만 막상 그 일이 일어났을 때 나는 기차역 근처에서 다른 오래된 흰색 차에 내 차를 들이대며 그 주위를 맴돌고 있었다.

♩

그가 더이상 나와 함께 있길 원하지 않는다면, 단지 그를 보고 싶고, 냄새를 맡고 싶고, 그의 목소리를 듣고 싶다는 이유로 그의 의사를 무시하고 찾아가는 건 그를 인간만도 못한 존재로 만드는 게 아닐까 하는 생각이 들었다. 먹을 것이나 마실 것이나 책같이, 내가 원하고 소비하고 싶은 다른 모든 물건과 다를 바 없는 수동적인 존재로.

하지만 그를 찾아갈 때는 나도 수동적이었다. 아무것도 안 하고 있을 때보다도 더 수동적이었다. 그의 손에 나를 맡기고 그가 뭐라도 해주어야만 하는 존재가 되기 위해 애쓰고 있었으니까. 처음부터 그에 대해 아무 행동도 취하지 않는 쪽이 가장 능동적인 행동이었을 테지만, 그게 내게는 불가능했다.

내 눈 안에 이미 그의 육체를 담기 위한 자리가 마련되어 있는 느낌이었다. 눈의 근육들은 그의 형상을 받아들이기에 최적인 방식으로 수축하는 데 익숙했으며, 그가 앞에 없게 되자 괴로워했다.

∬

로리에게 저녁식사에 플루트를 가지고 오라고 초대한 날, 그에게 전화를 걸었지만 대답이 없었다. 날이 점점 어두워지고 비가 내리기 시작했다. 나는 빗속으로 나가 차들을 바라보며 동네의 중심가를 따라 걸었고, 집 쪽으로 돌아섰을 때 그의 차가 두 사람을 태우고 지나가는 것을 얼핏 봤다고 생각했다. 바라본 순간 그 차는 눈 깜짝할 사이에 사라졌다. 그의 차인지는 확신할 수 없었다. 가는 길에 로리가 왔는지 확인하려고 집에 들렀지만, 아직 오지 않았다. 그래서 슈퍼마켓 쪽으로 계속 갔다. 그의 차가 슈퍼마켓의 주차장에 있으면 그를 찾아 다니는 걸 그만두려 했다. 단지 그가 어디에 있는지 알고 싶을 뿐이니까. 나는 길 한가운데를 걷고 있었다. 그 끝에 다다랐을 때, 내 바로 앞에서 밴 한 대가 갑자기 길 쪽으로 진입하더니 날 헤드라이트로 비추었다. 나는 비틀거리며 옆에 있던 얕은 도랑에 빠졌고 밴이 지나가는 동안 거기에 멈춰 있었다. 나는 도랑에서 기어나왔다. 고무장화와 우비를 입고 가만히 서서 나 자신을, 지금 하고 있는 짓을, 이 나이 먹은 여자를 바라보았다. 밤과 빗속에서 떠다니는, 사람이라기보다는 개에 가까운 어떤 존재를.

나는 다른 길 한복판으로 걸어갔다. 훨씬 위쪽의 언덕 꼭대기에서 바닷가의 공원까지 가파르게 내려오는 길이었다. 거기서 나는 방향을 잃고 고개를 이쪽저쪽으로 돌리며 멈춰 섰다. 그의 차가 있을 법한 마지막 장소인 슈퍼마켓 주차장을 내려다보았다. 차는 거기에 없었다.

그가 가끔 그 슈퍼마켓에서 장을 본다는 건 알고 있었다. 몇 주 전 매들린이 그곳에서 그를 보았던 것이다. 예전처럼 행복해 보이지는 않았고 오히려 걱정스러운 듯 보였다고 했다. 그가 가던 길을 멈추고 말을 걸어올 거라고 생각했지만 그냥 고기가 있는 매대로 향했다고 했다. 여자친구와 함께였다. "아주 어려 보이던데. 열일곱 살쯤. 아주 어렸어. 괜찮던데. 응, 꽤 예뻤어" 하고 매들린은 말했다. 당시 나는 그의 여자친구를 아직 본 적이 없었다.

딱 두 번 본 것 같다. 그 젖은 유리창 너머로 방을 들여다보았을 때 한 번, 그리고 엘리와 영화를 보고 오는 길에 또 한 번 보았다. 엘리와 갔던 곳은 동네에서 유독 빈 공간이 많은 썰렁한 지역이었는데, 지금 기억하기론 거대한 영화관 밖에 있는 거대한 주차장에서 차를 몰고 나오는 중이었던 것 같다. 영화의 다음 상영 시간을 기다리며 길게 줄 서 있는 작고 검은 형체들을 지나쳤는데, 내가 정면을 응시하며 운전하는 동안 오른쪽 창문 밖을 내다보고 있던 엘리가 그를 발견하고 나에게 가리켜보았고, 그곳에는 그와 그의 여자친구와 또다른 여자가 있었다. 같은 학생으로 보이는 여자였는데, 키가 너무 커서 그와 그의 여자친구 둘 다 목을 뒤로 젖히고 올려다보고 있었고, 아무렇게나 사방으로 펼쳐져 있는 하얀 풍경 속에 그들 세 명 모두 이상하리만치 작고 어두운 모습으로 서 있었다.

그들이 실제로 내가 기억하는 것만큼 작았을 리가 없다. 시간이 지남에 따라 그들은 기억 속에서 점점 더 작아졌고, 주변의 다른 것들은 점점 더 커졌다.

왜 매들린에게 그 여자가 예쁘냐고 물어봤을까? 그게 얼마나 중요하길래? 예쁜 외모에 무슨 마법의 힘이라도 있나?

하지만 마치 그게 정말 중요하기라도 한 듯 최대한 예뻐지고 싶었다. 그가 나를 보게 될지도 모르니까. 비록 그가 항상 피곤해 보이고 주름이 몇 개 있는 나의 모습을 있는 그대로 받아들였음에도 불구하고 말이다. 최대한 예쁜 모습은 아니었다. 머리는 지나치게 짧게 자르고 다녔고, 얼굴은 나이보다 더 늙고 피곤해 보였고, 옷은 헐렁했다. 낮에는 주로 실내에서 지내는 탓에, 오랫동안 빛을 못 본 물건들이 대체로 그렇듯 내 얼굴도 허여멀겠다. 아니, 항상 하얗지는 않았다. 아침마다 거울 속 얼굴을 보면 하늘이나 신문이 그렇듯 그날그날 다를 때도 있었다. 어느 날은 노란색이 섞인 주황색이거나 때로는 얼룩덜룩한 분홍빛을 띠기도 했고, 눈이 작아져 있기도 했다.

동네 끝까지 갔다가 되돌아가 처음부터 모든 곳을 찾아볼 시간은 없었다. 가끔 그렇게 하긴 했다. 가끔은 동네 한쪽 끝에 가서 그가 다른 쪽 끝에 있다고 상상하고, 다른 쪽 끝에 가서는 내가 방금 갔던 끝에 그가 있다고 상상했다. 왔다갔다 하는 동안 시간은 계속 흐르고 있으니 내가 어느 한쪽에 있는 동안 그가 다른 쪽으로 가는 건 언제나 가능했다.

집에 돌아오니 밖에서 차가 멈추는 소리에 이어 대문의 걸쇠가 딸깍하는 소리가 났다. 로리였다. 로리는 자신이 여기에서 일어난 일들이나 나와는 거의 아무런 관련도 없는 외부인이라는 걸 알지 못했다. 맛있는 저녁을 먹고 재미있게 대화를 나누고 플루트도 연주하는 즐거운 저녁이 시작될 참이라 여겼을 것이고, 나 역시 자신과 함께할 저녁을 기대하고 있다고 생각했을 것이다. 미소를 띤 채 로리는 바로 대화를 시작했다. 하지만 마치 안개가 낀 듯 시야가 흐릿했고 로리가 하는 말도 잘 들리지 않았다. 다른 것들이 뇌를 가득 채우고 안에서부터 터질 듯이 부풀어오르고 있었기 때문에, 로리가 내게 하는 말이 들어갈 공간이라곤 없었고, 어떤 식으로든 대답을 만들어낼 수 있는 공간은 더더욱 없었다. 게다가 나는 로리의 말을 들으며 뭐라고 대답할지 생각해내려 애쓰는 동시에 저녁까지 요리하고 있었다.

엘리에게는 아프다고 말할 수 있어도 로리에게는 말할 수 없었다. 로리는 항상 소문에 굶주려 있었고, 다른 사람이 불행하면 자신은 행복하다고 느끼며 기뻐했다. 다른 사람이 뚱뚱하거나 못생기면 자신을 날씬하고 예쁘다고 느끼며 기뻐했다. 안 그래도 충분히 날씬하고 예쁜데도 그랬다. 다른 사람이 외로워하면 자신은 외로움으로부터 안전하다며 기뻐했다.

비가 그쳤기에 좀 어둡긴 해도 카드 테이블을 테라스에 내놓고 식사를 하기로 했다. 테이블 위의 촛불과 회랑 아래에 켜진 전깃불에서 약간의 빛이 나오긴 했지만 음식이 잘 보일 정도는 아니었다. 그날 식사의 메인 요리에는 큰 실수를 하지 않았지만 샐러드에는 소금을 너무 많이 넣어서 거의 먹을 수 없을 지경이었다. 로리는 괜찮다고 했다.

로리는 디저트로 페이스트리 한 상자를 가져왔다. 매들린이 인사를 하러 집에서 나왔고, 나는 페이스트리 하나를 권했다. 매들린은 조금 뒤에 떨어져 선 채 회랑 유리벽을 타고 자라는 커다란 관목의 그늘에서 페이스트리를 먹었다. 로리에게 가시 돋친 말을 몇 마디 했는데, 로리는 매들린이 딱히 귀 기울여 들을 필요가 있는 사람이 아니라고 판단한 건지 그 말을 제대로 들은 것 같지도 않았다. 매들린은 곧 자기 방으로 돌아갔다. 나중에 매들린이 로리를 가지고 뒤에서 놀려대리란 느낌이 왔는데, 로리야말로 딱 매들린이 경멸하는 그런 행동과 본성을 보여주는 여자였기 때문이었다. 화려한 언변으로 꾸며낸 지성, 충동적인 추파, 외설적인 호기심, 동정심의 결여를. 로리에게는 더 나은 자질들도 있었지만, 매들린이 있는 자리에서는 드러내지 않았을 것이다.

매들린은 때때로 보여줬던 온화하고 친절한 얼굴을 다시 교활하고 비아냥거리는 표정으로 찡그린 채 자기 방에 앉아 있을 것이다. 매들린이 로리에 대해 못마땅해하며 툴툴대고 있는 동안, 로리 역시 매들린을 생각하고 있을 것이고, 매들린의 고독, 이상한 언행, 수수함, 빛바래고 퀴퀴한 인도식 옷, 아마로 짠 오래된 천과 마늘 냄새, 가난, 이 모든 것과 자신의 상황을 비교하며 편안한 행복감을 만끽하고 있을 거란 사실을 나는 알았다.

로리가 집으로 돌아간 건 내가 빗속을 걸어다닌 지 예닐곱 시간이 지난 뒤였고, 그 예닐곱 시간은 튼튼한 보호벽이 되어 내가 그때 느끼고 생각했던 것들과 지금의 나 사이에 굳건히 서 있었다.

다음날 나는 그에게 긴 편지를 쓰며 아침나절을 보냈다. 그러다 쓰는 걸 멈추었다. 편지의 끝머리에 이르러서가 아니라, 쓰면 쓸수록 점점 더 절망에 빠져들었고, 마침내 더이상 글을 끌고 나아가기에 절망감이 너무 무거워졌기 때문이었다. 빽빽하게 들어찬 그 검은 글자들이 얼마나 나약해 보였는지. 종이에 누워, 자기들끼리 두서없는 소리를 늘어놓고, 설명하고,

이유를 따지고, 불평하고, 모순을 지적하고, 묘사하고, 설득하는 짓을 한 장 한 장 넘어가며 이어가는 모습이.

나는 지금에서야 스컹크가 학생들과 교직원들 틈에 나타났던 그날, 나와 점심을 먹고 있었던 "L. H."가 로리였으리란 사실을 깨닫는다.

♩

밤늦게, 사방이 조용할 때면 파도가 해변을 내려치는 소리뿐 아니라 내 주위로 점점 높아지는 목소리들도 들린다. 의사 표현이라도 하듯 명확한 소리로 울어대는 고양이, 그다음에는 잠에서 깨어나 졸음에 겨워 투덜거리는 개, 그다음에는, 만약 내가 책을 읽고 있다면, 읽고 있는 단어들의 목소리가 들려올 것이다. 만약 내가 화난 상태라면, 페이지를 줄지어 가로지르는 그 단어들의 목소리는 가늘고 심술궂거나 불평하는 듯 들리겠지.

나는 잠을 자려고 무릎을 모으고 양손과 손바닥을 모아 허벅지 사이에 끼운 채 옆으로 누웠다. 아니면 두 손을 가슴 위에 교차시키고 두 발은 발바닥의 움푹한 곳에서 서로 포갠 채 등을 대고 누웠다. 대칭을 이루게끔 팔다리를 맞대고, 가능한 모든 것을 하나로 연결해야 했다. 내가 하나로 그러모아져 묶여 있고 매트리스에도 묶여 있다는 느낌이 들어야 했다. 충분히 오래 누워 있다보면 몸은 매트리스 속으로 녹아들어 베개 위에는 눈을 끔벅거리는 머리와, 그 머리 안에 들어 있는 뇌 외에는 아무것도 남지 않은 것 같은 느낌이 들곤 했다.

덧베개와 베개 두 개에 거의 똑바로 기대어 앉다시피 해야만 잠을 이루는 날도 있었다. 이 자세에서는 기침을 덜 했고, 걸리적거리는 것들이 가슴에 자리잡지 못하도록 몰아낼 수 있었다. 이런 자세를 한 채 불까지 켜두면 잠을 잔다기보다는 깨어 있는 상태에 더 가까워보였다. 하지만 깨어 있을 때야말로 스스로 통제할 수 있다고 느꼈기에 나는 이편이 더 편안했다.

나는 잠들기 시작하자마자 깨는 법을, 그리고 꿈꾸기 시작하자마자 어디가 이상한지 알아차리는 법을 배워나갔다. 내 의식이 이건 꿈이야, 라고 말하면 나는 잘못된 부분을 바로잡고 다시 시작하기 위해 깨어났다. 애초에 그럴 필요가 없을 때도 있었다. 의식이 잠시도 쉬지 않고 일했기 때문이다.

잠이 갑자기 몸의 모든 부분에 한꺼번에 찾아와서 의식이 이걸 알아차리고 화들짝 놀라 나를 깨우기도 한다. 아니면 이상한 소리가 나서 깨거나. 그럼 처음에는 심장이 두근거리다가, 그다음에는 분노로 가득차고, 이내 내 의식은 또 발동이 걸려 점점 빨리, 더 빨리 일하곤 했다.

한밤중에는 고양이가 밖에서 사냥감을 죽이고는 야옹하고 운 뒤 방충망에 뛰어올라 그물에 발톱을 얽어넣으며 거칠고 요란하게 기어올라가기도 했다. 유난히 모터 소리가 큰 차가 모퉁이에서 멈춰 서는 바람에 눈이 번쩍 뜨이는 일도 있었다.

그럴 때면 나는 가만히 누워 귀를 기울이거나 침대에 무릎을 꿇고 창밖을 내다보거나 했다. 차는 가던 길을 계속 가고 나는 다시 눕는다. 눈꺼풀은 감겨 있었지만 눈은 그뒤에서 여전히 크게 뜨인 채 어둠을 응시했다.

방의 전등이 눈이 아플 정도로 밝긴 했지만 그래도 불을 켜고 생각들을 적어내려가다보면 충분히 나아지기도 했다. 아니면 책을 읽거나, 일어나서 따뜻한 우유나 차를 끓여 잠자리로 돌아가 침대에서 마시기도 했다. 무언가를 마시는 게 효과가 있는 게 아니라 내가 어머니나 간병인처럼 나 자신을 돌봐주기 위해 무언가를 했다는 사실이 도움이 된 것일 테다.

이따금은 의식도 날 감독하고 잘못을 바로잡던 걸 멈추곤 했다. 생각이 꿈으로 변하기 시작하면서 앞뒤가 맞지 않게 되는 순간이 찾아오면 나는 그제서야 내 의식이 사실은 모든 걸 바꾸고 싶어한다는 것을, 내가 꽉 쥐고 있는 통제력을 놓기를 가만히 앉아서 기다리고 있다는 것을 인지했다.

잠드는 동안에는 그가 꿈속 한 장면으로 걸어들어와 나를 깨우거나 그의 형상이 다른 형상들과 뒤섞여 꿈의 일부가 되곤 했다. 한번은 꿈속에서 그가 "당신처럼 사랑한 사람은 아무도 없어요"라고 말하더니 카페에서 일해야 한다며 대뜸 떠났다. 나는 언제나 그렇듯 할말이 더 많이 남아 있었기에 그를 따라 카페로 들어갔다. 그런데 안에 들어가보니 그는 사람들로 가득찬 작고 어두운 색 차의 운전석에 앉아 있었고 뒷좌석에는 아주 예쁘장한 여자가 앉아 있었다. 나는 그가 내게 거짓

말을 하고 다른 사람들과 함께 있었다는 것에 다시 배신감을 느꼈다. 그는 차에서 나가더니 남자 화장실로 들어갔다. 그를 따라들어갈 순 없으니 나는 공중전화 부스로 들어갔다. 하지만 그에게 전화하지는 않았다.

자는 동안 나는 그 앞에서 더욱 무력했다. 그러나 가끔은 꿈속에서만이라도 그와 함께 밤을 보낼 수 있어 위안이 되기도 했다. 한번은 어느 공공기관의 식당 같은 곳에 있는데 그가 내쪽으로 왔다. 그는 변해 있었다. 얼굴이 주름지고 야위었으며 아주 진지해 보였다. 내게 중요한 것은 그가 돌아왔다는 사실뿐이었다. 여기에는 일종의 단호함이 있었는데, 이로써 나의 몽상과 그 외의 많은 것이 끝을 맺었다. 너무도 단호해서 논의 한마디 없이도 나는 우리가 이제 결혼하리란 사실을 그냥 알았다. 이걸 엄마에게 말했더니 엄마는 깜짝 놀랐다. 내가 다른 남자와 결혼하기로 되어 있던 모양인데 그것 때문에 놀란 건 아니고, 내가 그에 대해 말하는 걸 듣고 그를 어떤 흑인 연예인으로 착각해서 놀란 것이었다. 아침이 되었을 때 나는 여전히 이불 위에 펼쳐져 있는 그 긴 꿈속에 머물 수 있기라도 하듯 오래도록 침대에서 나오지 않았다.

또다른 꿈에서 내가 기억하는 건, 그게 정확히 무엇이었는지는 몰라도 그에게 어떤 상스러운 면이 있었고 그 점이 전혀 거슬리지 않았다는 것뿐이다. 어떤 꿈에서는 여전히 독립적이고 쾌활하지만 늙고 기력이 쇠해진 엄마가 함께 여행을 갈 사람을 찾고 있었다. 엄마는 만약 대학이 어떤 지원금을 그에게 중복으로 수여한다면 그가 엄마와 함께 노르웨이에 가주기로 했다고 내게 쑥스럽게 말했다.

어느 날 밤에는 프로이트의 책을 읽으면서 책에 나오는 내용을 그에게 하나씩 바로 적용해보기로 했다. 그는 내게 책 세 권을 빌려주었는데 결국 돌려주지 못했다. 어느 추운 밤에는 녹색 격자무늬 담요를 가져오기도 했는데 그것 역시 결국 돌려주지 못했다. 이제 나는 그의 책 두 권을 옆에 둔 채 그 녹색 담요를 덮고 누워 나머지 책 한 권을 읽고 있었다. 망각에 대한 책이었다. 잊어버린 당사자에게는 잊어버렸다는 게 충분한 변명이 될지 모르지만, 다른 사람은 아무도 그렇게 받아들이지 않는다는 내용이었다. 다른 사람들은 "잊어버린 게 아니라 기억하고 싶지 않았던 거지! 관심이 없었던 거야!"라고 타당한 지적을 하는데, 프로이트는 이를 '반의지'라고 불렀다. 나는 그가 당장 자신과 직접적인 관련이 없는 건 모두 잊어버린다고 혼자 생각했다. 하지만 이는 완전한 사실도 아니고 그에게 공정하지도 않다. 그가 잊기를 원한다면 잊어버려도 되었다. 과거의 채권자, 전 애인, 그가 살면서 화나게 했던 사람들 등등 그의 기분을 안 좋게 하는 것들이라면 더더욱 잊어버려도 되었다.

나는 불을 끄고 어둠 속에 편안하고 평화롭게 누워 그의 모습을 떠올렸다. 그를 바라보던 행복감과 누군가와 함께 있다는 느낌을 되살리고 싶었다. 피곤해서 다른 건 상상할 수 없었고, 그가 밝은 공간에서 어느 방 벽에 기대어 서 있는 모습만 떠올렸다. 그는 짜증이 난 듯했지만 그래도 나는 그를 그곳에 세워두었는데, 내가 잠들기 시작하자 그는 제멋대로, 마치 무대에서 벗어나 계단으로 퇴장하듯이 돌아서서 내 시야 밖으로 걸어나갔고, 그 바람에 나는 깜짝 놀라고 말았다. 잠에서 깨어나 무슨 일이 일어난 건지 생각해보았다. 그를 데려오기는 했지만, 그의 모습을 붙잡아두기에 나는 너무 약했고 통제할 힘을 잃었던 것이다. 비록 이미지에 불과했지만 그는 자신만의 감정을 가지고 있었고, 마지못해 그곳에 서 있었으며, 내가 그를 붙잡을 수 없을 정도로 약해지자마자 내 시야 밖으로 걸어나간 것이었다.

∫

나는 아직도 잠을 잘 자지 못한다. 항상 잠이 조금 부족한 상태다. 잠을 더 자면 얼굴에 혈색이 돌아올 수도 있고, 한 가지 생각, 아니면 두 가지까지도 무리 없이 이어나갈 수 있게 되고, 계속 병치레를 하지도 않을 것이다. 하지만 그렇게 간단히 해결될 문제가 아니다. 하룻밤에 지나치게 오래 자면 다음 날 밤에는 잠을 푹 잘 수 있을 만큼 피곤하지 않다. 아예 잠이 오지 않거나, 잠들더라도 한밤중에 깨서 걱정을 시작한다. 그래서 오래 자기가 두렵고, 그러느니 차라리 충분히 자지 못하는 편이 낫다 싶다.

무언가를 뜯어고칠 계획을 세워놓고 흥분해서 잠을 자지

248

못할 때도 있다. 먹는 음식을 전부 수렵채집인 식단으로 바꾼다거나, 집에서 쓰는 플라스틱 제품을 최소화하고 나무, 점토, 돌, 무명, 양모 제품을 최대한 많이 들여놓는다거나, 동네 사람들이 마당에 있는 나무를 베고 나뭇잎이나 쓰레기를 태우지 않게끔 습관을 바꾸어놓는다거나, 걷는 걸 장려하기 위해 더 많은 공원을 만들고 도로 옆에 보도를 깔도록 행정 시스템을 바꾼다거나. 지역 농장의 경제를 활성화하기 위해 내가 할 수 있는 것들을 생각하기도 한다. 그러다가 음식물 쓰레기를 먹어치워줄 돼지를 집에 데려다 키워야겠다는 생각을 하고, 그럼 경로당에서도 돼지를 키워야 한다는 생각에 이른다. 점심시간에 맞춰 빈센트 아버지를 데리러 갈 때마다 봤더니 노인들이 남긴 음식이 너무 많이 버려지고 있었다. 명절 때까지 이 음식물 쓰레기로 살을 찌운 돼지는 노인들을 위한 명절 음식이 되어줄 수 있다. 봄에 새로운 아기 돼지를 사들여오면 각종 재주로 노인들에게 웃음을 선사할 수도 있으리라.

어차피 요새 나의 밤시간은 빈센트의 아버지 때문에 어그러졌다. 그는 아무때나 잠자리에서 일어나 돌아다니는 습관이 들었다. 걸음이 느린 탓에 아주 천천히 작은 발소리를 내며 복도를 어슬렁거리는데, 마룻바닥이 삐걱거리는 소리를 듣고 일어날 때마다 가로등과 지나가는 차들의 헤드라이트 불빛에 희미하게 비치는 그가 하얀 잠옷과 창백한 피부에 얼굴에는 친절한 미소를 띠고 균형을 잡으려 굽은 양손을 앞으로 쭉 뻗고 퀴퀴한 냄새를 풍기며 거의 미동도 없이 서 있는 걸 보면 등골이 오싹해진다.

그다음날이면 나는 피곤하거나 다른 일 때문에 감정이 어지러워진 나머지 앉아서 일하다가도 눈가 언저리에서 쥐들이 바닥을 가로질러 뛰어가는 걸 보곤 한다. 하지만 고개를 돌려 그쪽을 보면 쥐가 아니라 바닥에 난 옹이구멍일 뿐이다.

피곤한 상태로 나는 내가 쓴 단어를 이해하려고 노력한다. 그 의미가 잘 와닿지 않는다. 동시에 머릿속에서 어떤 목소리가 들린다. 눈은 여전히 그 단어를 알지 못하는데도 이상하리만치 고집스럽게 그 단어를 발음하는 나 자신의 목소리이다.

어떤 날에는 마치 내가 하고 싶은 말을 막으려는 듯, 내 손이 단어 끝마다 마침표를 계속 찍어대며 미처 문장을 끝맺을 준비를 하기도 전에 끝내려 한다.

이 집의 노인은 밤에는 깨어 있지만, 낮에는 자는 시간이 점점 길어지고 있다. 깨어 있을 때도 조용히 한자리에 앉아 먼 곳을 응시하기만 한다. 그와 함께 있으면 소와 함께 있는 것처럼 평화로운 기분이 든다. 실제로 그는 먼 곳을 응시하면서 소처럼 되새김질을 한다. 하지만 얼마 전까지만 해도 그는 집에 손님이 오면 신이 나서 보행 보조기에 기대어 일어서곤 했다. 그리고 손님이 그의 건강이 어떤지 물어오면 공산주의에 대해 말하기 시작했다.

최근에는 다시 시간과 돈을 걱정하느라 잠을 이루지 못했다. 번역을 하느라 이따금 작업을 중단하더라도 1년 안에는 이 책을 끝낼 수 있으리라고 생각했다. 들어본 적도 없는 18세기 작가가 쓴 꽤나 까다로운 저서를 번역하느라 한 번 중단하기긴 했다. 여름 별장에서의 밀회에 대한 바보 같은 이야기였다. 하지만 변화가 생겨서 기뻤다. 번역을 할 때는 가장 중요한 결정을 이미 다른 사람이 다 내린 상태니까. 이후 18세기의 또다른 이야기를 번역하기 위해 다시 작업을 중단했고, 이어서 세번째 이야기도 번역했다. 곧 나는 이게 그다지 좋은 생각이 아니었다는 사실을 깨달았다. 한 해가 빠르게 지나가는데 소설을 쓸 시간은 없어서 다른 방법을 찾아내야만 했다. 그래서 나는 또다른, 더 대대적인 번역 작업을 맡기로 계약했고, 많은 선인세를 받아놓고서 그 작업에 착수하지 않고 소설 작업을 계속했다. 이제 곧 내가 좋든 싫든 다시 번역을 시작하지 않으면 안 된다.

이런 걱정들 때문에 급기야 소화기관에 문제가 생기기 시작했다. 신경써서 관리한다며 호들갑을 떨면서도 몸을 함부로 다루었다. 커피가 좋지 않다는 건 알았지만 그래도 아침에 서너 잔은 꼭 마셔야 했다. 과일이나 채소는 먹지 않고 흰 빵과 크래커만 먹었다. 건강으로 그 대가를 치르기 시작했다.

어쩌면 나는 이 소설의 끝이 보이는 이 지점에 이르러 일부러 방해 공작을 펼치고 있는 건지도 모르겠다. 만약 끝내지 못한다고 해도 최소한 좋은 변명거리는 있겠지. 연휴 동안 감기가 더 심해져 가벼운 폐렴으로 변했다던가, 심하게 기침하느라 갈비뼈 두 개에 금이 갔다던가, 급성 식중독 같았지만 알고 보니 장염이었다던가. 장염이 오래가는 바람에 음식만 보면 속이 울렁거리는 지경에 이르렀지만, 위장에 문제를 일으키는 원인이 다름 아닌 나 자신임을 깨닫자 호전되었고, 낫기가 무섭게 이번에는 비강 쪽으로 심한 감기가 왔다.

며칠 전 일을 잠시 멈추고 화장실에 들어가 거울에 비친 모습을 보는데 언뜻 바보 같은 생각이 들었다. 수년 전 소설을 쓰기 시작했을 때만 해도 나는 내가 번역가처럼 보일 수는 있어도 전혀 소설가처럼 보이지는 않는다고 생각했다. 요즘은 내가 소설가처럼 보이는 날이 종종 있다. 거울을 흘끗 보며 나는 속으로 내가 소설을 쓴 사람처럼 보이지 않는 한 계속해서 써야 할 것이고, 마침내 내가 소설을 썼을 수도 있는 사람처럼 보일 때가 되어서야 비로소 이 소설을 끝낼 수 있을 거라고 생각했다.

내가 소설을 끝내면 나 자신도 놀랄 것이다. 너무나 오랫동안 미완성으로 남아 있었기에 항상 이렇게, 미완성인 채로 있는 것에 익숙해져 있었다. 어쩌면 나는 언제까지나 완성을 미룰 방법을 계속 찾아낼지도 모른다. 아니면 지쳐서 중간에 나가떨어질지도 모른다. 하지만 만약 작업을 끝까지 계속한다면, 설령 소설을 수정해야 한다고 해도 어느 이유로든 더이상 수정할 수 없는 지점에 도달할 것임을 알고 있다.

나는 원하는 결과물이 나오지 않더라도 아무튼 써야 한다고, 내가 가진 모든 것을 여기에 쏟아부을 것이라고 오랫동안 나 자신에게 되뇌어왔다. 끝에 도달했을 때 과연 내가 만족할지 지금은 잘 모르겠다. 끝났을 때 마음이 놓이리란 사실은 알지만, 이야기를 털어놓아서 마음이 놓이는 것일지, 단순히 끝나서 마음이 놓이는 것일지는 알 수 없다.

소설은 내가 생각했던 것처럼 나아가지 않는다. 애초에 내가 어디까지 통제할 수 있는 건지조차 모르겠다. 처음에는 내가 모든 걸 선택할 수 있다고 생각했고, 해야 할 선택이 많아 걱정되었는데, 그중 몇 가지 선택지를 시도해보니 뜻대로 되지 않았고, 결국 한 가지 선택지밖에 없었다. 이야기의 대부분은 말해지기를 거부하거나 어느 한 가지 방식으로만 말해지길 요구했기 때문이다.

예를 들어 나는 내가 쓴 단어를 그대로 쓰는 게 맞을지 아니면 조금 더 고민해서 다른 단어나 더 유식한 단어를 써야 할지 고민하곤 했다. 잊어버렸을지도 모르는 단어들을 기억해내기 위해 동의어 사전을 읽어야겠다고 생각했다. 물론 사전에는 내가 평생 사용하지 않을 단어들도 있다. 어떤 여자는 갑자기 내게 열변을 토하며 더 많은 사람이 '역정vex'이라는 단어를 사용했으면 좋겠다고 한 적이 있다. 오직 영국인들만 이 단어를 쓰는 것 같다고 했는데, 나도 그 말에 동의해주고 싶었지만 '역정'이란 단어를 그 여자만큼 좋아하지는 않았다. 번역에는 사용할 수 있어도.

지금은 어휘의 선택에 있어서도, 다른 그 어떤 것에 있어서도 내게 선택의 여지란 건 없지 않았나 싶다. 어쩌면 이 소설은 애초부터 딱 이 정도 길이로, 이 정도는 생략하고, 이 정도는 포함하고, 사실을 이 정도로 바꾸고, 이 정도로 묘사하고,

여기는 정확하고 저기는 모호하게, 여기는 직설적으로 저기는 비유적으로, 여기는 완전한 문장으로 저기는 불완전한 문장으로, 여기는 말줄임표를 삽입하고 저기는 삭제하고, 여기는 주어와 동사를 뭉뚱그리고 저기는 따로 쓰도록 되어 있던 건지도 모른다.

♪

대학을 방문하러 영국에서 온 두 시인이 며칠 동안 우리집에 머물게 되었고, 매들린과 나는 집에 남자를 들이는 데 익숙하지 않은 노처녀 자매처럼 머리를 맞대가며 그들이 지낼 곳을 마련했다.

한 명은 젊었고, 다른 한 명은 나이가 많았으며 작고 볼록한 배에 흰 수염을 기르고 있었다. 그들은 빈방에 있는 두 개의 일인용 침대에서 잤다. 오후에는 테라스에 나와 공연 연습을 했다.

둘은 배려심 많은 손님이었다. 깨끗한 조리대 위에 깨끗한 커피 머그잔을 뒤집어서 놓는 등 집에 새로운 변화를 가져왔다. 그들은 공손했고, 자주 미소를 지었고, 이따금 높은 목소리로 낄낄거리며 웃기도 했다. 젊은 남자는 눈꺼풀이 두껍고, 더 느릿느릿했으며, 부엌의 높은 의자 위에 앉아 있곤 했다. 나이가 많은 남자는 더 활기찼고, 주로 컵을 쥔 손으로 또는 빈손으로 둥근 배를 안고 서 있었다. 그들이 떠난 뒤 나는 화장실 세면대 가장자리에 붙어 있던 짧은 은색 머리카락 몇 올을 발견했는데 그게 내 검은 바지에도 옮겨붙었다.

영국 시인들은 뒤에 유리벽이 있는 방에서 공연을 했다. 그 벽을 통해 희미하게 불이 밝혀진 작은 안뜰이 보였고, 그 안뜰을 둘러싼 벽돌 벽에는 턱수염을 기른 어느 정치가의 초상화가 그려져 있었다. 벽 위쪽으로는 그뒤로 펼쳐진, 캠퍼스를 뒤덮은 유칼립투스숲의 어둠이 보였다. 첫번째 작품은 두 시인이 함께 읽었는데, 그들의 낭독은 아무 의미가 없는 소리에 지나지 않았다. 그들은 조각난 단어들과 단음절로 일종의 음악을 만들고 있었다. 아무런 의미가 없는 소리는 내 의식이 유리벽을 통해 밖으로 나가 그를 찾아 어둠을 뒤지고, 안뜰의 희미한 빛 너머 그가 있는 어딘가로 날아가는 걸 막지 못했다. 그가 어디에 있는지는 알 수 없었기에 나는 커다란 어둠의 모든 구석에서 그를 찾았고, 그로 어둠을 채워나갔다. 마치 어둠과 밤을 꽉 채울 수 있을 만큼 그를 크게 늘리지 않으면 안 될 것처럼.

젊은 시인은 자리에 앉았고 나이든 시인은 이번엔 단어가 포함된 새로운 시를 혼자 계속 읽어나갔다. 의미가 있는 단어가 등장했고 곧이어 또다른 단어가 나왔다. 단어들은 의미 없는 음절과 같은 방식으로 쓰였고, 어쩌면 그 단어들의 의미를 없애는 게 본래의 의도였는지도 모른다. 하지만 내게는 의미가 없지 않아서, 무언가를 지칭하는 단어 하나하나마다 어떤 풍경이 딸려왔다. 나는 지금 내가 있는 곳이 아니라 그 풍경들 속에 있어야 했는지도 모른다. 시인이 하얀 수염 위의 좁다란 노란색 이빨 사이로 '산울타리hedge'라는 단어를, 그리고 재빨리 이어서 '벽wall'이라는 단어를 영국 억양으로 내뱉으면, 어느새 나는 영국에, 산울타리와 벽 옆에 있었고, 여름이었고, 향기로운 산울타리에는 정돈되지 않은 우아함이 있었고, 제각각으로 생긴 큰 돌들로 쌓아올린 벽은 햇빛을 받아 따뜻했다. 더 많은 단어를 듣고 싶었지만 시인은 이후로 오랫동안 단어를 쓰지 않고 의미 없는 음절만 읊어나갔다.

그날 집에 돌아와서 침대에 누워 불을 끄면서도 나는 책에서 등장하는 이미지들을 머릿속으로 계속해서 불러냈다. 나 자신과 내가 생각하는 것 사이에 다른 것들을 무한히 둘 수 있는지 보고 싶었다. 나는 읽고 있던 책에서 문질러 닦은 참나무 탁자, 음식들을 넣어둔 선반, 희미하게 밝혀진 식료품 창고, 잿빛 메밀전, 시큼한 맛이 나는 검은 그레이비소스, 현관 앞 테라스, 테라스 위쪽 처마에 나란히 늘어선 빗방울, 자주색 사막 꽃들의 뾰족한 줄기를 불러냈다. 음식, 집의 공간, 집안의 빛, 이런 것들이 가진 천진함이 그를 이겨내는 데 도움이 되었다. 나는 침대에 누워 바닥의 타일을 가로질러 흐르는 차가운 공기의 흐름 속으로 팔을 늘어뜨린 채 다른 것들, 내게 가까이 있는 것들에 대해 생각했다. 바다로 내려가는 길들, 비탈과 평지, 사막과 바다 사이의 평원, 썰물에 드러난 갯벌, 절벽 위에서 왔다갔다하는 작은 인영들을. 나는 시계의 똑딱거리는 소리, 아래 도로에서 차들이 빠르게 달려가며 일으키는 돌풍 소리, 그리고 희미하게 들려오는 바다의 굉음에도 귀를 기울였다. 하지만 바다의 소리는 마음을 불안하게 하는 소리였다. 역으로 들어오는 열차 소리도 무겁고, 더 규칙적이고, 더 길고, 시작과 끝이 있다는 것만 빼면 바닷소리와 마찬가지여서 날 불안하게 했다. 사실 밤의 모든 소리가 비슷한 연상 작용을 일으켰기에 날 불안하게 했다. 이제 나의 생각은 위태로운 곳에 다다랐고, 다시 안전한 곳으로 돌아가려고, 영국에 있는 것들을 상상하려고 했지만 바다의 소리가 너무도 무겁고 너무도 어두워서 산울타리와 벽은 내가 더이상 붙잡아둘 수 없을 만큼 점점 더 가늘어지고 입체감을 잃더니 이내 사라져버렸다.

∬

　이따금 밤이 되어 내가 다른 할일을 모두 끝내고, 매들린이 자기 방에 들어가고, 내 주변과 반경 몇 킬로미터 내의 모든 떠들썩함이 가라앉기 시작하고, 침묵이 서서히 커져서 도시를 뒤덮고, 어둠이 서서히 넓은 곳으로 퍼져나가 내가 필요한 만큼의 공간을 충분히 만들어줄 때면, 나는 카드 테이블 앞의 철제 의자에 앉거나 침대 위 베개 더미에 기대앉아 그에 대한 글을 쓰곤 했다. 길에서 그의 모습을 본 일이며 그를 찾아다녔지만 찾지 못했던 일을 비롯해 그와 관련된 모든 것을 적었다. 무슨 일이 일어났고 무슨 일이 일어나지 않았는지뿐만 아니라 그에 대해 내가 생각했던 거라면 뭐든지. 무엇이든 그와 연관 지을 수 있었다. 설령 아무런 연관이 없는 상황이었다 해도 그가 빠져 있다는 사실이 오히려 그를 더 개입시켰다. 전부 올바른 순서로 기억하고 있다고 할 수도 없고, 내가 잘못 알고 있거나 이해하지 못했던 것을 나중에야 깨닫고 다시 쓰는 일도 있었지만, 그래도 그에 대해 내가 기억하는 모든 것을 적어두었다. 심지어 잠이 든 후에 꿈속에서 계속 글을 쓰기도 했다. 아무리 사소한 것이라도 써야 했다. 내가 쓰지 않는 일이란 있을 수 없었다.

그는 내가 원하는 대로 하지 않을 테니 나는 그 없이도 할 수 있는 것을 하기로 했다. 그와 아직 만날 때는 그를 보고 놀란 점이 있으면 그게 무엇이든 글로 썼다. 지금도 놀라움에서 글을 쓰는 건 마찬가지지만 그때 썼던 글들과는 결이 달랐다. 그에 대해 그새 이렇게 많이 썼다는 게 내가 아픔에서 멀어졌다는 뜻인지, 아니면 멀어지려고 노력만 하고 있다는 뜻인지는 알 수 없었다. 내가 화가 나서 쓴 글이 얼마나 되고 사랑 때문에 쓴 글은 또 얼마나 되는지, 실제로는 분노가 사랑보다 훨씬 컸던 건지, 내 안에 강한 열정은 있었지만 사랑은 아주 작은 일부분에 불과했던 건지 역시 알 수 없었다.

먼저 분노가 생겨나고 그 위에 괴로움이 점점 쌓여가면, 그 일부를 어떤 식으로 써내려가야 할지 보이기 시작한다. 생각이나 기억을 아주 정확하게 적으면 평온이 찾아오곤 했다. 아주 조심스럽게 써야만 했다. 아픔은 조심스럽게 써야만 비로소 전달될 수 있었다. 나는 격분과 인내를 동시에 가지고 글을 썼다. 글을 써내려가며 나는 힘을 느꼈다. 내가 쓴 단락들 위에 몸을 구부리고, 한 단락에 이어 또 다음 단락을 써내려가는 동안에는 중요한 글을 쓰고 있다는 확신이 들었다. 그러나 쓰던 걸 멈추고 몸을 뒤로 기대어 앉으면 솟구치던 힘의 느낌은 사라지고, 내가 쓴 글은 더이상 중요해 보이지 않았다.

그에 대한 글을 너무 많이 써서 그가 더이상 실존 인물이 아닌 것처럼 느껴지는 날들도 있었는데, 그런 날 그를 길에서 갑자기 마주치면 예전과는 다르게 보였다. 그의 본질을 이루는 성분을 모조리 짜내어 내 공책을 채웠기 때문이라고 나는 생각했다. 그렇다면 어떤 의미에서 나는 그를 죽였는지도 모른다. 하지만 내가 집에 돌아갔을 즈음 그 성분은 그가 어디에 있든 그에게로 되돌아간 게 틀림없었다. 내가 그에 대해 써둔 글은 어느새 텅 비고 생기라곤 찾아볼 수 없었기 때문이다.

어쩌면 조금 더 욕심을 내려놓아야 했는지도 모른다. 지금 그를 소유할 수 있는 유일한 방법이 이것뿐이라면, 이 이상으로 할 수 있는 건 없었다. 짧은 시간이나마 글쓰기는 내게 만족감을 안겨주었다. 마치 내 지난 아픔이 아주 헛되지는 않았던 것 같은, 그가 나에게 무언가는 남겨놓고 가게 한 것 같은, 내가 그를 좌지우지할 힘이 조금이라도 있는 것 같은, 아니면 이렇게라도 하지 않았으면 잃어버렸을 무언가를 붙잡은 것 같은 만족감이 들었다. 아니, 그한테 무언가를 남겨놓고 가라고 한 것도 아니었다. 내가 직접 가져가고 있었다. 나는 그를 가지지 못했지만, 이 글은 가지고 있었고, 이것만은 그가 빼앗을 수 없었다.

지금 일어나고 있는 일이 현재가 아니라 과거에 일어나고 있는 일이라고 상상해봤다. 현재는 곧 과거가 될 테니까, 현재의 한가운데에 있는 와중에도 미래에서 지금을 돌아보는 걸 상상할 수 있다. 이런 식으로 나는 현재와 나 사이에 거리를 두었고 비로소 현재를 더 편안하게 받아들일 수 있었다.

소설의 어느 부분은 1인칭으로 서술하고 그 외에 제일 아팠던 부분이나 제일 부끄러웠던 부분은 3인칭으로 서술했다. 그러자 나 대신 그 여자라는 호칭을 너무 오래 유지한 나머지 결국 어느 날부턴가 3인칭마저 지나치게 가깝게 느껴지게 되었다. 3인칭의 사람보다 더 거리감이 있는 다른 인칭이, 다른 누군가가 필요했다. 하지만 그런 인칭도, 사람도 존재하지 않았다.

어쩔 수 없이 나는 3인칭으로 계속 써나갔고, 시간이 지나면서 이 인물은 무미건조하고 유순해졌다. 이윽고 지나치게 무미건조하고, 지나치게 유순해졌다. '나'가 아닌 앤이나 애나, 해나, 수잔 같은 이름을 가진 모든 여자, 존재감 없고 이름뿐인 인물이 되어버렸다.

오랫동안 3인칭으로 있다보니 소설은 어느새 그런 인물의 이야기로 확고하게 맞춰져 있었고, 나조차 이게 다른 사람에게 일어난 일이라고 확신할 수 있을 것 같은, 그리고 다시 1인칭으로 바꾸면 이게 나에게 일어난 일이라고 거짓으로 주장하는 것 같은 기분이 들었다.

왜 내가 시간이 꽤 지난 뒤에도 계속 그에 대해 썼는지 모르겠다. 아마 그때까지 너무 많은 양을 썼고, 그에 대해 글을 쓰겠다는 생각을 너무 오래 가지고 있었고, 불만족스러운 느낌도 너무 오래 지속되어 최소한 뭐라도 하나 끝내기 전에는 멈추고 싶지 않았던 게 아닐까.

어쩌면 내가 손을 놓을 수 없었던 또다른 이유는 아직 내 질문들에 대한 만족할 만한 답을 찾지 못했기 때문일 것이다. 각각의 질문에 대한 몇 가지 답은 항상 찾을 수 있었지만, 그 어느 것도 만족스럽지 않았다. 겉으로는 대답처럼 보여도 질문은 사라지지 않았으니까. 내가 장거리 전화를 걸었을 때 그는 왜 우리 사이가 여전하고 아무것도 걱정할 필요 없다고 우겼을까? 내가 여행을 다녀온 후에 그는 나에게 돌아올지 진심으로 고민했던 적이 있었을까? 왜 1년 뒤에 그 프랑스 시를 보낸 걸까? 그가 내 답장을 받았을까? 만약 그랬다면 왜 답장하지 않았을까? 내가 편지의 주소로 그를 찾으러 갔을 때 그는 어디에 살고 있었을까? 편지도 한 번 보냈으면서 왜 이후로는 소식이 없을까?

내가 쓰는 것들이 어떻게 하나의 이야기가 될 수 있을까 하는 생각이 들기 시작하자 나는 그 시작과 끝을 찾아보기 시작했다. 나중에 그를 내 차고에 들이려고 했던 이유 중 하나도 그게 내 이야기의 끝이 되어주지 않을까 싶어서였다. 하지만 그가 그곳에서 살아도 되냐고 물었는데 매들린이 단칼에 거절한다면 그다지 좋은 결말이라고 할 수 없을 것이다. 심지어 거절한 사람이 나였던 것도 아니니까. 실제로 매들린은 거절했고, 나는 다른 결말을 찾아야 했다. 지어낼 수도 있었지만 그러고 싶지는 않았다. 왜인지는 몰라도 지어낸 이야기는 되도록 넣고 싶지 않았다. 있던 일을 생략할 수도 있고, 사건을 재배치할 수도 있고, 저 인물이 한 일을 이 인물이 했다고 할 수도 있고, 어떤 일이 실제보다 더 빨리 혹은 더 늦게 일어나게 할 수는 있어도, 나는 어디까지나 실제 이야기를 이루는 요소만을 가져올 수 있었다.

∫∫

나는 내가 얼마 전에 나 자신에게 남긴 메모를 빤히 바라보고 있었다. 내가 가끔 남겨두는, 전혀 도움이 되지 않는 메모의 전형적인 예이다. 당시에는 굳이 써둘 필요가 없을 정도로 당연하다고 생각했던 모양인지 중간에 두 개의 빈칸이 있다. "이상하게도 일단 그녀가 __를 적었을 때는 __해 보였다. 하지만 다음 순간 그 느낌은 사라졌다."

나는 이 메모 뒤에 있을 생각을 꿰뚫어보려고 몇 번이고 되돌아와 읽어보았다. 아마 반전에 관한 무언가를 말하려고 했던 것 같다. 글로 쓰기 전까지는 진실처럼 보이는 것들, 아니면 한때는 진실이었다가 나중에는 거짓이 되는 것들. 아니, 메모는 두 차례의 반전을 말하고 있는 듯하다. 즉 하나는 막 글로 쓰고 난 직후에 일어나는 반전이고, 두번째는 첫번째 반전이 준 충격이 사그라들 때 일어나는 반전이다. 물론 나 자신도 모르는 사이 이 생각을 더 명확한 형태로 풀어서 글의 다른 부분에 합쳐놓았는지도 모른다.

　같은 메모 카드에 다른 색깔의 잉크로, 그에 대해 쓰는 행위와 관련하여 덧붙일 생각이 적혀 있다. 과거의 나는 약간 오만한 태도로 다른 생각들에 이 생각을 추가하도록 나 자신에게 지시하고 있었다. 하지만 그 생각이 무엇인지 이해하지 못하는데 어떻게 추가하란 말인가.

　생각해냈던 걸 잊어버리는 건 원래도 좋아하지 않지만, 이 생각은 거의 알아볼 수 있을 정도로 낯이 익기 때문에 그걸 잊어버린 것이 그 어떤 때보다도 절절하게 후회된다. 하지만 생각을 잊어버리는 게 늘상 있는 일이란 걸 나도 알고 있다. 하루는 언제나 다음날의 저편으로 사라지고, 그에 딸린 다른 것들도 함께 사라진다. 몇 가지 일이라도 가능한 한 정확하게 기록해두려고 노력하지만, 그렇다고 해도 상당 부분이 사실과 다르고, 그보다도 많은 부분을 놓치고 만다.

　상자에서 다른 메모를 꺼내 맨 윗줄을 읽으려는데 글씨가 거꾸로 쓰여 있다. 돌려봐도 글씨는 여전히 거꾸로이다. 어느 쪽으로 돌려도 맨 윗줄은 여전히 거꾸로인 듯 보인다. 제일 먼저 떠오른 생각은 내가 헛것을 보는 게 틀림없다는 것이었다. 아니면 내 필체가 아주 나빠졌거나. 하지만 이윽고 마지막 줄은 항상 똑바로 되어 있다는 사실을 깨닫는다. 카드에 글씨를 쓸 공간이 부족해서 가장자리에 돌아가며 써놓은 것이다.

　어떤 카드에는 반전으로 가득한 또다른 메모가 있다. 그는 알지 못할 테지만, 그에 대해 씀으로써 내가 그를 그 자신으로부터 빼앗아와서는 해치고 있는 게 아닐까 하는 생각이 적혀 있다. 이 생각은 나를 괴롭게 했다. 내가 그를 해쳐서가 아니라 내가 그렇게 하는 데에 거리낌이 없었기 때문이었다. 하지만 내가 스스로에게 이 말을 하자마자 나는 더 괴로워졌고, 심지어 무섭기까지 했다. 그에게 나를 용서해달라고 빌고 싶었다. 하지만 그렇다고 해서 내가 이 행동을 그만두지는 않을 거라는 사실 역시 알 수 있었다. 내가 느끼는 이런 감정들은 다만 나를 차례차례 스쳐지나갈 뿐이었다.

이따금 그가 지금 당장 나타나거나 예고도 없이 갑자기 전화를 걸어올까봐 두려워질 때가 있다. 내가 그를 이렇게 많이 생각하고 있다면 그가 어디에 있든 느낄 수밖에 없지 않을까? 안 그래도 이걸 쓰면서 충분히 난항을 겪고 있는데, 그가 끼어들면 무슨 일이 일어날지 모르겠다.

하지만 소설 속 일들이 일어나고 있을 당시에 그가 나에게 신중하게 말하고 내 말을 듣는 데 조금만 시간을 썼더라면 그는 엄청난 수고를, 이 모든 노력을 덜 수 있었을 것이다. 소설은 애초에 쓸 필요가 없었을지도 모른다. 내가 정말 참을 수 없고 지금까지도 절대 참을 수 없었던 건 내가 말하고 싶은 만큼 말할 때까지 상대가 내 말을 충분히 들어주지 않는 것임을 나는 안다. 누군가 관심만 가져준다면 아마 끝없이 이야기할 수 있지 않을까 싶다. 동네 우체국 앞에라도 가서 최근 사회문제에 대해 마구잡이로 떠들어댈 수도 있을 것이다.

나는 사회 문제에 관해서라면 뚜렷한 의견을 여럿 가지고 있다. 빈센트는 어느 정도까지는 들어줘도 그 이상은 듣지 않는다. 내게 진정하라고 하고서 화제를 돌려버리곤 한다. 친구들과 밖에서 만나 이야기할 때도 나는 내가 말하는 내용이 몹시 재미있어 푹 빠져버리기 때문에 스스로 자제하지 않으면 안 될 지경이다. 예전과는 정반대의 모습이다. 예전의 나는 수줍어서 쉽게 말을 꺼내지 못한 채 한참을 기다리기 일쑤였고, 그래서 내가 말만 꺼내면 방안이 조용해지곤 했다. 그때는 항상 가장 안전한 말만 골라서 했기 때문에 내가 들어도 별로 재미가 없었다. 지금은 말을 멈춰야 할 때, 이야기를 끝내야 할 때도 멈추고 싶지 않을 것 같아 큰일이다.

가끔 엘리같이 아량이 넓은 친구가 아주 오랫동안 내 말을 들어준다. 점점 지쳐가는 게 얼굴에서 보이긴 하지만. 내가 동부로 돌아온 후, 도시 밖으로 이사한 뒤에도 여러 해 동안 엘리는 통신료를 비싸게 내지 않고도 전화를 걸고 편하게 만나러 갈 수 있을 만큼 가까이 살았다. 이제는 멀리 떨어져 있지만. 엘리가 그립다. 하지만 이상하게도 엘리가 떠난다고 말했을 당시에는 큰 감흥이 없었다. 엘리의 삶에서 그때가 떠나기에 딱 알맞은 시점이었기에 엘리를 위해서라도 이별을 힘들어해선 안 될 거라 생각했을 수도 있고, 앞으로도 자주 만날 수 있을 거라고 생각했을 수도 있다. 아니, 어쩌면 나 혼자 힘으로 소설을 끝내기 위해선 엘리가 떠나야 한다고 생각했는지도 모른다. 엘리가 인생에서 뭘 하기로 결정하는지가 내가 무엇을 하고 있는지에 따라 달라지는 것도 아니고, 소설을 쓰기 시작할 때 한번 읽어봐달라고 첫 몇 페이지를 주었던 걸 빼고는 엘리가 딱히 쓰는 걸 도와준 것도 아니다. 그래도 이런 느낌은 남아 있다. 나는 앞으로 혼자서 이어가야 할, 소설의 어느 지점에 도달했고, 엘리는 내가 그렇게 할 수 있도록 날 두고 떠났다는 느낌이다.

∫

아주 확고한 도덕적 철칙을 가진 친구들은 옆에 없을 때에도 함께 있는 느낌이다. 그 친구들의 말을 열심히 들은 나머지 그들의 목소리는 내 머릿속의 목소리가 되었다. 이제는 내가 결정하지 못하는 건 그들이 알아서 결정하게 하고, 하면 안 되는 행동을 할 때면 그들이 말리게 둔다. 내가 선을 넘을 때마다 그들의 경악한 목소리가 "멈춰!" 하고 말한다. "그건 좀 아니지!"

이제 완전히 혼자라고 나는 스스로 되뇌었다. 이 생각만은 안심하고 믿을 수 있었다. 내 안의 무언가가 죽은 듯, 아니면 감각이 마비된 듯했고, 나는 아무것도 느끼지 못하거나 아주 조금밖에 느끼지 못하게 되어 기뻤다. 아픔이라도 느낄 수 있어서 기뻐할 때와 마찬가지로.

나는 스스로를 딱히 여자로 보지 않았다. 내가 어떤 성별을 딱히 가지고 있다고 느끼지 않았다. 그런데 어느 날 음식점에서 샌들을 신은 채로 의자 가장자리에 발을 올리고 앉아 있는데 한 낯선 남자가 와서 말을 걸더니 다시 자기 자리로 돌아갔고, 잠시 후 나가는 길에 내 앞을 지나가며 몸을 숙여 맨발의 발가락을 만졌다. 충격에 사로잡힌 그 순간, 나는 존재의 한 방식에서 튕겨나가 다른 방식으로 옮겨갈 수밖에 없었다. 원래 내가 존재하던 방식으로 돌아왔을 때도 예전의 나로는 돌아갈 수 없었다.

단조로울 정도로 열심히 작동하는 마음 외에도 무언가가 내 안에 더 존재한다는 사실을 기억하지 않으면 안 되었다. 그리고 몸이 단지 마음만을 위한 존재, 마음과 단둘이 오래도록 지내는 용도만을 가진 존재가 아니며, 누군가에게는 다르게도 보일 수 있다는 사실, 그리고 내 몸과 마음은 사회적인 용도를 가질 수 있다는 사실을.

어느 오후에는 엘리의 헬스클럽에서, 따뜻한 물이 담긴 욕조 계단의 타일 위에 앉아, 저마다 다른 몸매와 비율을 가진 주변 여자들의 육체를 바라보았다. 어떤 여자의 가슴은 작고 납작했고, 어떤 여자의 가슴은 배 위로 축 처져 있었다. 어떤 여자의 어깨는 둥글고 경사졌으며, 어떤 여자의 어깨는 곧고 뼈가 도드라져 있었다. 어떤 이는 통통하고 구부러진 등과 네모나고 움푹 들어간 보조개가 있는 엉덩이를 가졌으며, 어떤 이는 좁고 곧은 등과 둥근 엉덩이를 가졌다. 내가 가장 놀란 건 어떤 여자들은 젖꼭지의 유두 부분이 크고 어두운 반면, 어떤 여자들은 젖꼭지가 거의 보이지 않을 정도로 작고 창백했다는 점이다. 한편 음모가 배에까지 자라거나 어두운색이 아니라 금발이거나 빨간 여자들도 있었다.

사실 나의 것과 다른 육체는 모두 놀랍게 느껴졌다. 육체들의 끝없는 행렬은 이 구석 저 구석의 모퉁이를 돌아, 샤워실에서, 습식 사우나에서, 타일이 깔린 계단을 올라가 물속으로, 계단을 내려와 물 밖으로, 끝없이 이어졌다. 그리고 이 모든 육체는 나의 육체보다 훨씬 성적으로 보였다. 내 몸은 익숙했고 전혀 성적이지 않은 여러 가지 일에도 사용했으니 당연한 일이었다. 내 가슴은 항상 셔츠 밑에 있긴 했지만, 주로 내가 시내를 걷거나, 쇼핑을 가거나, 운전하거나, 파티에서 술이나 음식을 들고 서 있는 동안 나와 같이 붙어 있을 뿐이었다. 테이블에 앉아서 일할 때면 몸은 그저 나를 받치는 역할을 수행할 뿐이었다. 엉덩이는 의자를 누르고, 다리와 발은 의자의 양쪽에서 나를 받치거나, 앞쪽으로 뻗어 있거나, 내 아래서 교차했고, 내가 피곤해져 팔꿈치에 기대면 가슴은 테이블 위에 자리잡았고, 갈비뼈는 테이블 가장자리에 기대었다. 내 몸이 유용할 뿐인 존재가 아니라 성적으로 여겨지는 존재가 될 때, 이런 변화는 때때로 이상하고 임의적으로 느껴졌다.

∫

몇몇 사람들과 함께 내 방에서 저녁 시간을 보낸 어느 날이었다. 다른 이들이 다 떠났는데도 한 남자가 가지 않고 계속 뒤에 남아 있었다. 처음에는 친절하고 온화한 사람이라는 생각이 들었고, 함께 있으면 위안도 되고 즐겁겠다는 생각도 들었지만 나중에 가서는 딱히 즐거움을 따질 만한 것도 아니었고 그저 분위기를 살피며 이 시간이 끝나기를 기다리게만 되었다. 그는 내가 잘 아는 사람이 아니었고, 그동안 한 가지 모양에만 익숙해져 있던 나의 손은 낯선 몸의 각 부분에 닿을 때마다 화들짝 놀랐다. 그의 엉덩이는 더 작고 평평했으며, 허벅지는 더 앙상했고, 이건 이렇게 다르고 저건 저렇게 달랐다. 손이 향하는 곳마다 익숙하지 않은 것뿐이었다.

남자는 나에게 지시를 내렸고, 그러면서도 친절함을 유지했지만 나는 이 모든 게 나와는 더이상 상관이 없는, 기계적인 일로만 느껴져 그저 누워 있었다. 유리가 너무 많았다. 마치 안경을 쓰고 침대에 누운 듯 모든 게 너무 선명하게 보였다. 아니, 현미경을 갖다댄 것처럼 모든 게 너무 자세히, 너무 세세한 것까지, 너무 과학적으로 보였다. 아니면 그와 내가 합쳐지는 모습을 가게 쇼윈도의 통유리창으로, 형광등과 조명이란 조명은 다 켜놓은 채 보고 있는 듯, 아니면 마치 우리 사이, 두 육체의 모든 부분, 우리 둘의 피부가 맞닿는 부분마다 얇은 유리판이 덧대어진 것처럼, 그래서 전부 명확하게 볼 수는 있어도 아무것도 느낄 수 없고, 만약 느낀다고 해도 매끄럽고 차가운 것밖에 느끼지 못하는 것 같았다.

그의 몸과 내 몸이 분간이 안 되는 일은 없었다. 나는 어느 팔이 그의 것이고 어느 팔이 내 것인지, 어느 다리와 어느 어깨가 내 것인지 분명히 알고 있었다. 헷갈려서 내 팔에 키스하거나 입 근처에 있기만 하면 뭐든 키스해버리는 일은 일어나지 않았다. 작은 움직임이 바로 다음 움직임으로 서둘러 이어지는 일도 없었다. 끝없는 순간처럼 느껴지지도 않았고, 이성적이고 완강한 내 마음과 그의 마음으로부터 가능한 한 멀어지기 위해 내 몸과 그의 몸 안으로 점점 더 깊이 들어가지도 않았다. 아직 한창인데 끝나버리는 일도 없었다.

　그는 아침 일찍 일어났고, 나는 그냥 계속 자고 싶었지만 그는 담배에 불을 붙이고 누웠고, 그가 담배를 피우는 동안 나는 그가 담배를 다 피우기를 기다렸다. 그러더니 그는 담배를 끄고 다시 잤고 그동안 나는 깨어 있었다.

　아침 늦게 나도 자리에서 일어나고 그도 일어났을 때, 나는 평온한 기분이 아니었고 진정할 수도 없어서 방을 왔다갔다하다가 그와 이야기하다가 부엌에서 그의 주변을 맴돌다가 복도에서 그의 곁을 지나치곤 했다. 나의 움직임은 하나같이 신중했고, 던지는 말마다 하나같이 계획적이었지만, 내가 봤을 땐 그의 반응도 하나같이 신중했다. 나는 내가 한때 가졌던 것을 그리워하며, 이 모든 게 예전에는 얼마나 수월했는지 생각했다. 그러나 생각해보니 그의 주변을 맴돌며 그와 이야기하려고 할 때도 지금과 크게 다르지 않았다는 게 기억났다. 그때도 비슷한 기분이 종종 들었다. 그가 조용하고 강렬히 나를 쳐다보기만 해서 단어 하나하나에 밝은 조명을 비추는 것 같은 그런 기분. 그는 말하기보다 미소를 더 자주 지었고, 웬

만하면, 나에게 화났을 때를 빼면, 준비되어 있었다는 듯 바로 웃어주었으며 화가 난다고 해도 바로 화내지는 않았다. 마음에 쉽게 상처를 입었던 것 같긴 하지만. 가끔 그는 내가 바보같이 굴어줬으면 좋겠다고 했다. 나는 바보 같지 않았고 호락호락하지도 않았다.

∫

그가 나를 떠난 지 얼마 되지 않았는데도 그를 오랫동안 그리워하고 있었다는 생각이 들었다. 하지만 내 친구들이 내가 괜찮은지 안부를 더이상 묻지 않게 된 것과 거의 동시에 나 역시 더이상 그 일에 대해 말하고 싶지 않아졌다. 어느 날 아침 여느 때와 똑같은 슬픔 속에서 잠이 깬 나는 이제 지긋지긋하다고 느꼈다. 슬픔은 태어나고, 살고, 죽었다. 이제 마음 한편에 그를 항상 두고 있지 않았으며, 외로움을 달래려 그를 상상 속에 불러내지 않고도 나 자신과 단둘이 몇 시간이고 있을 수 있게 되었다. 나는 기뻤다. 축하해야 마땅한 좋은 소식이라도 들은 기분이었다.

그러나 문득, 이제 슬픔에서 회복했으니 그와 둘이서 새로운 관계를 만들어갈 수 있겠다는 생각이 드는 것이었다. 그리고 이런 예감에 들뜬 채 나는 또다시 그를 찾으러 갔다. 나는 매번 나 자신을 속이는 데 성공했다. 이런 순간이 올 때마다 나의 일부는 영리해질 만큼 영리해지고 다른 일부는 멍청해질 만큼 멍청해지기 때문이다.

그날 나는 그를 찾아냈고 그는 함께 저녁을 먹겠다고 했다. 그는 이번엔 데이트를 취소하지 않았다. 퇴근 후 우리집에 와서 샤워를 했고, 내가 들어오지 못하게 하려는 듯 욕실에서 옷을 입는 동안 노래를 불렀다. 그는 젖은 머리에 깨끗한 옷을 입고 나타났다. 우리는 언덕을 내려가 모퉁이의 카페로 갔고, 저녁식사를 마친 뒤 우리집으로 돌아왔다. 그는 저녁 늦게까지 떠나지 않았지만, 나와 함께 있고 싶어서가 아니라 단지 머물 곳이 필요했기 때문이었다. 그는 자기가 사는 곳에 있는 모든 사람이 잠자리에 들 때까지 돌아갈 수 없다고 했다. 왜 그런지는 말해주지 않았다. 평소에는 그래서 저녁 시간을 도서관에서 보낸다고 했다.

우리는 도서관에 대해 이야기했고, 한창 꽃이 만발한 사막에 대해 이야기했고, 그 밖에도 다른 많은 것에 대해 이야기했다. 차로 가는 길에 그는 내 어깨에 팔을 두르고 있었다. 그는 우리집이 매우 좋다고 했고, 왜 이 순간에 그런 말을 하는 건지 내가 이해하지 못하고 있는 동안 그는 여기서 지내던 게 그립다고 덧붙였다. 나는 그에게 나와 함께 파티에 가고 싶은지 물었다. 그를 초대한 세번째 파티였다. 그는 갈지도 모른다고 했고, 일주일 후에 전화해서 알려주겠다고 했다. 그가 떠난 뒤 나는 그날 저녁이 새로운 무언가의 시작이 될 거라고 확신했다. 앞으로 그와 더 많은 밤을 보내리라고 확신했다. 하지만 내가 잘못 짚은 것이었으니 그 확신이란 건 결국 아무 것도 아니었던 셈이다.

나는 그가 그날 밤 차를 돌려 내게 돌아올지도 모른다고 생각했지만, 그것 역시 잘못 짚은 것이었고, 그가 일주일이 채 지나기도 전에 나에게 전화하고 싶어하리라는 것 역시도 잘못 짚은 것이었다.

∬

나는 극장에서 연주하는 오케스트라의 단원이었다. 극장 문 앞에 모여 있는 사람들을 향해 걸어가며 모두 나가라고 하는데 모퉁이를 돌자 반항적인 표정으로 가만히 서 있던 그와 마주쳤다. 나는 잠에서 깨어났다 잠들었고, 이번에는 어두운 택시 뒷좌석에 앉아 있었는데, 그가 갑자기 내 옆에 나타나더니 내 손을 잡고 "괜찮아"라고 말했다. 다시 잠들기 위해 나는 흰색의 이미지들로, 내 눈 주위에 하늘하늘 떠 있는 하얀 시트들로 눈을 감싸는 상상을 했고, 잠에 빠져들면서 그 시트들은 아무 말도 오가지 않는 대화가 되었다. 공백, 공백. 침묵의 교환이 끝나고 마지막 한마디가 있기까지.

아침 무렵 나는 심한 폭풍 때문에 잠에서 깨어났다. 바다는 둔중한 소리로 울렸고, 발아래의 땅은 진동했고, 집 바로 바깥의 무언가는 흔들리고 덜컹거렸고, 바람은 울부짖었고 나무들은 서로를 향해 굽어진 채 흔들리며 부스럭거렸다.

매들린에게 나의 조각조각 난 밤에 대해 말하자, 매들린은 자신도 지난밤 힘들었던 순간이 있었다는 걸 기억해냈다. 매들린의 얼굴은 진지하다못해 거의 화가 난 표정으로 변했다. "새벽 3시에 오한이 났어. 정말 추웠던 것도 아닌데 오한이 나더라고. 심리적인 현상이었던 거지." 나는 마치 위에서 내려다보듯, 집의 한쪽에서 내가 뜬눈으로 침대에 누워 있는 동안 다른 한쪽에서 매들린이 오한에 떨고 있는 모습을 상상해보았다.

폭풍이 지나가자 날이 매우 더워졌다. 길 건너편에서는 남자 서너 명이 이웃집 마당의 나무를 베고 있었다. 나는 식료품을 사서 집으로 걸어오는 길에 그들의 찌그러진 녹슨 파란색 차 옆을 지나며 앞좌석을 들여다보았다. 검은 개 한 마리가 좌석 바닥에 등을 대고 누워 다리는 아무렇게나 벌린 채 눈을 뜨고 있었고, 개를 묶고 있는 긴 체인은 차창 밖으로 고리 모양을 그리며 비죽이 나와 있었다.

집에 들어와 테이블에 앉아서 작업에 집중하려는데 길 건너 바로 내 앞쪽에, 방금과는 다른 각도에서 파란 차가 시야에 들어왔다. 내리쬐는 햇빛에 밖에 있는 무언가가 구워지며 나는 향기가 산들바람에 떠다니다 열린 창문을 통해 훅하고 끼쳐왔다. 울타리 옆 염자 덤불에서 나는 레몬 비슷한 향이었다. 그걸 맡자 그의 피부에서 나던 향기가 생각났고, 그 생각이 나와 작업 사이를, 그리고 나와 내가 읽고 있던 책 사이를 가로막았다. 나는 이 상태가 이렇게까지 오래간다는 데에 새삼 놀랐다.

그는 여전히 내 안에 있는, 부정할 수 없는 나의 일부였고, 달콤함과 즙과 향기가 가득한 그의 몸까지도 내 안에 완전히 들어와 있는 것 같았다. 그가 거의 아무 거리낌 없이 나와 함께 보냈던 단 한 번의 저녁 이후로 그는 다시 자신의 침묵 속으로 들어가버렸다. 그 끔찍한 침묵이 그를 나에게서 멀리 떨어뜨려놓은 나머지 그는 다른 나라에 있는 거나 다름없었다. 그의 마음속에 무엇이 있을지 추측해보려 했지만 도무지 상상할 수 없었다. 그의 광막한 침묵은 구름이 그 몸집 아래 한껏 움츠러든 들판을 짓누르듯 무겁게 느껴졌다. 들판의 모든 생명체는 땅을 향해 굽은 채, 공기조차 앗아간 그 지독한 구름의 존재 속에서 계속 기다린다.

∬

　　그의 대답을 기다리던 그 주에 나는 3일 동안 세 명의 다른 남자들과 점심을 먹었다. 첫번째 남자는 같은 대학의 고전학 교수였다. 두번째 남자는 조용한데다 스스로를 지나치게 깎아내리던 탓에 내 뇌리에서 거의 바로 잊혔다. 심지어 그가 달리 머물 곳이 없어서 그날 밤과 그다음날 밤까지 우리집의 빈방에서 잠을 잤는데도 그를 잊었다. 나는 몇 달 후 내 물건 중에서 그가 둘째 날 밤 남겨둔 겸손한 메모를 발견하고 나서야 겨우 그를 기억해냈다. "자러 갑니다. 몸이 별로 좋지 않아서요." 세번째 남자는 다시 팀이었다. 세 사람이 모두 영국인이라는 걸 깨달았을 때 나는 이제 영국인의 친절한 매너가 아니면 견딜 수 없게 된 걸까 하고 생각했다. 아니면 그의 빈자리를 메꾸기 위해서 세 명의 영국인이 필요했는지도 모른다. 그것도 아니라면, 어떻게 된 건지는 몰라도, 그가 세 명의 영국인으로 쪼개진 것일 테다.

같은 주에 엄마와 엄마의 여동생이 우리집에 잠시 머물러 왔다. 갑자기 집이 사람들로 북적이는 느낌이었다. 그 둘은 매들린과 나보다 훨씬 더 많이, 훨씬 더 크게 이야기했고, 온갖 복잡한 계획을 세웠으며, 어느 방에 다녀가건 스웨터와 지갑, 신문, 잡지, 펜, 안경 등등 자기 물건을 작은 더미로 남겨놓았기 때문이다. 매들린은 정신이 없다며 친구 집에서 지내러 언덕 위로 갔다.

그들이 여기서 지내는 동안 나는 이제껏 꾼 것 중 제일 기분 나쁜 꿈을 꾸었다. 내용은 단순했다. 나는 어느 야생동물의 몸을 어루만지고 있었다. 아마도 혹멧돼지였을 것이다.

♪

파티 당일 오후가 되어서야 그는 마침내 전화해서 파티에 가고 싶다고 했지만, 여자친구를 데리고 갈 생각이라고 재빨리 덧붙였다. 나는 화가 나서 그에게 그건 안 된다고 했다. 이제 그도 화가 났다. 그가 감히 나에게 화를 낸다는 것에 나는 더욱 화가 났다.

전화를 끊고 나서도 나는 그가 이 문제의 여자와 함께 파티장에 들어오는 모습을 반복해서 상상했다. 두 사람이 현관에 함께 서 있는 것을 보았다. 그러기에 현관은 너무 좁을 테지만. 어떤 식으로든 내가 그에게 폭력적으로 구는 모습을 상상해보았다. 하지만 내가 아무리 방에 앉아서, 아니면 일어나서 방안을 맴돌며 폭력적인 상상을 한다고 해도, 다른 어딘가에 있을 그는 이 폭력을 느낄 수 없었다. 당시의 내 생각으로는 폭력이 꼭 잘못된 것만은 아닌 것 같았다.

그날 저녁의 대부분을 현관이 보이는 곳에서, 사람들과 이야기를 나누며 술을 마시는 한편 그를 기다리며 보냈기 때문에 꽤 붐비는 파티였는데도 텅 빈 느낌이었다. 내 마음의 일부는 항상 밖에 나가 있었고, 높다란 주유소 표지판 사이로 해안가를 따라 떠내려가듯 혹은 미끄러지듯 내려가는 넓고 어두운 고속도로 위, 그와 그의 여자친구가 타고 있는 차 안에, 마주 오는 차들의 불빛이 앞쪽 도로를 주시하는 그들의 얼굴을 비추는 동안 함께 앉아 있었다. 그다음에는 파티장 근처의 작은 골목, 가게들은 다 닫혀 있고, 가까운 도심의 불빛이 낮게 뜬 구름을 분홍색으로 물들이고, 이를 배경으로 크고 작은 종려나무들의 어두운 형체가 서 있고, 길가에서 좀 떨어진 허름한 돌담과 녹슨 철제 난간, 그 뒤로 잡초가 우거진 잔디밭이 딸린 낡은 단층짜리 회벽 저택들이 있는 곳에 가 있었다.

나는 날이 밝아올 때쯤에야 파티에서 돌아왔다. 집에 거의 도착했을 때, 지난 몇 시간 동안 듣고 있던 수다스러운 목소리들이 마침내 사라지고 침묵에 둘러싸인 텅 빈 교차로에서 신호등이 바뀌기를 기다리는 동안, 적신호와 청신호에 눈을 고정하고 있는 동안, 갑자기 어디선가 음악이 고요를 뚫고 크게 들려오다가 뚝 멈추었다. 그때 나는 두세 가지가 하나로 이어지며 무언가가 드러나는 것을 느꼈다. 하지만 그 순간은 잠시였을 뿐, 결국 드러나는 것은 없었다. 오직 빈 공간뿐이었다.

그날 오후에는 햇빛이 가득한 테라스에 나와 앉았다. 고무 같은 잎을 가진 송엽국이 자라는 길가 화단에서 작은 라벤더 꽃들이 고개를 내밀고 있었는데, 라벤더가 필 거라곤 예상치 못했기에 마치 깜짝 선물처럼 느껴졌다. 근처에는 컵 모양의 더 큰 노란색 꽃들이 다른 식물 위에 얹혀 있었고, 울타리 위로 넘어온 무성한 엽자 덤불에는 낯익은 향기가 나는 작고 하얀 꽃들이 피어 있었다. 수시로 창문을 통해 불어오거나 길에서 나무 아래로 걸어들어갈 때마다 훅하고 달려들던 그 진하고 달콤한 레몬 향이었다.

몇 시간 동안 나는 테라스에 앉아 머리를 나무 그늘 아래에 둔 채 이따금씩 동물원에 가 있는 엄마와 그 여동생을 생각하며 그들이 돌아오기를 기다렸다. 긴긴 기다림이었다. 그의 분노는 책의 페이지들 위로 둥둥 떠다녔다. 그는 내가 아직도 그에게 마음을 쓰면 곤란하다고 말했다. 사실은 파티에 가고 싶어서 화가 난 게 분명했다. 그의 분노는 자기 자신을 제외한 모두를 밀어내는 유치한 분노였다. 나의 몇몇 질문에 그가 "아니!"라고 답했을 때는 격렬한 감정이 불쑥 튀어나왔다.

삼나무에 있는 우는비둘기들이 날개를 퍼덕이며 지저귀었다. 어딘가 가까운 곳에서 들려오는 웃음소리가 벽에 부딪히며 울려퍼졌다. 먼 하늘의 구름을 뒤로하고 연이나 새처럼 보이는 것이 날아올랐다.

엄마와 엄마의 여동생이 와서 지내고 있으니 그가 다시 그리워졌다. 새로운 상황이 닥칠 때마다 그를 그리워하지 않으면 안 되는 걸까. 그날 저녁, 엄마와 엄마의 여동생을 그들의 방에 두고 나는 내 방으로 돌아갔지만, 문은 닫지 않았다. 카드 테이블에 앉아서 일을 하려 했지만 창문을 빤히 쳐다보는 것밖에는 아무것도 할 수 없었다. 아직 이른 저녁이었는데도 피곤해서 일이 눈에 들어오지 않았고 잠조차도 오지 않았다. 일을 제쳐두고 대신 직소 퍼즐을 맞추기 시작했다. 한 시간이 흘렀다. 저녁 공기는 따뜻했고, 열린 창문으로 꽃과 삼나무의 향기가 날아들었다. 냄새뿐 아니라 길 건너편에서 열리고 있는 파티의 소리도 들려왔다. 왁자지껄한 큰 웃음소리, 피아노를 연주하는 소리, 자동차 문이 쾅 닫히는 소리. 엄마와 엄마의 여동생은 복도에서 낮은 목소리로 두런두런 이야기하기 시작했다. 아마 나를 걱정하는 말들일 게 뻔했다. 그때 엄마가 부드러운 가운을 입은 채, 마치 어딘가의 대표로 나온 사절단처럼 조심조심 시선을 피하며 머뭇거리며 들어와서는 테이블 가장자리를 매만지며 뭔가를 소통하고 싶어했다. 나는 아무것도 소통하고 싶지 않았고, 아무것도 듣고 싶지 않았다. 내가 말이 없자 마침내 엄마는 방에서 나갔다.

관심을 의식하자 이제 부끄러워져서 퍼즐을 계속할 수가 없었다. 문밖으로 한 걸음 살짝 나갔다가 아예 집을 뒤로하고 걸어가기 시작했다. 고양이 사료를 사러 가기로 했다. 길은 어둡고 조용했다. 고양이가 머지않아 새끼를 낳을 모양이라 우리는 조마조마하게 기다리는 중이었다. 어미 고양이가 어려서 걱정되었다. 나는 담배를 피우며 가게로 걸어가 고양이 사료와 담배 한 갑을 사서 가게를 나서기 전에 담배 한 개비를 더 꺼내 불을 붙였다. 천천히 길을 걸어갔다. 슈퍼마켓 주차장 쪽으로 걸었다. 자주 다니던 길이라 습관처럼 발길이 그쪽을 향했다. 만약 그나 그의 차를 찾는다면 그 길에서 찾게 될 가능성이 가장 컸다. 밤중에 어두운 길을 걸으면 항상 다른 어두운 길들을 떠올리게 되었고, 그러다보면 숨쉬고 생각할 수 있는 더 많은 공간과 더 많은 가능성이 있는 것처럼 보이기도 했다. 집에서 멀리 떨어진 이곳까지도 강한 꽃향기가 공중을 맴돌고 있었다. 다른 정원에서 풍겨나오는 향기였다. 노인들이 이쪽저쪽을 향해 걸어가고 있었다. 주차장에는 차가 여러 대 있었지만 그중 그의 차는 없었다. 전에도 여러 번 찾아보았지만 그곳에서는 한 번도 그의 차를 보지 못했다.

가파른 언덕을 다시 걸어올라갔다. 슈퍼마켓의 불빛이 닿지 않는 나무 몇 그루 아래, 가장 짙은 그림자 속에서 한 노인이 허리를 구부정하게 굽힌 채 커다란 갈색 식료품 봉지를 끌어안고 가만히 서 있었다. 내가 앞을 지나갈 때 그는 교회와 슈퍼마켓의 주차장에 차가 평소보다 많은데 무슨 일이 있는 거냐고 예의를 갖춰 물었다. 그날 밤 내가 보고 들은 것들이 서로 어떻게 연관되어 있는지 깨닫는 데에 시간이 꽤 걸렸지만, 마침내 나는 저쪽 거리에 있는 집에서 십대 아이들이 큰 파티를 열고 있다고 말해줬다. 노인은 "감사합니다"라고 간단히 대꾸하고는 언덕을 올라갔고, 나는 집으로 가는 더 어둡고 좁은 길로 들어섰다. 잠시 노인을 향했던 관심이 나 자신에게 되돌아오면서 나는 그새 마음이 훨씬 가벼워져 있음을 깨달았다. 마치 노인이 언덕 위로 올라가며 나의 복잡했던 감정까지 함께 가져간 것 같았다. 그의 기품과 그가 던진 질문과 내 대답의 단순함이 무언가를 변화시켰다.

그날 밤, 길 맞은편의 파티가 잠잠해진 후, 나는 매미의 안정적이고 리듬감 있는 울음소리를, 그리고 먼 곳의 흉내지빠귀가 어둠 속에서 몇 시간 동안 변주하며 이어가는 노래를 들었다. 샤워하면서는 날개가 젖은 채 샤워 커튼 안쪽을 기어올라가는 작은 나방을 보았다. 벽지는 곰팡이로 검게 얼룩진 회색 회반죽에서 벗겨져 말려올라갔다. 침대에 누우려고 보니 시트 곳곳에 진회색 모래더미가 생겨 있었다.

♪

이후로 나는 그를 두세 번 정도밖에 보지 못했다. 하루가 다르게 더워지는 봄 날씨가 그라는 축축한 얼룩을 내 삶에서 말려내는 것 같았다.

어느 날 저녁 그는 내 집에 왔다. 내가 서 있는 자세나 말하는 태도에서 그를 더이상 붙잡을 생각이 없다는 게 보인 모양이었다. 그는 내 관심을 다시 끌려는 듯한 몇 마디의 말과 한두 번의 몸짓을 했다.

거리로 나섰을 때 그는 우리집과 주변의 다른 집들을 둘러보며 방금 생각해낸 듯 갑자기 말했다. 자신이 내 차고에서 살면 어떻겠냐고. 나는 그와 차고로 걸어가 어둠 속에 함께 서 있었다. 적은 빛으로도 콘크리트에 묻은 기름때는 볼 수 있었다. 이런 생각을 하는 자신이 미쳤다고 생각하는지 그가 내게 물었다. 차고 안에는 습한 기운도 없었고 깨끗한 냄새가 났다. 불가능한 건 아니지, 하고 나는 생각했다. 그가 거기, 나의 차고에 살지 못할 건 없다. 전등을 고쳐주고, 그가 괜찮은지 이따금 들여다봐주고, 내가 지켜볼 수 있는 곳에, 오고 가는 것을 볼 수 있는 곳에 그를 둘 수 있겠지. 내 차고에서 살고 있으니 그는 내게 친절해야 할 것이다. 그가 여자친구를 데려올 건지 혼자 올 건지는 알 수 없었다.

하지만 매들린은 그가 차고에 들어오길 원하지 않았다. 그렇게 되는 꼴을 절대 그냥 두고 보지 않을 것이며, 그건 절대 그에게 도움이 되지 않을 것이고, 우리에게도 절대 도움이 되지 않을 것이라고, 그리고 단언컨대 이런 동네에서 차고에 사람이 사는 일은 절대로 없다고 말했다.

이 일이 있은 뒤로 그가 내게 연락하는 일은 다시는 없을 것이라고 생각했다. 굳이 필요가 없는데 그가 연락해올 리가.

그 일이 있을 당시에도 나는 이걸 어떻게 이야기로 만들지 고심중이었다. 햇빛 아래서 시작해서 햇빛 아래서 끝내면 어떨까. 그의 차고에서 시작해서 다른 차고, 정확히는 내 차고에서 끝내면 어떨까. 설령 그가 정말 내 차고로 이사해오지 않더라도 소설에서는 이사했다고 할 수 있을 것이다. 이야기 중반 즈음에는 비가 많이 내린다고 해야지.

그러나 내 예상은 빗나갔다. 며칠 후 그가 전화를 걸어온 것이다. 저녁이었다. 그의 목소리 뒤로 격렬한 웃음소리가 왁자지껄하게 들려오고 있었다. 그는 차고에 들어가지 못하게 되어 아쉽다고 말했다. 굳이 잘 곳이 아니더라도 일할 곳이 필요했다고. 원래도 방이 아니라 차고를 얻고 싶었다고. 뭐, 어찌됐건 이제는 상관없다고 그는 말했다.

2주 후에 그는 다시 전화를 했고, 이번에는 물건을 보관할 곳이 필요하다고 말했다. 그는 잠시 내 차고에 물건을 두어도 될지 물었다. 마침 나는 엄마와 엄마의 여동생과 그들의 짐을 차에 싣고 있었다. 그에게 다시 전화하겠다고 했던 것 같다. 엄마와 엄마의 여동생을 공항까지 태워다주었다. 나라에서 전쟁을 준비하나 싶을 정도로 많은 군인과 선원을 공항에서 본 게 그때였는지도 모르겠다. 머리를 바짝 깎은 그들은 쌍쌍이 돌아다니거나 부모님 사이에 조용히 앉아 무릎에 팔꿈치를 올리고 발아래의 카펫만 바라보고 있었다. 당시 공항에서 흘러나오고 있던 음악이 나와 내 가족이나 군인 중 그 누구의 기분과도 어울리지 않았다는 것, 그리고 창문 밖에 팔다리를 쫙 편 채 판유리를 청소하는 까만 형체가 있었다는 건 분명히 기억한다. 우리는 탑승 안내가 나오기를 기다리며 서로 아무 말 없이 그 형체의 움직임만 눈으로 좇았다.

결국 그가 내 차고에 물건을 두긴 했지만, 언제 짐을 들여놓았는지는 기억나지 않는다. 그가 짐을 나르는 걸 보기 위해 차고로 갔었다. 그와 다른 남자 한 명이 더 와서 같이 짐을 내렸다. 아마 짐칸 덮개가 따로 없는 작은 트럭이었을 것이다.

그는 물건을 내 차고에 두었고, 매들린은 그와 그의 여자친구에게 2인용짜리 작은 텐트를 빌려주었다. 그들에게는 이제 살 곳이 없었기 때문이다. 그는 여자친구와 대학교 교정의 울창한 유칼립투스숲 속에 텐트를 펴놓고 잠을 잤고, 낮에는 계속 수업을 들으러 다녔다. 5월이 지나고 6월이 지나도록 나는 그를 거의 보지 못했다.

당시 그를 딱 한 번 볼 일이 있었다. 캠퍼스의 식당을 지나는데, 그가 나를 불러세우려 했지만 나는 멈춰서 대화할 수 있는 상황이 아니었고 그는 불러놓고도 미안해하는 듯 보였다. 그를 보는 건 내게 여전히 힘든 일이었다. 하지만 그 무렵에 내가 느낀 아픔이 여전히 이별에서 직접적으로 비롯된 것이었는지, 아니면 내게 익숙한 어떤 아픔을 그의 모습과 연관짓고 있던 건지는 모르겠다. 수년이 지난 지금도, 그리고 앞으로도 언제나, 나는 그의 모습을 볼 때마다 같은 아픔을 느낄 것이다. 비록 그 아픔은 내 인생의 다른 모든 것으로부터 묘하게 동떨어져 있겠지만.

6월에는 지역 축제가 열렸다. 밤이면 해안도로를 따라 야외 행사장의 대관람차와 다른 놀이기구들에 들어온 색색 가지 불빛이 포구의 물에 반사되었다. 멀리서 계속 실려오는 대관람차 소리는 나무에 쉼없이 불어오는 바람 같았다. 밤에는 조금 더 추워졌다. 장작 때는 냄새가 거리의 공기 중에 떠다녔고, 우리집 주변에서는 인동덩굴 향기가 났다. 싸늘히 텅 비어 있는 여분의 방에는 강한 유칼립투스 냄새만이 가득차 있었다.

그해 여름, 동네가 쥐죽은듯 조용한 나날이 길게 이어졌다. 종강 이후였고, 사람들은 휴가를 떠났고, 완전히 혼자였던 나는 내가 무엇을 인지하고 어떻게 반응하든 모든 것이 실제보다 크게 느껴지는 특이한 무기력감에 빠져들었다. 조용한 집에 있다보면 방의 아주 작은 소리조차 예민하게 인식되었다. 살아 있는 생명체의 소리일 때도 있었다. 주로 벌레였는데, 이 생명체에게 선택권이 있는지는 몰라도 아무튼 나와 함께 방에 있기로 선택했다는 사실만으로 나는 일종의 동료의식을 느꼈다. 벌레와 마주치는 것, 심지어 내가 벌레를 지켜보기만 하는 것도 하나의 사적인 만남이었다.

딱딱한 등껍질을 가진 딱정벌레가 작게 틱틱거리는 소리와 함께 방 위쪽 모서리를 길잡이 삼아 날아갔다. 황갈색 나방은 하얀 벽에 나무조각처럼 달라붙어 있었다. 회색 나방은 벽장 속에 있다가 나를 향해 곧장 날아오더니 안경 위에 앉았다.

부엌으로 가자 바닥에 바퀴벌레가 보이길래 조심스럽게 피해 넘어갔다. 침대에 누워서 책을 읽고 있자 이번에는 커다란 검은 나방이 컵에 들어가더니 물위에 등에 대고 누워 빙빙 돌면서 발버둥쳤다. 나는 독서를 계속했다. 나방은 움직임을 멈추고 떠다니더니 다시 발버둥치기 시작했다. 결국 나는 나방을 휴지로 건져냈고, 나방은 잠시 쉬었다가 책을 비추는 빛을 향해 돌진하더니 책이며 안경이며 뺨을 강타했다. 나를 계속 괴롭힐 수 있도록 구해준 셈이었다. 하지만 아무리 끈질기고 에너지 넘치는 나방이라 해도 어차피 살날이 얼마 남지 않았을 것이다.

개가 계속 집안으로 들어왔다. 조용해서 처음에는 전혀 눈치채지 못했다. 입맛을 다시는 축축한 소리가 나서 고개를 들어보니 노란 털이 짚처럼 뻣뻣해진 개가 방 반대편 구석의 시원한 타일 위에 누워 불안한 표정으로 벼룩을 향해 이를 가는 모습이 보였다.

사물들은 생명을 얻었고 그들 역시 나의 동료가 되었다. 엇나간 산들바람 한 자락을 타고 책상을 가로질러 질주하던 담뱃재가 거미가 되어 달리다 멈추다 하는 걸 눈언저리로 지켜보았다. 흰 여백에 잉크로 쓴 글자는 페이지를 걸어올라가는 진드기가 되었다. 머리 위에서 흔들리는 머리카락은 두피를 향해 파고드는 작은 생물이었다.

혼자 있는 시간이 길어진 나머지 어떻게 하면 더 논리적인 방식으로 일을 할 수 있을지 고심하기도 했다. 어떤 방식으로든 일을 끝내기만 하면 되는데도 말이다. 나 자신에게 보상을 주는 시스템을 만들어야겠다고 생각했다. 저녁때까지 담배를 피우고 싶은 걸 참았을 때 보상을 한다거나. 해야 할 일마다 하루의 다른 시간대를 정해서 해보자는 생각도 했다. 그 편지가 온 이후로 매일 편지를 한 통씩 쓰자고 마음먹기도 했지만 그 결심은 오래가지 못했다. 내 앞으로 편지가 와도 답장하는 일은 거의 없었다. 얼굴에 햇볕이라도 좀 쬐기 위해 이른 오후마다 남쪽으로 걸어갈 계획도 세웠다. 이것 역시 오래가지 못했다. 엄격한 질서라는 건 마음에 들었고, 뭐든 어느 질서의 일부에 속해 있을 때 더 큰 가치를 지닌다고 믿었지만, 금방 질서에 싫증이 나버렸다.

  해야 할 일이 많이 있었고, 해야 하는 건 아니지만 하면 좋은 일들도 몇 가지 있었고, 해야 하는 것도 아니고 한다고 해서 딱히 좋지도 않은 일들 역시 있었다. 침대에서 뒹굴거리며 먹고 읽는다거나. 하지만 이러한 일에도 나름의 목적이 있는 것 같았다. 하면 좋은 일이나 해야 할 일로부터 쉬어가는 느낌을 주는 게 고작이라고 해도 말이다.

  고독은 마치 중력처럼 나를 나른한 우울 속으로 끌어내렸다. 생각하려고 해도 생각할 수 없었다. 내 마음은 언제까지고 무지의 상태에 머물러 있는 듯했다. 그 안에는 아무것도 없었다. 마음뿐만 아니라 몸도 함께 마비의 상태에 머무르고 있었다. 대안을 생각해내도 하나같이 극단적이어서 행동으로 옮길 수 없었고, 할 수 있는 행동을 생각해봐도 하나같이 무언의

비판에 반박당했다.

어느 날 밤에는 잠들자마자 꿈을 꾸기 시작했다. 꿈속에서 '무시'와 '마비'라는 두 개의 명사를 가지고 어떻게 해야 할지 물어보았는데, 그 두 단어가 두 가지 다른 치즈로 변했고, 그 중 하나는 다른 하나보다 맛이 없어서 먹지 않기로 했다. 그리고 또다른 꿈을 꾸었는데, 어떤 절체절명의 위기에 말을 타고 사막을 건너려는 순간 배의 높은 돛대 위에서 뼈들, 아니면 뼈 비슷한 것들이 부딪혀 덜그럭대는 소리를 들었다. 그리고 또다른 꿈을 꾸었는데, 공포에 질려 문지방 앞을 왔다갔다하는 작은 쥐를 손전등 불빛이 따라다니는 꿈이었다.

다른 사람들과 있을 때면 질문을 받고도 대답할 수 없는 순간이 가끔 있었다. 그럴 때면 나의 어떤 핵심적인 부분이 얼어붙은 것 같았다. 하지만 뇌는 여전히 제 할일을 다 하고 있기에, 말을 할 수도, 대답을 생각해낼 수도, 숨을 깊게 쉴 수도, 혀와 입술을 움직일 수도 없는 나의 상태를 마치 타자의 시선으로 보듯 관찰했다.

심지어 단어의 뜻조차 이해할 수 없는 순간도 있었다. 단어들이 얼음결정에 둘러싸인 듯 허공에 매달려 있는 걸 보고, 그 단어들의 소리가 공기 중에 울리는 걸 들을 수 있을 뿐이었다.

이때 한 친구가 편지를 보내왔다. 그는 나를 지칭할 때 "사랑하는"이라는 단어를 붙였다. 하지만 아무리 여러 번 "사랑하는"이라는 단어와 내 이름을 번갈아 보아도, 두 단어는 서로 전혀 관련이 없어 보였기 때문에 도무지 두 단어를 함께 붙여놓을 수가 없었다. 그는 "용기를 가져"라고 당부하며 편지를 끝맺었는데, 신기하게도 편지지에 쓰인 "용기를 가져"라는 단어를 그저 바라보기만 해도 방금 전까지 없던 용기가 어느새 생겨 있었다.

나는 그 편지를 봉투에 넣어 침대 옆에 두었다. 편지를 볼 때마다 내 친구의 필체로 쓰인 내 이름과 주소가 더없이 크고 분명해졌다. 친구의 손이 내 이름을 말하고, 내가 누구인지, 내가 어디에 사는지를 반복함으로써 나를 이곳에 단단히 붙들어매주는 것 같았다.

편지를 받고 며칠 후 나는 꿈속에서 이 친구에게 도움을 청했다. 하지만 꿈에서 친구는 나를 도와줄 수 있을 만큼 크지 않았다. 그는 딱 그 자신만한 크기였고, 자기 몸의 테두리를 벗어나지 않았다.

∬

한 남자가 대문 앞에 와서 무언가를 물었고, 나는 대문 너머로 대답했다. 이상한 안경을 끼고 있다는 점만 빼고는 예의 바르고 친절하고 매력적인 남자였다. 슈퍼마켓 진열대 사이를 지나다 또다른 남자를 만났다. 앞서 본 남자보다 더 젊고, 운동도 더 잘할 것 같고, 마찬가지로 매력적이었다. 머리 스타일이 이상하다는 점만 빼면.

회복이란 게 어떻게 이루어질 수 있는지 보이기 시작했다.

시간이 지남에 따라 마치 벽이 세워지듯 다른 일들이 사이에 들어서는 것이 보였다. 새로운 사건이 다가오는가 하면 시간이 흐름에 따라 또 멀어져갔다. 새로운 습관이 생겼다. 삶에 주어진 상황이 바뀌었다.

모든 게 그대로라면 그는 돌아올 수 있을 것이다. 그가 떠났을 때 이후로 아무것도 달라지지 않는다면, 그의 자리는 텅 빈 상태로 남아 있겠지. 하지만 상황이 어느 정도 바뀌게 되면 내 인생에서 그가 차지하던 자리는 점점 좁아지다가 마침내는 다시 들어설 곳이 없게 될 것이다. 혹여 그가 내 인생에 다시 들어오더라도 예전과는 다른 방법으로 들어와야 할 것이다.

∫

내가 기억하기로 그를 마지막으로 봤던 건 한여름의 어느 날, 그가 차고에서 짐을 빼러 왔을 때였다. 하지만 오늘은 조금 다르게 기억하고 있다. 그는 땀을 흘리며 대문을 지나 테라스로 와서 잠시 수다를 떨었고, 물을 한잔 갖다 마셔도 될지 물었다. 하지만 그가 편안한 태도였는지, 친근하게 굴었는지는 확실히 기억나지 않는다. 다른 여자가 있어서, 혹은 내가 있어서, 아니면 두 여자가 동시에 그를 바라보고 있어서 불안했을지도 모른다. 제대로 미소 짓기가 힘들었을지도 모르고, 말도 어색했을지 모른다. 그가 내 차고에서 뺀 짐을 다른 친구의 차고로 옮기고 있었다는 게 지금 기억난다. 나중에 듣기론

290

그가 친구의 예상보다 훨씬 오래 거기다 짐을 두었다고 했다.

처음에는 그가 그런 상황에서 나를 봐야 했다는 게, 두 나이든 여자 중 한 명으로 봐야 했다는 게 아쉬웠다. 특히 그게 그가 나를 본 마지막 순간이었다는 걸 깨달았을 땐 더욱 그랬다. 하지만 생각해보면 그는 모든 여자를, 자신보다 나이든 여자나 더 어린 여자나 가리지 않고 사랑했다. 팽팽하고 매끄러운 피부나 좁은 골반, 또는 완벽하게 둥글고 통통한 가슴뿐 아니라, 넓은 골반, 무겁게 늘어진 가슴, 작고 납작한 가슴, 살집이 출렁거리는 팔, 두꺼운 종아리, 넓적한 허벅지, 뾰족한 무릎, 턱과 뺨 아래로 늘어진 피부, 목에 잡힌 주름, 눈가의 잔주름, 아침에 피곤해 보이는 얼굴도 사랑했다. 사랑하는 여자라면, 그 여자에게만 있는 모든 부분을 그는 소중히 여겼다. 그걸 여자 자신이 소중히 여기는 것보다도 더.

∫

여름이 계속되는 동안 여러 사람이 우리집에 며칠씩 또는 일주일씩 머물다가 떠났다. 그때마다 매들린은 손님이 며칠 동안 있다 갈 거라고만 귀띔해줬던 것 같다. 그러나 침묵이 깨지는 일은 없었다. 매들린이 우리가 시끄러운 걸 싫어한다고 당부해서건, 원래 조용한 성격들이어서건 간에, 손님들은 이 방 저 방 살금살금 돌아다니며 냄비 뚜껑도 조심스레 내려놓고 대화할 때도 조용히 속삭였다. 그중에서도 가장 조용한 사람은 긴 가운을 입은 통통한 여자였는데, 움직일 때도 느릿느릿 움직였고, 말도 느릿느릿하게 했으며, 말을 걸어도 느릿느릿 대답했다. 항상 싱크대에서 쌀을 씻어 밖으로 가지고 나가 햇볕에 말리곤 했는데, 왜 그렇게 하는지 묻자 이유는 모르지만 그렇게 하라고 배웠다고 말했다.

다른 사람들이 들락날락하는 통에 매들린은 점점 더 자주 화를 내게 되었지만, 어느 부분에서 화가 나는 건지는 알 수 없었다. 매들린은 한낮의 무더위 속에 오븐을 켜고 고구마를 구워서 한두 시간 동안 부엌은 절절 끓고 집은 달달한 냄새로 가득하게 만들었다. 아니면 자기가 쓰는 냄비와 팬, 그릇을 아무도 찾지 못할 곳에 숨겨놓고 계속 방에 틀어박혀 있다가 아무도 없을 때에야 밖으로 나오기도 했다.

∫

그에 대한 소식을 전혀 듣지 못한 채 몇 달이 지났다. 나는 여전히 주유소 앞을 지나갈 때마다 그쪽을 쳐다봤다. 그가 더 이상 그곳에서 일하지 않는다는 건 알지만, 여전히 그나 그의 차를 보게 되지 않을까 기대했다. 얼마 후 나는 그가 텐트와 그 안에 있던 걸 몽땅 도둑맞았으며 여자친구와 둘이 친구들의 집에 얹혀살다가 나중에는 그 친구들도 그들에게 떠나달라고 했다는 걸 알게 되었다. 이제 그들은 시내에 살고 있고, 그는 밤마다 부두에서 성게를 포장하는 일을 한다고 들었다.

그를 찾아 한밤중에 바다에 맞닿은 부두로 운전하는 상상을 했다. 그는 상자를 포장하고 나르느라 땀을 열심히 흘리고 있을 테고, 그뒤로는 시커먼 물이, 그의 주변으로는 어두운 창고들이 있을 것이며, 투광등이 오래된 잔교의 판자와 정박된 어선 위를 비추고 검은 물 위로는 외따로 떨어진 빛의 조각이 몇몇 떠다니고 있을 것이었다. 바다 냄새, 죽은 물고기 냄새, 기름냄새가 강하게 나겠지.

함께 일하는 다른 남자들은 그가 내 쪽으로 와서 이야기를 나누는 모습을 지켜보며 잠시 작업을 멈출 것이다. 그는 피곤해서 정신이 다른 데 가 있거나, 내가 방해하는 바람에 밤이 더 길어져 짜증이 나 있거나, 이런 일을 하는 모습을 내가 봤다는 사실에 부끄러워하거나, 여자가 자신을 찾아온 걸 다른 남자들이 봤다는 사실에 부끄러워할 것이다. 아니면 이 단조로운 일에서 잠시 벗어날 수 있어 기뻐하거나, 한밤중에 같이 있어줄 누군가가 예상치 못하게 생겼다는 사실에 기뻐하거나, 다른 남자들이 보고 있어서 기뻐할 것이다.

이제 그가 시내 어딘가에 살고 있다는 걸 알게 되었으니 그 전화번호도 찾아보려고 했지만, 전화가 없는 것 같았다. 아마 통신사에도 약간의 빚이 있던 모양이다. 통신사의 어떤 여직원이 매번 상당한 예의와 이해심을 갖추고 내게 그와 연락할 수 있는 방법을 종종 물어왔던 게 이즈음이었기 때문이다. 그가 참고인으로 내 이름을 준 것이 분명했다. 나도 예의를 차렸지만, 그가 어디에 있는지 알려줄 수 있는 처지는 못 됐다. 나중에 듣기로 그와 그의 여자친구는 전에 쓰던 통신 요금을 내지 않은 상태에서 여자친구 명의로 또다른 전화를 개통했고, 그 요금 역시 내지 못했다고 했다.

상선에 올라 바다에 나갔다느니 하는 이야기도 들었고 설거지 일을 한다느니 하는 이야기도 들었다. 잡지를 창간했다가 북쪽으로 가서 일자리를 찾고 있다는 이야기도 들었다. 따로따로 들은 새로운 정보를 하나씩 모아 이미 알고 있는 사실에 추가했다. 때로는 객관적인 시선에서 꽤 직접적으로 내게 전달되기도 했고, 때로는 괴로운 감정이 섞여들어간 채 여러 사람의 입을 거쳐 전달되기도 했다. 그에게 모욕당한 어떤 여자가 이 정보를 그를 미워하는 또다른 사람에게 전달하고, 그 사람은 그 때문에 당황하고 실망한 적이 있는 누군가에게 이 정보를 전달하고, 그 누군가가 다시 나에게 전달하는 식이었다. 나는 그의 삶이라는 이야기에서 다음에는 무슨 일이 생겼을지 항상 알고 싶었고, 그 결말을 상상했다. 괴로운 소식을 들으면 나쁜 결말을 상상했다. 감옥으로 그를 면회하러 가게 되는 건 아닐까?

이 모든 소식은 내가 동부로 이사 가기 전에 들은 것이었다. 나보다 먼저 이사한 엘리도 그때는 아직 동부에 가기 전이었다. 그가 결혼했다고 알려준 것도 엘리였다. 라스베가스에서 했다고. 그가 결혼한 여자의 형제가 엘리와 같은 도서관의 가까운 서가에서 일하고 있어 전해듣게 되었다고. 엘리로부터 그 소식을 들은 날 오후, 나는 외투를 입은 채 엘리의 일이 끝나기를 기다리며 책으로 이루어진 벽 앞의 긴 테이블에 앉아 있었다. 철문으로 잠겨 있는 희귀 서적 서가였다. 엘리는 맞은편에 있는 또다른 책의 장벽 앞에 앉아 있었다. 우리 옆쪽의 판유리 창문에는 커튼이 쳐져 있었지만 그 창문 밖으로는 도서관 뒤 작은 협곡이 보이는 경치가 펼쳐져 있었다.

엘리는 이 소식을 전해준 후, 책더미 너머로 나를 바라보며 괜찮은지 물었다. 나 자신도 괜찮은지 어떤지는 정확히 알 수 없었지만, 엘리에게 대답하려 설명하다보니 점점 분명해지기 시작했다. 어떻게 보면 그는 나와 더이상 아무 관련이 없는 사람이기 때문에 그가 어떻게 되든 상관이 없었지만, 이런 소식을 들을 때마다 이제는 그의 소식을 다른 사람들로부터 간간히 전해들을 수밖에 없다는 것이, 그리고 내가 지금 그에 대해 알지 못하는 사실이 많다는 것이 마음 아팠다. 나는 그에 대해 알 만한 모든 걸 알고, 내가 모르는 건 없기를, 내가 아는 모습이 아니라면 그가 아예 존재하지 않기를 바랐다.

엘리와 이야기를 나누는 동안 그 여자의 형제, 이제는 그의 가족이 된 남자는 잠긴 철문 건너편의 멀지 않은 곳에서 책을 서가에 꽂아 넣고 있었다. 그는 책꽂이 사이로 사라졌다가 작은 책더미를 한아름 들고 나오거나 수레를 끌거나 하며 왔다갔다했고 때로는 멈춰 서서 친구와 이야기를 하거나 낯선 사람의 질문에 대답을 하기도 했다. 그가 나타날 때마다 나는 그를, 그의 검은 바지와 흰 셔츠를 빤히 바라보았다.

잠시 후 엘리와 함께 엘리베이터 쪽으로 가면서 나는 그의 곁을 지나갔다. 남자는 전화기에 대고 이야기하느라 책상 위로 몸을 기울이고 있었다. 나는 그 남자에 대해 알 수 있는 모든 걸 알아내는 게 중요한 일이라도 되는 양, 내게 보이는 그의 모습 전부를, 그의 몸과 옆얼굴을 뚫어져라 쳐다보았다. 그 남자와 내가 어떻게 연결되어 있는지 나는 강렬히 인지하고 있었지만, 그 남자가 내 쪽을 돌아다보면 자신이 전혀 알지 못하는 여자만을 볼 것이다.

하지만 그가 결혼을 했다고 해서, 항상 그를 생각하고, 지켜보고, 그를 찾던 내 마음의 일부가 바뀌지는 않았다. 다른 일부가 그를 뒤로하고 멀어져가는 와중에도 말이다. 이제 그를 찾는 게 습관이 되었기 때문인지, 아니면 그가 내 차고에서 살아도 되는지 물었던 것처럼 결혼도 편의를 위해 했을 거라고 생각했기 때문인지는 모르겠다.

봄이 다시 찾아왔을 때 그는 내게 프랑스어로 된 그 시를 보냈다. 그때 한번만큼은, 내가 의식하지 못했을지라도 그가 내 생각을 하고 있었다는 걸 확신할 수 있었다.

♪

결국 변화는 찾아왔고, 시간이 더 지나면서 더 많은 것이 바뀌어갔다. 어린 고양이는 새끼를 낳았다. 매들린은 새끼 고양이들을 옷장 바닥에 두었다. 새끼들은 벼룩에 물려 빈혈이 생겼고, 매들린이 다정하게 돌보긴 했지만 어떻게 해야 할지 방법을 몰라서 그랬는지 아니면 방법을 따르고 싶지 않아서 그랬는지 새끼들 대부분은 채 크지도 못하고 죽었다. 우리는 새끼 고양이들을 한 마리씩 집 옆에 있는 큰 소나무 아래, 마당의 붉은 흙 속에 묻었다. 매들린이 그 집을 떠날 때 어미 고양이는 뒤에 남았고, 이웃들에게서 밥을 얻어먹으며 밖에서 혼자 살았다.

집주인이 집을 새로 고쳐서 의붓자식들이 딸린 자신의 가족과 이사해 들어올 계획이었기 때문에 우리는 집을 비워주어야 했다. 나는 매들린보다 먼저 떠나 결혼한 학생들에게 제공되는 대학교 내 아파트 단지에 살게 되었다. 냄새도 다르고, 소리도 달랐다. 근처에는 탁 트인 평지와 협곡이 있었는데, 협곡 경사면에는 세이지가 자랐고, 위로는 까마귀가 날고, 아래로는 노란 불도저가 있었다. 협곡에 갔다가 건물 안으로 들어올 때마다 내 피부에서는 세이지 냄새가 나고, 옷과 손톱 밑에는 노란 먼지가 끼어 있곤 했다. 지푸라기 냄새가 나는 매트가 깔려 있는 아파트 내부를 노란 먼지가 뒤덮었다. 그 아파트에서는 협곡에서 까악까악 우는 까마귀 소리와, 길 건너 코트에서 테니스 선수들이 공을 연신 튕겨내면서 외치는 소리가 들렸다. 벽을 사이에 두고 사는 이웃 가족의 목소리와 쿵쿵거리는 소리, 모기가 잉잉대는 소리 같기도 한 오페라의 선율도 띄엄띄엄 들려왔고, 물이 흐르는 소리, 박수갈채 비슷한 소리도 거의 항상 들렸으며, 화장실에서는 속삭임이나 신음소리 같은 것이 들렸다. 비바람이 몰아칠 때는 평평한 지붕을 가로질러 빗물이 휘날렸고 자갈이 물에 뒹굴면서 바스락거리는 소리가 났다. 나는 이곳에 몇 달간 머물렀다.

매들린은 원래 살던 집에서 나간 후 일반 주택과 시골집을 이곳저곳 옮겨다니며 살았다. 빈집을 돌보거나 집을 관리해주는 것 같았다. 그러더니 내가 동부로 돌아간 후에는 한동안 편지에 자기가 그 어디에도 살고 있지 않다고 썼는데, 그게 대체 무슨 뜻인지 통 알 수가 없었다. 나는 항상 같은 우체국 사서함 번호로 편지를 썼다. 매들린이 내가 사는 마을 위 언덕 꼭대기에 있는 넓고 멋진 집에 살고 있을 때 딱 한 번 만나러 간 적이 있었다. 우리와 함께 살던 개도 그때쯤에는 나이가 많이 들어 있었는데, 그 개가 마침내 죽은 곳이 그 집이었다. 매들린은 내게 보낸 편지에 그 죽음에 대해 썼고, 개의 영혼이 항상 자기 근처를 맴돌고 있다고 말했다.

매들린까지 떠나자 우리가 살던 집은 증축공사를 했다. 매들린은 편지 예닐곱 통에 걸쳐 그 멋진 염자 덤불을 죄 잘라냈더라는 말을 반복해서 했다. 어느 편지에는 직접 만든 목걸이를 찍은 사진이 들어 있었다. 매들린의 어깨가 함께 찍힌 걸로 보아 자신이 그 목걸이를 착용하고 있었던 모양인데, 얼굴은 사진에서 잘라냈다. 매들린은 편지에서 예전의 그 어미 고양이와 살고 있지만, 그 고양이가 싫다고, 아니 사실 고양이라면 다 싫다고 했다. 얼굴이 포함된 사진을 보내달라고 답장에 쓰자, 매들린은 팔을 뻗어 고양이를 카메라를 향해 들이민 채로 찍은 세 장의 사진을 보냈다. 화가 난 듯 보이는 사진 속 고양이는 이제 몸집이 아주 커져 있었다.

통신사에서 내게 전화를 걸어오던 즈음, 경마장과 야외 행사장 쪽으로 건너갈 때 지나던 오래된 좁은 다리 옆에 넓은 다리가 새로 생겼다. 그 다리가 완성되어 개통되고 난 뒤로 오래된 다리는 폐쇄되었다가, 해체되고 철거되었다. 나는 몇 년이 지나면 그 다리가 거기에 있었다는 사실을 아무도 모르게 되리란 걸 깨달았다. 분명 그 갯벌에는 언젠가 집들이 들어서게 될 것이고, 다들 그 갯벌이 한때는 포장조차 되지 않은 갈색의 맨땅이었다는 사실을, 매년 축제가 열리면 사람들이 땅에 난 바퀴 자국 위를 덜컹거리며 지나가 그곳에 주차하곤 했다는 사실을 잊어버릴 것이다.

∫

내가 마지막으로 그를 초대했던 파티를 연 친구들은 그로부터 얼마 지나지 않아 이사를 갔다. 마치 지금도 그곳에 서 있는 것처럼 내가 생생하게 기억하는, 파티가 열리고 있던 거실과 그가 여자친구와 함께 금방이라도 열고 들어올 것 같던 현관문은 다른 세입자들의 손을 거치면서 전혀 상상할 수 없던 모습으로 바뀌었다. 사실 이 친구들뿐만 아니라 거의 모든 친구가 지금은 그 도시와 주변 동네에서 멀리 떨어진 곳으로 이사를 갔거나, 내가 그들을 알고 지낼 당시 살던 집에서 나온 상태다. 그중 몇몇은 이사간 후로 한 번도 만나러 가지 않았기에, 그들을 떠올릴 때마다 익숙한 얼굴들이 낯선 집 한가운데 있는 걸 상상해야 한다.

저녁 내내 그가 나타나기를 기다렸던 그날 파티가 열렸던 거실은, 그로부터 몇 달 전 그의 낭독회가 끝나고 라임나무 그늘 아래에서 머리 위로 날아다니는 비행기 소리를 들으며 파티를 했던 그 뒷마당이 딸린 집과 같은 집의 거실이다. 그러나 시간상 멀리 떨어져 있고 당시의 내 기분도 달랐기에 이 두 파티가 같은 공간에서 열렸었다고 받아들이기는 쉽지 않다. 뒷마당에서 파티를 하던 날 그와 나는 집안으로는 들어가지 않고 옆문을 통해 뒷마당으로 바로 갔었다. 냉장고에서 맥주를 한 병 더 가지러 나무 계단 몇 칸을 올라 뒷문을 통해 부엌으로 들어가긴 했다. 하지만 내가 기억하는 그 집 부엌의 모습은 대부분 그날 오후의 기억이 아니라, 그 집에 갔던 다른 날의 기억이다. 아마도 냉장고에 맥주를 한 병 더 가지러 갔거나 종이 타월을 찾으러 갔지만 결국 찾지 못했거나 냄비와 접시로 가득찬 싱크대에서 양상추를 몇 장 씻었거나 했을 것이다. 그날 그와 나는 식당에 들어가보지 않았는데, 그곳의 모습은 다른 날 저녁, 아니 어쩌면 두 번의 저녁에 커다란 식탁에서 단어 게임을 했던 기억과, 식탁 다리 중 하나가 갑자기 부러져 케이크가 미끄러져 떨어질 뻔했거나 실제로 떨어졌던 어느 생일 파티의 기억 속에만 남아 있다.

이 기억들은 정확할 때도 있지만 뒤죽박죽일 때도 있다. 내가 원래 자리로 옮겨놓긴 하지만 기억 속 식탁이 실제와 다른 방에 가 있기도 하고, 책장이 사라지고 그 자리에 또다른 책장이 들어와 있다거나, 빛이 전혀 없던 곳에 조명이 켜져 있거나, 싱크대가 원래 자리에서 몇 미터는 벗어나 있기도 한다. 심지어 어느 기억 속에서는 벽 하나가 통째로 사라져 방이 두 배는 커지기도 한다. 하지만 찬장과 부엌 조리대 위에는 항상 똑같은 음식이 있고, 똑같이 웅성이는 말소리가 들리고, 내 시야 가장자리로는 항상 그림자 같은 인영들이 움직이고 있다.

그는 내가 그를 초대한 게 아니었다고 할지도 모른다. 자신을 초대한 건 파티를 주최한 사람들이었다고 할지도 모른다. 그에게 여자친구와 함께 오지 말라고 했던 건 주제넘은 짓이었다고. 그가 그날 오지 않았던 건 결국 내 기분을 상하게 하고 싶지 않아서였다고.

그의 말이 맞을 수도 있다. 내 기억이 잘못되었을 수도 있다. 되도록 정확하게 이야기를 하려고 노력해왔지만, 잘못 알고 있는 부분도 있을 수 있고, 일부러 혹은 실수로 어느 부분은 빼고 어느 부분은 추가한 게 사실이다. 그는 이 이야기의 많은 부분이 잘못되었다고, 사실관계도, 사실에 대한 나의 해석도 틀렸다고 생각할 수 있다. 그러나 비교할 수 있는 거라곤 나의 시점, 그의 시점, 그리고 다른 사람들의 시점뿐이다. 다른 사람들이 조금이라도 신경을 쓰고 있었다면 말이다. 손에 꼽을 정도로 적은 수겠지만 몇몇은 당시의 일들을 아직 기억하고 있을 테고, 내가 이에 대해 언급하면 분명 사건을 보는 각도를 완전히 바꾸어놓는 말을 하거나 내가 잊어버린 끔찍한 일이나 말도 안 되는 일을 상기시킬 것이며, 나는 내가 했던 말을 조금씩이나마 모두 바꾸지 않을 수 없을 것이다. 바꾸기에 이미 늦었을지도 모르지만.

이 이야기에는 몇 가지 모순점이 있다. 나는 그가 내게 마음을 열었다고 해놓고 그가 마음을 닫았다고 한다. 그가 침묵으로 일관했다고 해놓고 말이 많았다고 한다. 그가 겸손했다고도, 오만했다고도 한다. 내가 그를 잘 알고 있었다고도, 그를 이해하지 못했다고도 한다. 친구를 만나야 했다고도, 많은 시간을 혼자서 보냈다고도 한다. 바지런히 움직여야 했다고도, 침대에 누워 한 발짝도 안 나왔다고도 한다. 실제로 그때그때 전부 사실이었을지도 모르고, 지금의 내 기분에 따라 다르게 기억하는 것일지도 모른다.

∫

소설을 끝내기 전에 먼저 누군가에게 보여주고 싶을 것 같다. 엘리에게 한번 더 보여줄 수도 있다. 이 이야기를 대부분 다 알고 있지만. 빈센트에게도 보여줄 테지만 다른 누군가가 이야기가 끝났다고 말해주기 전까지는 보여줄 수 없다. 아니, 나 자신이 끝났다고 생각하기 전까지는 아무에게도 보여줄 수 없다. 그리고 보여주기 전에는 보완이 필요한 부분이 어딘지 미리 추측해두어야 한다. 그래야 보완이 필요하다는 말에도 놀라지 않을 테니까.

빈센트가 소설을 누구에게 보여줄 건지 물었을 때 나는 몇 사람을 언급했고, 그는 "남자한테는 보여주지 않을 거야?"라고 물었다. 남자를 배제할 의도는 없었던 터라, 나는 소설을 보여주어야 할 사람에 다른 이름을 하나 더 추가했다.

∫

그의 근황에 대한 마지막 소식은 몇 달 전 엘리에게서 들은 것이었다. 그가 갑자기 잘 차려입고, 아니면 잘 차려입은 것까지는 아니어도 최소한 격식에 맞는 차림으로, 우리가 둘 다 알고 지내는 지인의 사무실에 나타났다고 했다. 그가 그곳에 왜 나타났다고 했는지는 기억나지 않는다. 엘리가 그 이유를 내게도 말을 해줬었는지, 아니면 엘리도 몰랐던 건지 모르겠다. 뭘 해줬으면, 혹은 뭘 알려주었으면 하는 이상한 부탁 때문이었던 것 같긴 하다. 당시 그는 호텔에서 일하고 있었다.

이제 엘리가 남서부에 살고 있으니, 우리가 알고 지내던 사람들과 연락할 일이 별로 없을 것이고 엘리를 통해 그의 소식을 들을 일도 적어질 것이다.

∫

침실 창문으로 보이는 뒷마당 너머 언덕 꼭대기에 해가 앉아 있다. 대부분의 일터에서는 5시에 근무를 끝내니까, 만약

303

그가 나와 같은 쪽 해안 어딘가에 있다면 지금쯤 하루 일을 끝내고 있을지도 모른다. 아니면 다른 걸 끝내고 있을 수도 있다. 방에서 오후의 독서를 마무리한다거나. 반대쪽 해안의 거리보다 더 오래된 이쪽 해안의 거리를 산책할 준비를 하고 있을지도 모른다.

물론 그가 반대쪽 해안에 있을 가능성도 충분하다. 하지만 지금 그곳은 2시고, 내가 2시를 좋아하지 않는다는 이유 하나만으로도 그는 왠지 그곳에 있지 않을 것처럼 느껴진다.

∫

쌉쌀한 차 한잔을 이야기의 첫 부분에 그대로 두었는데, 그 차 한잔으로 되돌아가서 이야기를 끝낸다는 건 말이 안 될지도 모른다. 그래도 나는 그의 마지막 주소지를 한참 찾아다니다가 더이상 꼼짝도 할 수 없을 만큼 피곤해서 의자에 앉아 있을 때 서점 직원이 갖다준 쌉쌀한 차 한잔에서 이야기가 끝난다고 느끼고 있고, 이제 그 이유를 알 것 같다.

하지만 그에 앞서 나는 나 자신을 계속 괴롭혀왔던 질문을 스스로 던져봐야 한다. 그 일을 제대로 알고 있는 게 맞나? 서점 직원의 얼굴 표정을 보고 그 남자가 날 부랑자로 보고 있다는 것을 알았던 걸까, 아니면 그 남자의 표정이 그랬다고 나중에야 생각하게 된 걸까? 아니면 나중에서야 기억 속에 있던 그 남자의 얼굴을, 그리고 얼굴이 혼란스러움을 나타내는 동안 미동도 없이 혹은 거의 미동도 없이 카운터 뒤에서 살짝 숙이고 있던 몸의 자세까지도 찾아 바라보게 된 걸까? 기억에서 그 남자의 얼굴을 꺼내거나, 기억 속으로 돌아가 그 남자 앞에 다시 서서 얼굴을 관찰한 것도 나중의 일이었을까? 그 순간보다 그 이후에 그 남자의 얼굴에서 읽어낸 게 더 많다는 사실은 알고 있다. 그 표정의 의미를 비추어볼 수 있는 정보들이 이후에 더 많이 들어왔기 때문이다. 예를 들어, 그 남자가 내게 차 한잔을 가져다준 뒤에야 나는 그가 연민의 감정을 느꼈다는 걸 알게 되었고, 그래서 처음에 지었던 혼란스러운 표정 뒤로 그는 연민을 느끼고 있었거나 연민을 느낄 참이었다는 것도 유추할 수 있었다.

이야기가 그뒤로 계속 진행되었는데도 결국 다시 서점에서의 차 한잔으로 돌아와서 끝나야 할 것 같은 이유 중 하나는 내가 그때를 마지막으로 그를 찾는 것을 그만두었기 때문이다. 그 이후로도 가끔 눈앞의 길모퉁이를 돌면 그를 보게 되지 않을까 하는 생각이 문득 들기도 했고, 그의 소식을 계속 접하기도 했지만, 다시는 전화나 편지로 연락하려고 하지 않았다.

어쩌면 더 중요할지도 모를 또다른 이유는, 낯선 이가 나의 고단함을 조금이나마 덜어주기 위해 준비해주었던 이 차 한잔이 내 사정을 알지 못하는 누군가가 건네준 친절함의 표시였을 뿐만 아니라, 어떤 제의적 의미도 가지고 있었기 때문이다. 그 순간 내게 마침 그런 의식이 필요했기에, 설령 그 남자가 한 행동이 머그잔 옆으로 종이 탭이 대롱대롱 매달려 있는

305

씁쓸한 싸구려 차 한잔을 권한 것에 지나지 않을지라도 그에 제의적 의미를 부여하기에 충분했던 것이다. 이야기의 끝은 항상 수도 없이 존재해왔으나 하나같이 이야기를 끝내기는커녕 그 어떤 이야기로도 엮이지 않은 무언가를 계속해서 만들어냈기 때문에, 이야기를 끝내려면 나에게는 어떤 의식의 행위가 필요했던 것이다.

이야기의 끝을 찾아서

— 리디아 데이비스가 그려내는 가능성의 세계

1

단편소설 작가 리디아 데이비스.

1995년, 그는 제법 굳어져가고 있던 이 정체성을 보란듯이 깨부수고 『이야기의 끝*The End of the Story*』을 출간했다. 첫 단편집 『열세번째 여자*The Thirteenth Woman and Other Stories*』(1976년)을 발표 했을 때부터 단편집 『분석하다*Break It Down*』(1986년)로 각종 문 학상에 오르내리기까지, 그동안 꾸준히 단편소설만을 발표해 온 그의 커리어에 다소 갑작스레 등장한 장편이었다. 현재까 지도 『이야기의 끝』은 그의 유일한 장편으로 남아 있다.

사실 단편이 주 종목이 된 것은 데이비스가 의도한 바는 아 니었다. 단편소설을 쓰는 건 글쓰는 습관을 들이기 위한 그만 의 훈련이었다. 매일 두 개의 아주 짧은, 한 문단 분량의 이야 기를 쓰기로 스스로와 약속한 것이다. 하지만 계속 마음에 두 고 있던 긴 이야기가 하나 있었고, 그는 이를 다양한 방식으로 바꾸어 써보며 발전시켜나갔다. 『이야기의 끝』의 전신이 된 이 이야기의 흔적은 단편집 『분석하다』 속 「이야기Story」와 「편지Letter」에서도 찾아볼 수 있다.

데이비스는 『이야기의 끝』을 '마음에 대한 소설'이라고 정의한다.[*] 자신이 제일 관심을 두고 있는 건 사람들의 마음과 생각이며, 소설 속에 등장하는 사건들은 단지 마음의 작용을 살피기 위한 장치일 뿐이라는 게 그의 설명이다. 데이비스가 사람의 마음에 관심을 가지게 된 데에는 컬럼비아대학 영문학 교수였던 아버지의 영향이 컸다. 삶을 냉철하고 분석적인 자세로 바라보는 한편 가십거리에도 열정적이었던 아버지의 지적 호기심과 인간 군상에 대한 흥미를 딸 리디아가 물려받은 것이다. 아버지 이후로는 마르그리트 뒤라스, 마르셀 프루스트, 미셸 레리스, 모리스 블랑쇼 등 마음에 인상과 경험을 분석적으로 파고드는 스타일의 작가들이 그의 스승이 되었다. 사람들의 심리에 골몰하는 성향을 가진 데이비스가 뒤라스의 『연인L'Amant』과 엘리자베스 하드윅의 『잠 못 드는 밤 Sleepless Nights』, 그리고 이후 그가 번역하기도 할 프루스트의 『잃어버린 시간을 찾아서À la recherche du temps perdu』 속 서술 방식에서 영감을 받아 탄생시킨 것이 『이야기의 끝』이다.

줄거리만 놓고 보면 『이야기의 끝』은 비교적 단순한 이야

<hr />

[*] Christopher J. Knight, "An Interview with Lydia Davis", Contemporary Literature 40, no. 4 (winter 1999): 525-51.

기이다. 1인칭 화자가 연하의 한 청년에게 품었던 사랑이 그 중심을 이룬다. 여기에 현재의 화자가 빈센트라는 남자와 그의 늙은 아버지와 함께 살아가는 모습이 드문드문 등장해, 지나간 사랑의 지난했던 과정과 그에 대해 글을 쓰는 현재 시점이 교차되며 나타난다. 리디아 데이비스가 단편소설의 귀재라는 사실을 떠올려보면, 그가 충분히 한두 편의 단편소설로 끝낼 수도 있었을 법한 내용이다. 하지만 왜 이 이야기는 기어이 장편으로 말해져야 했으며, 이야기의 '끝'은 그렇게 한참이나 뒤로 미뤄진 것일까?

2

『이야기의 끝』의 내용은 단순할지 몰라도 그 구조는 그렇지 않다. 데이비스는 현재와 과거, 둘로 나누어진 화자의 시점을 동시에 보여줌으로써 독특한 읽기 경험을 선사한다. 처음 그가 소설을 구상할 때는 과거 시점, 즉 연하의 청년 '그'와의 연애 이야기만을 쓸 예정이었다. 그러나 데이비스는 여기서 고민에 빠진다. "연애하다 이별하는 것으로 끝나는 이야기는 너무 진부하게 느껴졌다. 왠지 마음에 들지 않았다"고 그는 당시의 고민을 인터뷰에서 털어놓기도 한다.[*] 결국 데이비스는 그가 '소설 no. 1'이라고 부르던 연애 이야기를 쓰는 동시에, 그 이야기를 써내려가는 심경을 담은 이야기 '소설 no. 2'를 집필하기 시작했다. 출판사에조차 '소설 no. 2'를 비밀로 하고 있었기에, 데이비스가 두 소설을 하나로 합치기 전까지 담당자도 이 원고의 존재를 꿈에도 모르고 있었다.

데이비스는 『이야기의 끝』을 통해 소설에서 중요한 것은 줄거리만이 아님을 상기시킨다. 사랑을 주제로 한 장편소설임에도 불구하고 그는 소설의 도입부부터 '소설 no. 2'의 화자를 통해 '그'와의 사랑이 이루어지지 않았으며, 지금은 각자 결혼하여 반대편의 해안에 살고 있다는 '스포일러'를 과감하게 뿌린다. 『이야기의 끝』에서 중요한 것은 과연 화자의 사랑이 이루어지느냐가 아니기 때문이다. 어떻게 보면 이야기는 하나의 긴 부정문에 가깝다. 이미 예고된 사랑의 실패를 향해 각 문단은 천천히, 어둡고 불확실한 기억 속을 더듬으며 나아간다.

'소설 no. 1'과 '소설 no. 2'를 병합함으로써 『이야기의 끝』은 그 어떤 소설보다도 자기의식적인 작품이자, 관찰 대상과 관찰자의 목소리가 한데 공존하는 독특한 결과물이 되었다. 데이비스는 독자를 이야기를 만드는 과정에 참여시켜, 이야기로 가공된 기억이 과연 정확할지 직접 판단하게끔 한다. '소설 no. 1'의 말허리를 끊고는 '소설 no. 2'의 목소리로 끼어들어와 이야기의 전개 방식과 메모 속 기록의 한계를 꼬집어 말하기

*   Merve Erme, "Why Lydia Davis Loves Misunderstandings", The New Yorker Review, October 2003.

도 한다. 이야기의 '끝'을 찾아내는 과정에서의 어려움 역시 숨김없이 털어놓는다.

> "내가 쓰는 것들이 어떻게 하나의 이야기가 될 수 있을까
> 하는 생각이 들기 시작하자 나는 그 시작과 끝을 찾아보기
> 시작했다. 나중에 그를 내 차고에 들이려고 했던 이유 중
> 하나는 그게 내 이야기의 끝이 되어주지 않을까 싶어서였다.
> 하지만 (……) 매들린은 거절했고, 결국 나는 다른 결말을
> 찾아야 했다." (261~262쪽)

이야기의 끝이 될 수 있는 순간은 "항상 수도 없이 존재해왔"다. 그러나 "하나같이 이야기를 끝내기는커녕 그 어떤 이야기로도 엮이지 않은 무언가를 계속해서 만들어냈"다(306쪽). 이 때문에 '소설 no. 2'의 화자는 자신이 쓰고 있는 글에 대해 생각할 때마다 "긴장을 넘어 공포를 느끼고, 존재론적 차원에서의 위기라고 부를 만한 순간이 오는 듯싶다"고 느낀다(156쪽). "가장 중요한 결정을 이미 다른 사람이 다 내린 상태"(251쪽)인 번역이야 기쁘게 해낼 수 있어도, 소설을 창작함에 있어서 시작과 끝을 정하는 건 오로지 작가의 몫이기 때문이다. 스스로에 대한 불신에도 불구하고 이야기가 끝날 때까지 (끝이 나기나 한다면) 계속 써나가야만 하는 운명인 것이다. 소설에 넣을 내용을 분류해둔 상자에 이름을 붙이기도 쉽지 않다. 상자에 "준비가 된"이라는 말을 쓰기가 두렵기 때문이다. 그는

소설의 매 페이지, 매 장면에서 자기 의심에 시달리며 스스로에게 묻고 있는 듯하다. "나는 과연 이 이야기를 끝낼 준비가 되어 있는가."

3

어떻게 보면 데이비스는, 혹은 작중 화자는 이야기의 끝에 이르는 것을 300쪽 남짓한 분량에 걸쳐 끊임없이 보류하고 있는 듯도 하다. 더 나아가서는 어떤 식의 결말이나 확답도 거부한다고 할 수 있겠다. 마치 언제까지고 불확실성의 공간에 머물기를, 이야기의 끝이 영원히 "수도 없이 존재"하는 상태로 남아 있기를 바라는 것처럼. '그'의 이름을 아직 알지 못할 당시, 화자는 이름을 알아낼 수 있음에도 굳이 알려고 들지 않고 "보거나 들을 기회가 생겨 자연스럽게 알게 되기를" 바란다(46쪽). '그'의 얼굴이 너무 선명하게 각인되는 게 두려워 친구가 보내준 사진을 받고도 열어보지 않는다. 그 사진을 찾는 과정에도 저자는 불필요할 정도로 많은 난관을 설치해둔다. 엘리 아버지의 자물쇠가 부서지는가 하면, 간신히 연 물품보관소 안은 물난리가 나 있다. 운명의 장난을 빙자해서라도 사진이 화자의 손에 들어가는 걸 막고 싶었던 것일까.

'그'에 대한 화자의 사랑 역시 비슷한 맥락에서 이해해볼 수 있을지 모른다.

그의 삶, 성인으로서 살아갈 삶의 시작점에 함께하는
기분이었다. 이 점이 나를 들뜨게 했다. 그에게는 젊음에
수반되는 단순한 힘, 순수한 활력, 무한한 가능성의 예감이
있었다. 아마 앞으로 12년 뒤에는 또 달라질 테지만. 내가 삶의
시작점에 서 있을 때도 모든 가능성이 열려 있었고, 그후
몇 년이 흐르는 동안 그 가능성의 일부는 사라졌다. 그게
싫었던 건 아니지만, 아직 그 과정을 겪지 않은 사람과 함께
있는 것이 좋았다.(102쪽)

   이야기 속의 '나'가 집착했던 것은, 결국 '그'라는 사람이 아
니라 '그'가 몸의 테두리 안에 지니고 있던 가능성이 아닐까.
우리가 누리는 삶의 모든 순간, 모든 보류된 결정 속에는 수많
은 가능성이 존재한다. 리디아 데이비스는 『이야기의 끝』에
서 그 가능성들을 하나하나 펼쳐보인다. 자신의 펜 끝이 그 어
떤 가능성도 배제하지 않도록, 오히려 새로운 가능성을 창조
하도록 문장 하나하나를 조심스럽게 써내려갔다. '아니면'으
로 시작하거나 '~할 것이다'로 끝나는 문장이 유독 자주 등장
하는 데에도 이러한 조심스러움이 한몫한다. 이러한 문장이
빛을 발하는 한 장면을 가져오자면 이러하다.

  함께 일하는 다른 남자들은 그가 내 쪽으로 와서 이야기를
  나누는 모습을 지켜보며 잠시 작업을 멈출 것이다. 그는
  피곤해서 정신이 다른 데 가 있거나, 내가 방해하는 바람에

밤이 더 길어져 짜증이 나 있거나, 이런 일을 하는 모습을 내가 봤다는 사실에 부끄러워하거나, 여자가 자신을 찾아온 걸 다른 남자들이 봤다는 사실에 부끄러워할 것이다. 아니면 이 단조로운 일에서 잠시 벗어날 수 있어 기뻐하거나, 한밤중에 같이 있어줄 누군가가 예상치 못하게 생겼다는 사실에 기뻐하거나, 다른 남자들이 보고 있어서 기뻐할 것이다.(293~294쪽)

이 장면을 두고 시인이자 번역가인 마이클 호프만은 "일어나지 않은 한 가지의 일이 여러 개의 가지로 뻗어나가는 아름다운 문단"이라고 말한다.* 하지만 그 가지들을, 삶의 매 순간마다 뻗어 있는 가능성들을 인식하는 순간 우리는 무한한 경우의 수에 압도당한 채 아무 결정도 내릴 수 없게 된다. 이야기는 나아가지 못하고, 사건의 결말도, 이야기의 끝도 영원히 현실이 되지 못한다. 존재하는 모든 가능성을 의식하기란 그야말로 밑도 끝도 없는 심연을 내려다보는 것과 같지 않을까. 그 깊이를 직시하며 서술하는 것은 두려운 일이 아닐 수 없다. 『이야기의 끝』에는 이러한 두려움을 직시하고 극복하려는 데이비스의 도전적인 정신이 실려 있다. 저자, 혹은 '소설 no. 2'의 화자는 "신경이 맨살 그대로 벗겨진 듯 예민해"지면서도

---

* Michael Hofmann, "The Rear-View Mirror", London Review of Books, Vol. 18 No. 21·31 October 1996.

(156쪽) 무한한 가능성의 심연을 들여다보고, 자신이 보는 것을 있는 그대로 써내려간다. 그는 아직 실현되지 않은 가능성까지도 또다른 현실로, 이야기의 일부로 받아들이고자 하고, 그렇기에 이야기는 한없이 길어진다.

하나의 답, 하나의 결말에 가까워지기보다 최대한 멀찍이 유보해둠으로써 가능성의 세계에 머무는 것. 마이클 호프만은 그 세계를 '부정의 공간negative space'이라고 부른다. 데이비스는 이야기에 '익명성'을 부여함으로써 독자 역시 이 공간 속으로 초대한다. 화자와 '그'의 이름도, 화자가 여행한 곳이 동부의 어디인지도, 그들이 살던 도시의 이름도 알려주지 않는다. '그'가 보낸 프랑스 시가 무엇인지 알려주는 대신 마치 독자들에게 수수께끼라도 내듯 첫 문장의 직역 내용만 힌트로 던져준다. 당시 로맨스 소설에는 필수라고 여겨지던 성적 행위의 묘사조차 '~하는 일은 없었다'는 부정문으로만 쓰여(270쪽), 실제로 일어났던 일은 짐작만 가능하게끔 한다.

데이비스는 자신의 글이 점점 픽션보다는 철학적 탐구에 가까워지고 있다고 말한 바 있다.

개별적인 이야기를 하나하나 쓰는 데에는 그다지 큰 관심이 없다. 그렇기 때문에 나는 내가 쓰는 이야기 속 인물에게 이름을 붙이지 않는다. 이름이 '앨리스'인 인물을 만들고 앨리스에게 무슨 일이 일어나는지 쓰는 건 별로 흥미롭지 않다고 느낀다. 인물의 이름을 짓는 건 불필요하고 짜증날 정도로 자의적이며 쓸데없는 일이라고 예전부터 생각해왔다. 내가 더 가치를 두는 건 철학적 탐구다. 세상을 바라보는 합리적인 관점에서 현실을 탐구하는 게 아니라면 글을 읽고 쓰는 것이 무슨 의미가 있나?[*]

'부정의 공간'을 캔버스 삼아 펼쳐지는 이야기에는 끝이 없다. 이는 독자들의 머릿속에서 무수히 재창조될 가능성을 갖기에 언제까지나 미완성으로 남는다. 수많은 '나'와 '그'를 위해, 그의 이야기에서 인물의 이름은 항상 빈칸으로 남는다. 『이야기의 끝』은 '소설 no. 1'의 화자, '소설 no. 2'의 화자, 그리고 리디아 데이비스가 만드는 이야기이자, 그 이야기를 읽는 독자가 만들어가는 이야기이다.

4

이름 없는 인물들이 등장하는 철학적인 이야기.
『이야기의 끝』을 이 한 문장으로 소개한다면 무채색의 밋밋한 그림만이 떠오를지 모른다. 그러나 리디아 데이비스가 이 '부정의 공간'에 그려내는 그림은 오히려 그 어떤 이야기보

---

[*]   Andrew Lawless, "Samuel Johnson is indignant—TMO meets Lydia Davis", Three Monkeys Online.

다도 생동한다. 철학적 사유를 담아내는 글을 쓰면서도 그는 추상화된 세계에 머무르지도, 이론적인 틀에 갇히지도 않는다. 여기서 리디아 데이비스의 천재적인 언어 감각은 그 진가를 발휘한다. 철학의 보편적 진리를 말하면서도 세세한 육체적 감각과 감정적 동요를 조금도 놓치지 않으며, 이성이 정해준 길이 아닌 자신의 관심을 따른다.

흥미, 관심으로 번역된 단어 'interest'는 『이야기의 끝』에서 총 51번 등장한다. 데이비스는 누구보다도 '끌림'에 진심인 작가이다. 일상의 사소하고 생뚱맞은 사실들이 그의 관심을 끌고, 그 끌림에 의해 엇나간 그의 시선은 오히려 엇나감으로써 진실을 맞춘다. 그가 눈에 담는 것은 '그'의 궁한 주머니 사정이 아니라 '그'가 한솥 가득 끓인 "밍밍한 양배추 수프"이며, 매들린의 변덕스러운 성격이 아니라 화난 듯 싱크대에 널려 있는 젓가락과 숟가락이다. 데이비스의 무해하면서도 날카롭고, 순진하면서도 통찰력 있는 시선은 그 특유의 유머로 웃음을 자아낸다.

흥미를 좇아 움직이는 데이비스의 솔직한 시선을 따라가며 『이야기의 끝』을 읽는 것은 한가로이 한눈을 팔면서 산책을 즐기는 것과 같다. 애초에 길의 끝에 도착하는 것이 아니라 한눈팔기가 목적이니 산책은 기에서 승과 전을 거쳐 결로 가지 않으며, 발단도, 전개도, 위기도, 절정도, 결말도 없다. 이야기의 어느 시점에서든 문득 기억의 한 조각, 과거의 한 장면이 그의 시선을 끈다면 그것이 '기'가 되며 '발단'이 된다. 흥미와 관심이 향하는 대로 내디디며 그는 숨겨진 샛길로, 생뚱맞은 오솔길로 이야기를 이끌어간다. 그리고 끝은 시작을 향해 움직인다는 단순한 사실을 말한다.

낯선 이가 건넨 차 한잔으로 시작된 데이비스의 산책로는 같은 지점에서 끝남과 동시에 다시 시작한다. 마치 뫼비우스의 띠처럼 무한히 순환하는 이 이야기는 읽을 때마다 이전의 독서와는 다른 새로운 경험을 선사해준다. 한 바퀴 돌아 책을 덮었다가 다시 펼쳐들면 또다른 샛길이 보인다. 이로써 리디아 데이비스의 책을 읽는 것은 매번 새로운 산책이 된다. 이 책을 접하는 독자분들과도 같은 즐거움을 나눌 수 있다면, 독자분들이 마음껏 흥미가 동하는 대로, 수많은 '아니면'과 '~할 것이다'의 문장들을 따라, 가보지 못했던 길을 발견하고 시도해보지 못한 해석을 찾아내며 마음껏 거닐어주신다면 더할 나위 없이 기쁘겠다. 가능성의 우주를 흥미라는 나침반만으로 여행하는 그 유쾌한 자유가 번역을 통해서도 온전히 잘 전해졌으면 하는 바람이다.

이야기의 끝

초판 1쇄 인쇄 2024년 10월 14일
초판 1쇄 발행 2024년 10월 18일

지은이   리디아 데이비스
옮긴이   송원경
펴낸이   김민정
책임편집   권현승
편집   유성원 김동휘
디자인   김하얀
저작권   박지영 형소진 최은진 오서영
마케팅   정민호 박치우 한민아 이민경 박진희 정유선 황승현
브랜딩   함유지 함근아 이송이 박민재 김희숙 박다솔 조다현 정승민 배진성
제작   강신은 김동욱 이순호
제작처   상지사

펴낸곳   (주)난다
출판등록   2016년 8월 25일 제406-2016-000108호
주소   10881 경기도 파주시 회동길 210
전자우편   nandatoogo@gmail.com
인스타그램   @nandaisart @mohobook
문의전화   031-955-8853(편집) 031-955-2689(마케팅) 031-955-8855(팩스)

ISBN   979-11-94171-12-6 (03840)